김승옥과 욕망의 서사학

김승옥과 욕망의 서사학

국립중앙도서관 출판시도서목록(CIP)

김승옥과 욕망의 서사학 / 서연주 지음. — 서울 : 청동거울,
2007
　　p. ;　　cm. — (청동거울 문화점검 ; 46)
참고문헌과 색인수록
ISBN　978-89-5749-096-9 93810 : \15000
813.609-KDC4　　895.734-DDC21　　　　CIP2007003563

청동거울 문화점검 **46**

김승옥과 욕망의 서사학

2007년 11월 21일 1판 1쇄 인쇄 / 2007년 11월 27일 1판 1쇄 발행

지은이 서연주 / 펴낸이 임은주 / 펴낸곳 도서출판 청동거울 / 출판등록 1998년 5월 14일 제13-532호
주소 (137-070) 서울 서초구 서초동 1359-4 동영빌딩 / 전화 02)584-9886~7
팩스 02)584-9882 / 전자우편 cheong21@freechal.com

주간 조태림 / 편집 이선미 / 마케팅 김상석

값 15,000원

ISBN 978-89-5749-096-9

청동거울 문화점검 46

청동거울

김승옥과
욕망의 서사학

서연주 지음

청동거울

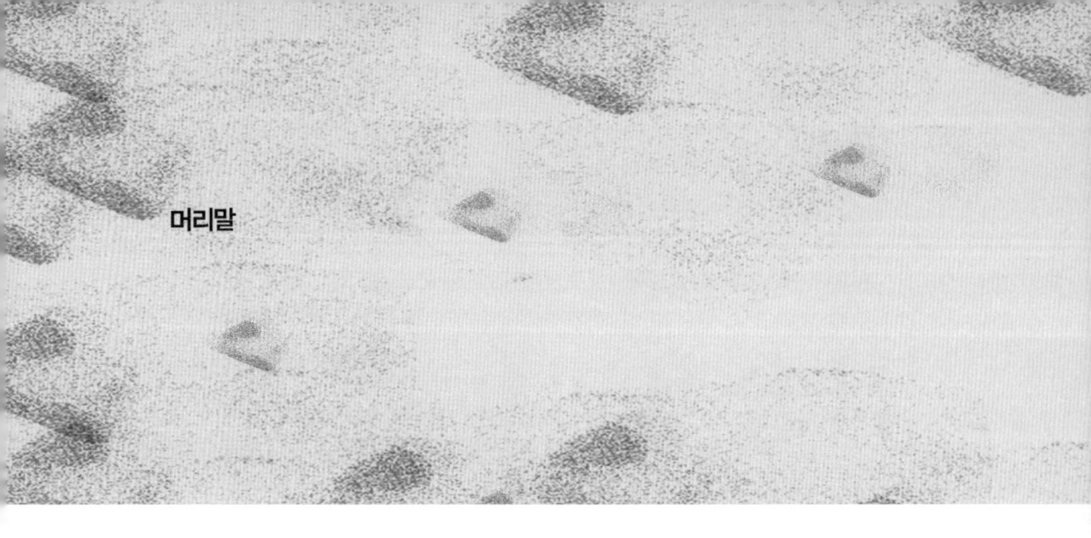

머리말

이 책은 나의 박사논문 「김승옥 소설의 작가의식 연구」를 정리한 것이다. 사실 들춰 볼수록 부끄러운 데가 많아서 한동안 멀리했던 글이었다. 그러면서 언젠가는 아주 많은 공을 들여 섬세하게 조탁하리라는 욕심을 가지고 있었다. 그러나 원체 부지런하지 못한 편인지라 차일피일 미루던 차에 이렇게 출간하게 되었다. 사실 이 글을 쓰고 있는 이 순간에도 주밀치 못한 글을 책으로 펴낸다는 것에 마음 한켠이 불편하다. 그렇지만 우선 과감히 움직여 보라고 응원해 주신 여러분들의 말씀에 용기를 얻어 좀더 진전된 연구를 위한 첫 걸음을 떼는 것이라는 변명으로 이 책을 내는 마음을 대신할까 한다.

*

나는 아직도 김승옥의 소설을 처음 만났을 때 느꼈던 놀라움을 기억한다. 그가 등단작 「생명연습」으로 문단에 등장했던 즈음의 나이에 나는 「생명연습」을 처음 만났다. 그리고 나는 한동안 김승옥에 대한 질투로 시달려야만 했다. 그의 반짝이는 감수성을, 예리한

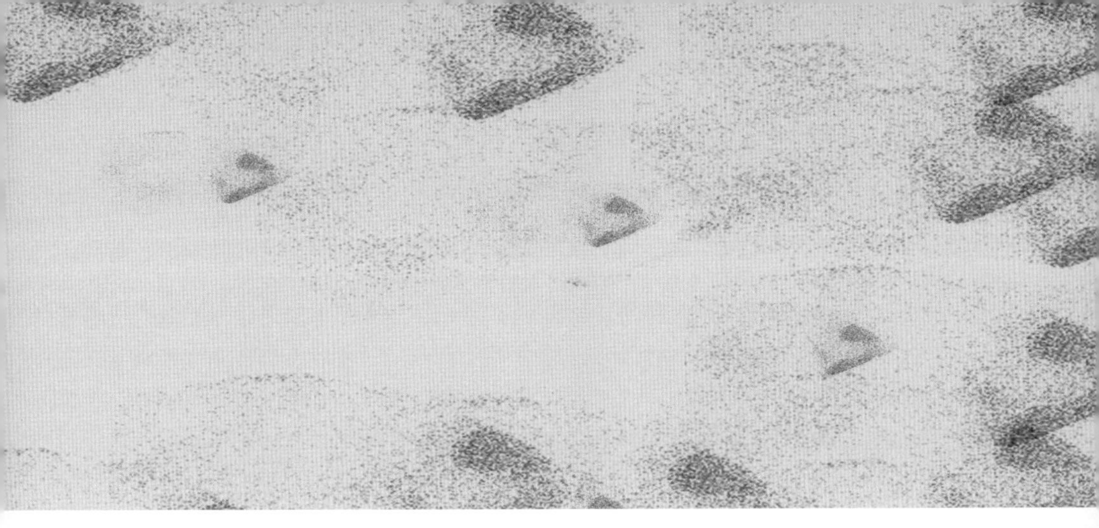

분석력을, 그리고 천재적인 구성력을, 또 정직한 부끄러움을. 나는 하염없이 질투할 수밖에 없었다. 정말 김승옥의 작품은 작가 자신이 품었던 글쓰기에 대한 포부처럼 "여러 앵글에 의하여 여러 의미가 추출될 수 있는 소설"이었다. 루카치는 소설을 "문제적 개인이 자신을 찾아가는 여행"이라고 하였다. 김승옥 소설에 등장하는 인물들은 현재에 살아 숨쉬며 이 무거운 삶을 지탱하기 위해, 자신을 찾아가기 위해 나와 함께 끙끙대는 동반자였다. 김승옥을 읽는 일은 나 자신을 탐구하는 것과 같았다. 그리고 어느새 내게 '김승옥 넘어서기'는 큰 화두가 되어 버렸다. 그리하여 나는 문학이라는 미궁으로 향하는 여정을 김승옥과 함께 출발하게 된 것이다.

*

　김승옥은 보통 60년대의 작가로 호명되지만 그의 문제 의식들은 결코 60년대에 박제될 수 없는 현재 진행형의 것들이다. 김승옥이 소설을 통해 보여주는 '진정한 삶'에 대한 갈망이 여전히 현재적일 수밖에 없는 이유는 1960년대에 시작된 산업화의 위력에서 파생된

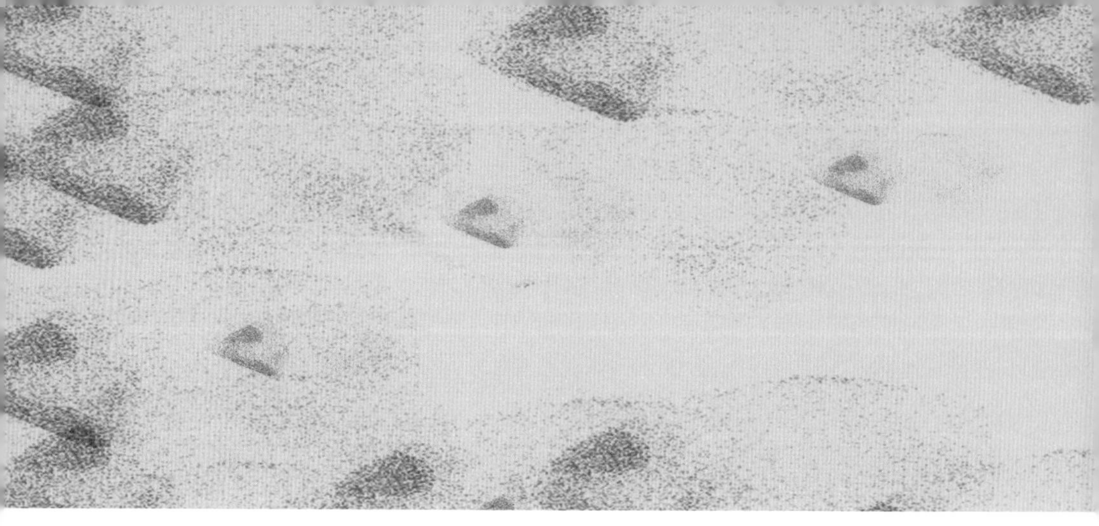

문제들이 현재까지도 지속되고 있기 때문이다. 김승옥 문학에 나타나는 개인은 현실과 구체적인 연관성을 가지면서 하나의 주체를 정립하는 길을 질문하고 모색하고 있다. 일상 생활에 대한 거부와 편입 사이에서 갈등하면서 현실 사회체제의 운영 원리에 대해 고뇌하고 산업화시대의 인간 소외와 윤리의 문제 등에 대해 예민한 시각을 확립하고 있는 점은 김승옥 문학이 가진 예언자적 안목이다. 그리고 이는 자본주의가 존속하는 한 영원히 현재 진행형의 문제일 수밖에 없다는 점에서 김승옥 문학의 의미는 60년대를 넘어서 현재를 사는 우리 안의 화두로 볼 수 있다. 따라서 김승옥 문학을 되돌아보는 작업은 한 작가에 대한 연구를 넘어서서 1960, 70년대 문단을 전체적으로 조감하고, 그의 자장으로부터 자유롭지 못한 이후 세대들의 문학사적 평가를 위한 발판이 될 수 있으리라 생각한다.

　김승옥의 작품을 살피는 일은 이런 역사적, 사회적 현실 속에 던져진 한 개인이 어떻게 살아가야 하는가에 대한 성찰을 요하는 일이다. 또한 이러한 당대의 현실을 김승옥이라는 작가는 어떻게 체화했으며 어떤 방식으로 작품에 반영하였는가를 살피면서 그의 작

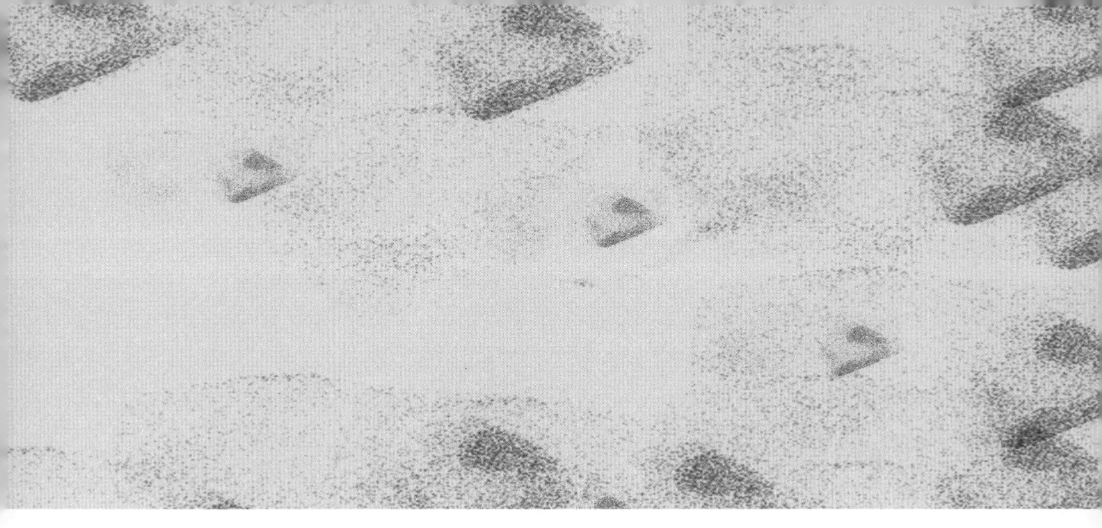

가 의식까지 가늠할 수 있으리라 생각된다.

2장에서는 물신화된 이데올로기의 지배 양상과 개인의 욕망과의 관계를 분석하면서 그 과정에서 벌어지는 소외 양상에 대해 주목해 보았다. 특히 김승옥 소설에서 반복되는 아버지의 부재와 서울 상경이라는 모티프는 김승옥 문학에 나타나는 특징을 고찰해 보는 데 실마리를 제공해 주었다.

3장에서는 김승옥 작품에 등장하는 인물들이 도시에 적응하기 위하여 자기 세계를 형성하는 과정에 등장하는 통과의례의 성격을 추출해 보았다. 그 통과의례적 입문 과정에서 공통적으로 나타나는 여성 인물과 관계된 성 모티프를 살펴보는 가운데 김승옥 문학에 나타나는 성장소설적 특징과 현실 조응 양상이 드러날 것이다.

4장에서는 앞에서의 분석을 토대로 김승옥 문학에 나타나는 현실 인식 방법을 이야기해 보고자 한다. 김승옥이 작품 안에서 자기 인식의 과정을 거쳐 끊임없이 이야기하고 있는 것은 결국 어떻게 살아가야 하는가의 문제이다. 이 현실 인식은 사회와의 함수 관계 안에 개개인의 일상에 스며들어 있는 문제이기에 이에 대한 응전이 갖는 성격을 짚어 보는 것은 문학사적 성격까지를 규명해 보는

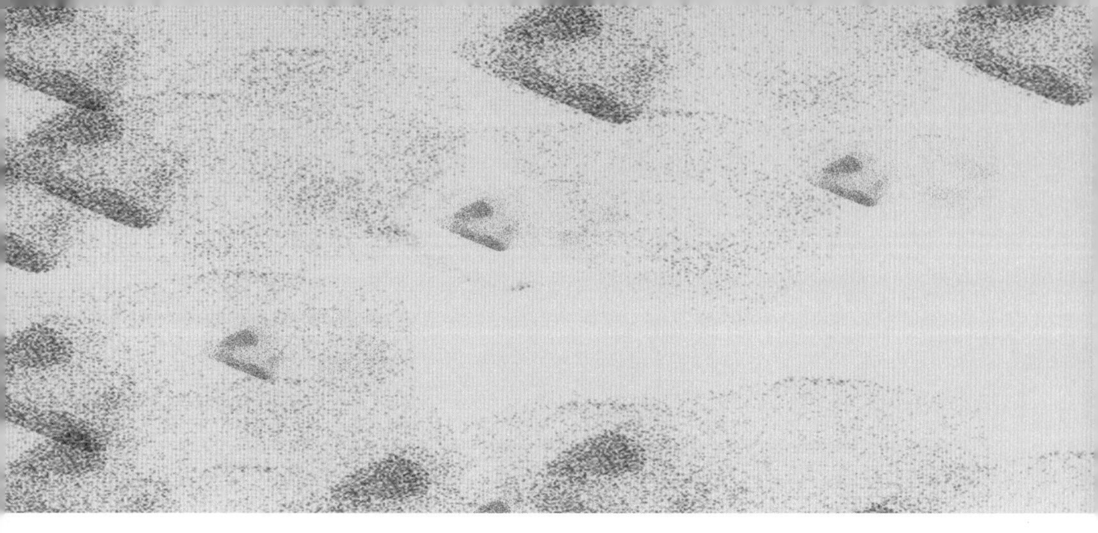

작업이 될 것이기 때문이다.

*

내게 박사논문을 쓰는 일이란 하루를 눈물나게 분배해야 되는 일이었다. 갓 태어난 아기를 달래면서, 아버지의 암 선고를 지켜 보면서, 갑작스러운 친지의 죽음을 치르면서 삶과 죽음의 한복판에서 나는 아무런 힘이 없는 미력한 인간으로서의 한계 상황과 정면 승부해야 했다. 지금와서 돌이켜보면 그 벅찬 일상을 견딜 수 있었던 것은 김승옥이 가르쳐 준 진정한 소통의 힘, 사랑이 나를 돌봐 주었기 때문이었다. 한없는 이해심과 자애로움으로 이기적인 나를 견뎌 주고 아껴 주었던 이들이 있었기에 나는 그 지리멸렬한 일상 속에서 또다시 돌을 굴리며 산 정상을 향할 수 있었던 것이다. 비록 그 돌이 어느 한순간 일상의 폭력으로 다시 산 아래로 굴러 떨어질 수밖에 없는 운명이었다 할지라도 적어도 돌을 올리고 있던 동안의 나는 산 너머에 있을 무지개를 꿈꾸며 현실의 치열함을 견뎌낼 수 있었다. 그리고 그 모든 것은 나를 끊임없이 다독이고 응

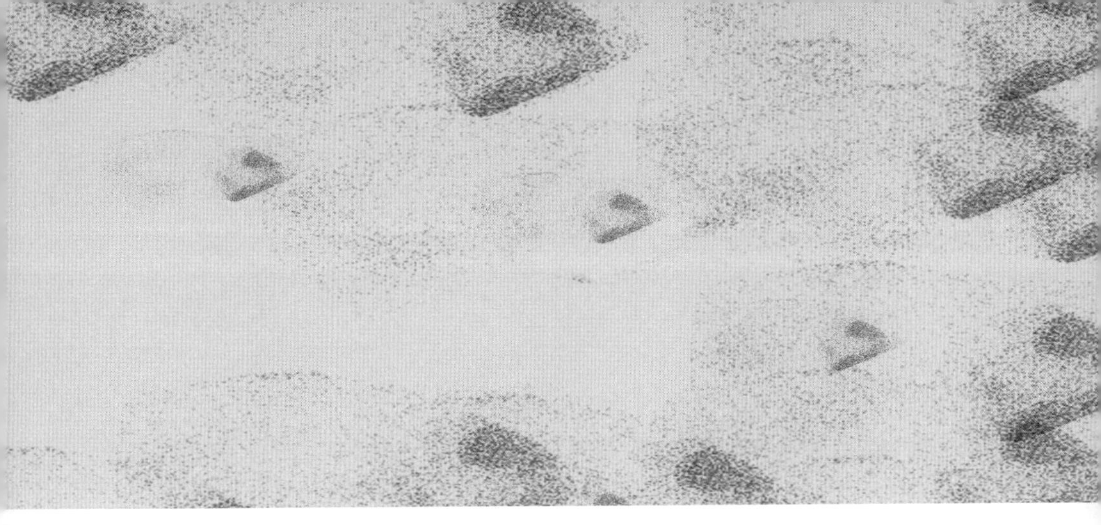

원해 주었던 그분들이 있었기에 가능했던 일이었다. 나는 사랑을 먹고 크는 어린 나무였던 것이다.

많은 책의 저자들이 머리말에 주엄주엄 주변 사람들에게 오마주를 바치는 모습을 보면서 이런 글을 쓸 때의 심경이란 그렇게 다 한결같은 것일까 생각했었다. 그런데 막상 같은 입장이 되고 보니 나 역시도 또 그렇게 적지 않을 수 없게 된다. 하물며 평소 미처 표현하지 못했던 감사의 마음을 이렇게라도 바칠 수 있다는 것이 참 다행이라는 생각이다.

*

한껏 자라날 수 있는 토대를 열어 주셨고 부족한 저를 늘 넓은 가슴으로 품어 주시는 용이벌의 이덕화 교수님, 김대숙 교수님, 조일규 교수님, 김용희 교수님 그리고 김동현 교수님, 신달자 교수님의 은혜는 끝이 없습니다. 늘 생각만 해도 눈물이 날 것만 같은, 제 영혼의 친정 같은 분들입니다. 너무나 감사합니다. 그리고 사랑합니다.

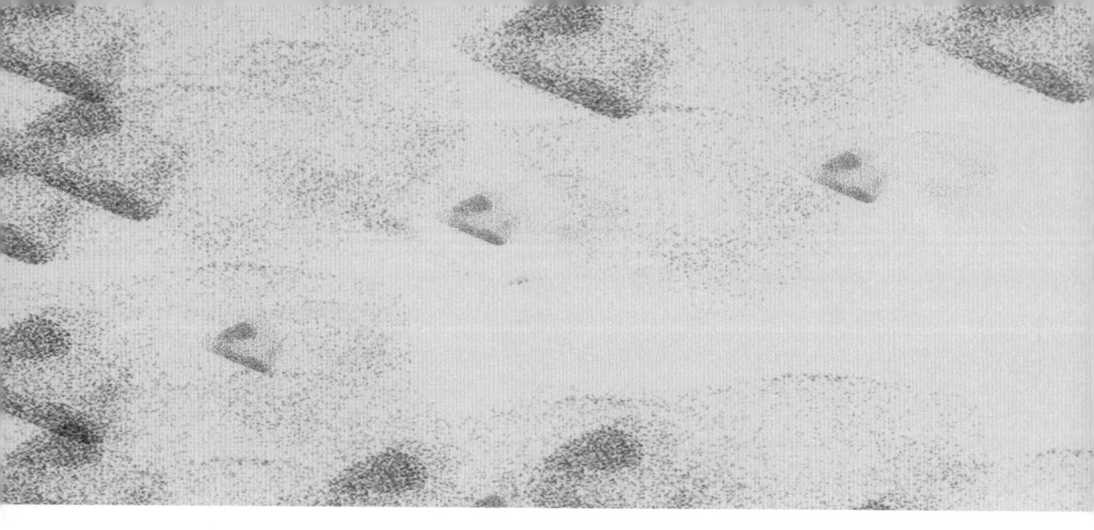

학자로서의 눈을 뜨게 해주신 주종연 교수님, 신대철 교수님, 조희웅 교수님. 수줍어서 말씀은 다 못 드렸지만 가슴깊이 뜨겁게 존경하고 있습니다. 그리고 부족한 제게 용기를 주셨던 김상태 교수님, 유민영 교수님 감사합니다. 더 열심히 살겠습니다.

그리고 저를 성장시켜 주시는 국민대 국문과의 모든 선생님들과 여성학자로 살아가야 할 길을 깨닫게 해주시는 콜로키움의 여러 선생님들께도 머리 숙여 감사드립니다.

생활인으로서 직업인으로서의 고뇌와 피로를 함께 나누며 큰 위로가 되어 주는 내 知友들, 선배님, 후배님 모두 모두 감사합니다. 특히 이 책을 위해 함께 고민해 준 예호 선배님과 선형, 주영, 영욱. 진심으로 고맙습니다. 저 역시도 좋은 사람이 되어 보답할 수 있도록 노력하겠습니다.

또 이 부족한 사람에게 늘 좋은 것을 선물해 주시는 박덕규 교수님, 그리고 이 책이 태어나기까지 여러 모로 도와주신 조태봉 선생님과 청동거울 식구들, 그 노고에 감사드립니다.

항상 든든한 후원자이자 나의 하염없이 사소하고 소심한 찌든 때들을 해결해 주는 내 인생의 세탁기 장연태 님과 인생을 함께 하고

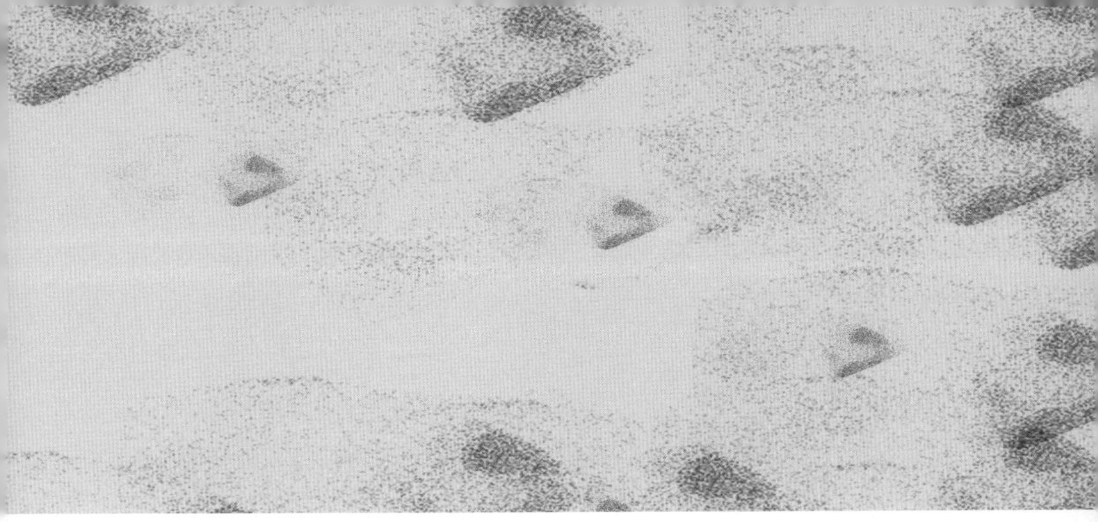

있다는 것에 감사합니다. 언제까지나 곁에 있어 줄 것이라 믿어 의심치 않습니다. 생각만 해도 마음이 뭉클해지는 어른스런 내 아들 장동윤에게도 너무나 감사합니다. 평화로운 일상을 누릴 수 있었던 것은 태어나 여섯 살이 된 지금까지 언제나 수월하게 커준 네 덕이란다.

부족한 며느리지만 한결같이 예뻐해 주시고 살펴 주시는 대전 어머니, 아버지 감사합니다. 또 나를 존재하게 해주는 나의 가족들. 항상 많은 이해와 배려를 받고 있다고 생각되네요. 참 고맙습니다. 나를 이 세상에 있게 하셨고 여자로 사는 당당함을 몸소 보여주신 나의 아킬레스건, 늘 안타까운 우리 엄마, 허정란 님에게 좀더 좋은 딸이 되겠다고 말씀드리고 싶습니다.

그리고 마지막으로 병상에서 힘겨운 하루하루를 보내고 계시면서도 몸소 삶의 용기와 희망을 가르쳐 주시는 사랑하는 나의 아버지 서차현 님께 이 책을 바칩니다.

2007. 가을에
서연주

차례

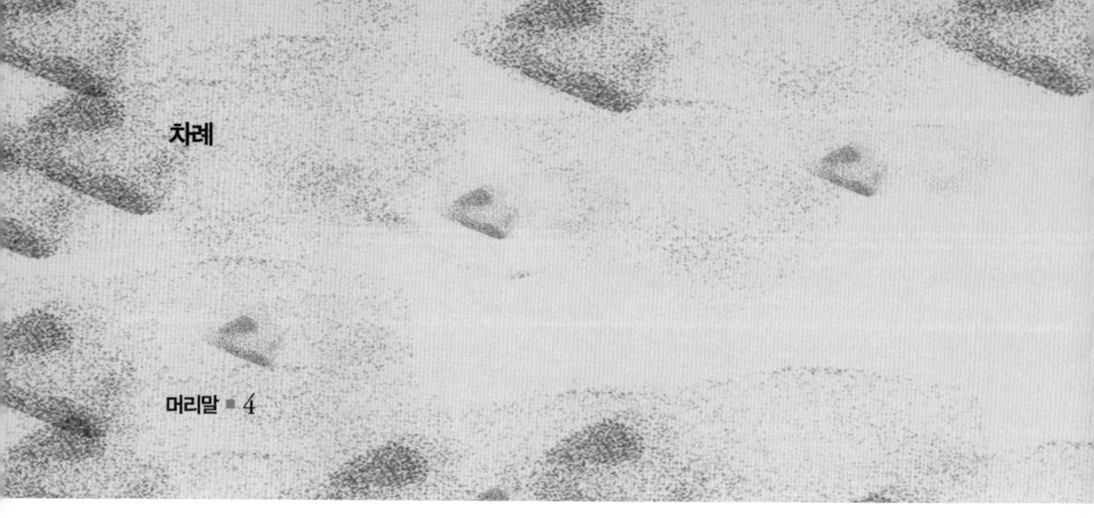

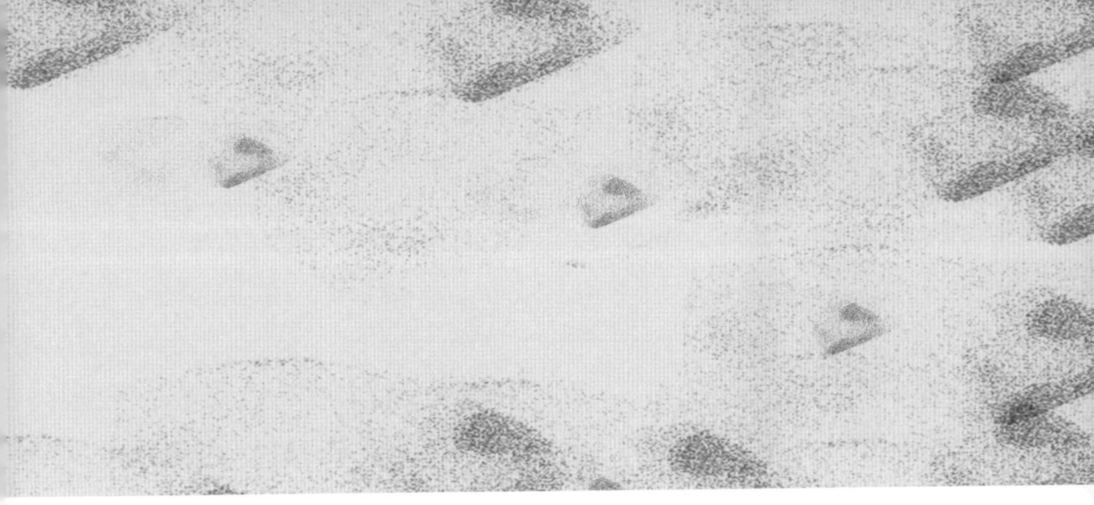

김승옥 문학의 새로운 해석

1. 김승옥을 바라보는 몇 개의 시선
2. 해석의 초점과 방법

김승옥 문학의 새로운 해석

1. 김승옥을 바라보는 몇 개의 시선

우리 문학사에서 60년대 문학에 대한 접근은 4·19의 의미를 찾는 데서 시작되곤 한다. 이는 곧 우리 사회의 주체적인 자기 인식의 역량과 현실 변혁 의지 등이 60년대를 거쳐 오면서 어떤 굴곡을 겪어 왔으며 문학적으로는 어떻게 형상화되었는가를 밝히는 작업이라고도 볼 수 있다. 1960년대 문학은 4·19의 성공, 좌절과 궤를 같이 한다고 이야기될 만큼[1] 60년대라는 시대적 성격을 밝히는 데 있어 4·19의 의미는 각별하다. 그 중 특히 김승옥은 4·19세대[2]의 대표적 문인으로 부각되어 왔다.

따라서 본고는 김승옥 소설에 나타난 현실 인식과 현실 조응 양상을 고찰함으로써 그의 소설에 일관되게 흐르고 있는 작가 의식

---

1) 정과리, 「자기 정립의 노력과 그 전망」, 『문학, 존재의 변증법』, 문학과지성사, 1985, p.23.

을 밝히고 나아가 그 문학사적 의의를 살피고자 한다.

김승옥은 소년기에 6·25를 체험하고 청년기에 4·19를 겪은 세대의 감각을 보여주는 데 있어서 분명한 '자기 세계'[3]를 가진 작가이다. 1962년 한국일보 신춘문예에 「생명연습」으로 등단한 이래 1980년 광주항쟁을 이유로, 동아일보에 연재 중이던 중편 「먼지의 방」을 15회 만에 자진 중단할 때까지 그는 단편 15편, 중편 3편, 장편 4편, 미완성 작품 2편, 수필집 1권과 꽁트집 1권을 남겼다.[4] 이 작품들은 발표 당시부터 문단 내부와 대중의 관심을 함께 받았고 지금까지도 김승옥은 문학사에서 비중 있는 작가로 다루어지고 있다.

그간 김승옥에 대한 기존의 논의는 대체로 다음과 같은 경향으로 진행되어 왔다. 첫째, 문학사적인 차원에서 1960년대 문학과의 관계항, 4·19세대의 의미 등을 다룬 연구이다. 둘째는 문체적인 접근으로 섬세한 감수성과 특유의 문체에 주목한 논의들이며 셋째, 주제적인 측면에서 도시화, 근대화, 산업화 등이 어떻게 형상화되었는가에 집중한 논문들이다.

김승옥의 작품 세계를 다루는 데 있어 가장 큰 비중을 차지하는

---

2) 김현은 "사일구 세대라는 명칭으로 널리 알려진 세대는 시의 황동규, 이성부, 정현종, 이승훈, 최하림, 김지하, 소설의 김승옥, 이청준, 서정인, 박태순, 박상륭, 홍성원, 김원일, 김용성, 이제하, 이문구, 비평의 백낙청, 김병익, 김치수, 김주연, 염무웅, 임중빈, 이광훈, 조동일 등을 말한다. 그 세대들이 부딪친 세계는 식민지 시대, 해방 후의 혼란, 전쟁 때의 세계와는 분명히 다른 세계였다."고 한다.
   김현, 「60년대 문학의 배경과 성과」, 『분석과 전망, 분석과 해석/보이는 심연과 안 보이는 역사 전망』, 김현 문학전집 7, 문학과지성사, 1991, p.241.
3) 이는 그의 등단작인 「생명연습」에서 제시되었는데 그의 작품 전체를 총괄하는 주제 의식이기도 하다.
4) 김승옥이 남긴 작품수가 논자들마다 약간씩의 차이를 보이는데 이는 미완 작품인 1966년 작 「빛의 무덤 속」과 1980년 작 「먼지의 방」을 작품 수에 포함시키느냐와 콩트를 단편소설로 분류하느냐 따로 두느냐에 따른 것으로 보인다. 본고는 1995년 문학동네에서 간행한 김승옥 소설 전집의 분류를 기준으로 하였는데 이는 전집 1권에 실린 '작가의 말'로 보아 김승옥 본인도 공감했던 분류라 생각한다.

것은 1960년대라는 시대적인 상황에서 김승옥 문학이 차지하고 있는 새로움에 대한 것이다. 이 계열의 연구는 당대 비평가들로부터 시작된다. 그 중 특히 김현, 김주연은 '자기 세계', '자기 의식'을 가진 개별적 인간을 창조했다는 점에 김승옥 문학의 새로움이 있다고 평가한다. 김주연은 김승옥을 "사소한 것의 사소하지 않음을 드러낸 트리비얼리즘의 작가"라 칭하며 50년대 작가들이 지니는 '존재의 무거움'을 탈피하여 현실의 의미가 새로이 검토되고 있다는 점을 강조한다.[5]

이와 같은 맥락으로 김현은 55년대 작가들의 작품에서 무의지적이며 수동적이었던 주인공들의 의식이 65년대의 작가에 이르면 점차 깨어나기 시작하면서 자기 환경과 상황의 의미를 캐어내려는 시도를 시작한다는 점에서 소설의 주인공들에서 섬세한 변모가 포착된다고 평가한다. 이는 김승옥에서 '자기 세계'의 문제로 드러나며 그의 소설은 의식 내부의 조작이 개인의 성격을 뚜렷이 하면서 한 인물이 소위 '개 같은 놈'으로 변모되는 양태를 그리고 있다고 평하고 있다.[6] 또 김현은 60년대 문학의 배경과 성과라는 글에서 4·19세대의 문제 의식을 논하면서 소설의 경우, 분단이 비논리적이며 삶의 전체를 규제하는 조건이 된다고 정리하고 김승옥의 「乾」은 이 세대의 유년기의 실존적 체험을 위악적으로 표현한 작품이라고 평가한다.[7]

---

5) 김주연, 「새 시대 문학의 성립 인식의 출발로서의 60년대」, 『김주연 평론 문학선』, 문학사상사, 1992.
　이 글은 김현이 서기원과 벌인 세대 논쟁을 촉발시켰을 뿐만 아니라 소시민문학론을 발단시킨 글이라는 점에서도 주목할 만하다.
6) 김현, 「구원의 문학과 개인주의」, 『현대한국문학의 이론/사회와 윤리』, 김현 문학전집 2, 문학과지성사, 1991.

이렇게 이전 세대와의 변별점을 강조한 논의들은 '4·19세대'라는 세대론으로 이어진다. 4·19세대는 1950년대 문학과는 다른 자기 세대의 특수성을 나타내고자 하는 시도[8]를 하고 있으며 그 기점이 되는 작가가 김승옥이라는 것이다. 그러나 한편으로 백낙청은 '시민문학론'을 정립하면서 김승옥의 소설에서 인물이 지니는 욕망은 "일시적 도피의 길이요. 시민의식의 파산의 길이며, 새로운 노예화의 길"이므로 이는 곧 소시민 의식의 한계를 드러내는 것이라고 혹평한다.[9] 이렇게 진행된 김승옥 문학에 대한 긍, 부정의 평가는 아직까지도 유효한 양대 축을 이루고 있다고 볼 수 있다. 특히 그 논의의 양극점을 이루는 핵심은 김승옥 작품에 나타난 현실 인식의 성격으로 귀결된다고 할 수 있겠다. 이는 김승옥 문학의 성격 규명과 더불어 1960년대 문학이 가진 전후문학과의 변별점을 찾는 데도 중요한 요인이 된다. 따라서 이 점은 본고에서도 논의의 대상으로 삼고자 하는 문제이다.

이외 정현기는 김승옥의 소설은 고향이 상실되었음을 보여준다고 평하며 이미 안주할 삶의 기반을 우리들 모두가 잃었다는 60년대적인 선언을 담고 있다고 보고 있다. 나아가 이는 공동체적 의식이 깨어진 세계, 울력으로 각기 존재를 확인하고 받던 고향을 잃은

---

7) 김현, 「60년대 문학의 배경과 성과」, 『분석과 해석/보이는 심연과 안 보이는 역사 전망』, 김현 문학전집 7, 문학과지성사, 1991.
8) 이에 대해 권성우는 김현을 비롯한 4·19세대의 "문학사적 인정 투쟁 욕망"이라고 지적한다. 1960년대에 등장한 비평가들이 전략적으로 전대 비평가를 극복하여 문단 내에서 입지를 마련하려 했다는 것이다. 그 이유로 4·19세대가 자신의 문학적 관점을 50년대와 비교하는 가운데 문학의 연속성을 성급하게 부정하고 있다는 점, 일반적인 특성을 과장되게 규정하고 있다는 점을 들고 있다.
권성우, 「60년대 비평 문학의 세대론적 전략과 새로운 목소리」, 『1960년대 문학연구』, 예하, 1993.
9) 백낙청, 「시민문학론」, 『창작과비평』, 1969 여름.

세계, 믿고 따라야 할 정신적 지주도 지도적 역량도 잃어버린 세계
인 1960년대 상황을 그린 것이라고 논하고 있다.[10] 이밖에도 김승
옥이 그의 삶의 원리이자 창작방법으로 확보한 '남과 다른 자기 세
계'라는 인식틀은 4·19체험을 매개로 한 것이나 그 인식이 단호하
고 독선적인 데 그치고 있으며 역사에의 동참 의지와 객관적 현실
의 과학적 인식이 결여되어 있기에 문학적 실패를 야기했다는 류
보선[11]의 평가나, 김승옥 소설은 50년대까지 한국 소설들을 지배
해 온 전통적인 '도덕적 상상력'을 거부하고 '미학적 상상력'으로
대상으로서의 삶에 접근했다는 조남현[12]의 연구는 김승옥 문학이
가진 의의와 한계에 주목한 논의들이다.

　그러나 이런 연구들은 대개가 김승옥을 1960년대 작가로 규정하
고 그 한도 내에서만 살피려는 시도이다. 이들은 1960년대적인 특
색을 드러내는 데 집중한 결과 전후소설이라고 불리우는 앞선 세
대와의 면밀한 비교 고찰 등이 부족한 면모를 보인다. 또 1970년대
에 발표된 그의 작품에 대한 분석은 거의 이루어지지 않은 채 1960
년대에 발표한 작품 중에서도 몇몇 작품에 국한되고 있다는 한계
또한 지적하지 않을 수가 없다. 그러므로 전체적인 문학사 안에서
그가 어떤 의미를 내포하고 있는지, 또 1960년대 작가군에서도 김
승옥에게만 독특하게 드러나는 몫이 무엇인지에 대한 구체적인 고
찰이 결여된 채 진행된 작업이었다는 아쉬움을 남긴다. 한 작가를
문학사 가운데 평가하기 위해서는 그의 작품 전반에 걸쳐 세심한
논의가 필요하다. 또한 그러한 면밀한 검토가 선행된 후 그의 작품

---

10) 정현기, 「1960년대적 삶」, 『한국문학의 사회사적 의미』, 문예출판사, 1986.
11) 류보선, 「김승옥론 – 개인과 사회의 대립적 인식과 그 의미」, 『문학사상』, 1990. 5.
12) 조남현, 「미적 세계관에의 입사식」, 『누이를 이해하기 위하여』, 청아, 1992.

이 문학사 가운데 어떤 의미를 갖는지에 대해 자리매김해야 할 것이다.

　김승옥 연구에서 상당 부분을 차지하는 또 다른 분야는 신선한 감수성과 문체적인 측면을 주목한 논의들이다. 김승옥이 새로움으로 주목받게 된 이유로 부각되는 작가 특유의 문체 미학은 아직까지도 연구자들에게 회자되는 논의의 대상이다. 이런 경향은 4·19 세대 비평을 이끈 김현이 세대론 전개 중 세대를 구분하는 중요한 근거로 한국어의 자유로운 사용을 들고 있다는 점에서 촉발되었다고 볼 수 있다. 김현은 김승옥의 소설은 "중문과 복문의 교묘한 배합, 청각적 이미지와 시각적 이미지의 교합 등으로 서구적인 냄새를 풍기면서도 번역투 같지 아니한 교묘한 문체를 보인다"고 지적하면서 "중문과 복문의 알맞은 배합은 관계대명사의 부재로 우리 글에서는 상당히 힘든 부분에 속하는데도 교묘하게 해내고 있으며" "청각적 이미지와 시각적 이미지의 결합에 있어서는 거의 독보적"이라 평하고 있다.[13]

　'감수성의 혁명'이라는 대명사를 만들어낸 유종호는 "평범한 일상의 저변에서 경이를 조성하면서 환상과 현실을 희한하게 조화시키는 허구 조성 능력, 기지가 번뜩이는 분석력, 만화경같이 다채로운 의식의 요술도 결국은 그의 참신한 언어 재능에 의존하고 있으며" 작가의 뛰어난 언어 구사는 "우리의 모국어에 새로운 활기와 가능성에의 신뢰를 불어넣었다"고 고평하면서도 "모국어의 한 형용사에 대해서는 섬세한 반응을 보일 수 있으면서도 가령 사회 구조의 모순에는 전혀 태연할 수 있는 감성이 올바른 감성일 수 있을

---

13) 김현, 「구원의 문학과 개인주의」, 앞의 책.

까"란 의문을 덧붙인다.[14]

또 김윤식은 60년대 문학의 특징을 '환상적 기준'과 '부(父)의 부재'라 규정하면서 그 중 김승옥의 「환상수첩」, 「누이를 이해하기 위하여」에 나타나는 '바다'와 '죽음'의 이미지는 도시를 향한 환상적 그리움을 의미한다고 보고 있다. 여기서 '환상적'이란 '부재를 향한 형언할 수 없는 그리움'을 의미하는 것이며, 이는 60년대의 문학적 특질을 표시하는 상징이기도 하다고 정리한다. 그리고 결국 그 상징은 곧 60년대를 열고 나간 일련의 작가들의 정신 구조가 '시적'이며 '환상적'임을 말해 주는 증거라고 한다.[15] 그밖에 홍정선은 정황을 알려 주는 감각적 언어로 사건의 이미지를 매개시키는 수법은 일본어로 사고하고 그것을 한글로 번역해서 쓰던 전후 문학 세대에게는 불가능했던 것으로 이는 한국어로 자유로운 사고와 글쓰기가 가능했던 한글 세대만의 특징이라고 지적한다. 나아가 "우리가 70년대 소설가라고 부르는 최인호, 한수산 등의 섬세하며 여성적인 문체, 혹은 위악적인 행위, 혹은 재치있는 말장난이 모든 것의 시작은 김승옥의 소설에 있다"며 김승옥 문체가 소설사에서 차지하는 비중에 무게를 두었다.[16]

그러나 장영우는 한국어로 사유하고 한국어로 글을 썼다는 '4·19 세대' 또는 '한글 첫 세대'의 자부심은 지나치게 과장, 미화되었다고 지적한다. 그는 「무진기행」을 분석하면서 김승옥의 문체가 실은 한글의 변조와 왜곡이며, 서구어 번역체라는 기계적 문체의 파생이라고 주장하고 있다.[17] 이 연구는 그간 김승옥 문체 연구가 인

---

14) 유종호, 「감수성의 혁명」, 『다산성』, 한겨레, 1987.
15) 김윤식, 「60년대 문학의 특질」, 『김윤식 선집』 4, 솔, 1996.
16) 홍정선, 「작가와 언어의식」, 『해방 40년: 민족 지성의 회고와 전망』, 문학과 지성사, 1985.

상주의적이었던 것에 비해 구체적 작품 분석과 함께 새로운 문체 이론에 근거한 본격적인 비평이라는 점에서 의의가 있다 하겠다.

주제적인 차원에서 김승옥의 작품을 연구한 논문들은 주로 도시화, 근대화, 산업화 등 사회사적인 맥락에 주목하고 있는데 이는 90년대 들어서 더욱 다양화되는 추세이다. 이러한 계열의 연구 중 김치수는 김승옥의 주제는 자기가 살고 있는 삶이란 무엇이며, 자기가 던져져 있는 이 세계란 어떤 것인가 하는 근본적인 질문을 던지고 있다고 평가한다. 더불어 그의 문학이 주목의 대상이 되는 이유는 문학의 관심을 사회 전반의 개조와 역사적 흐름의 파악으로부터 개인의 발견으로 회전시킨 점에 있다고 지적하고 있다.[18] 이태동은 60년대 들어서 급격하게 이루어진 도시화와 산업화의 역기능으로 인해 인간 소외의 문제가 제기되었음을 지적하고 김승옥 소설이 이러한 소외의 문제 속에서 내적인 자기 심리 과정을 드러내고 있다고 평가한다.[19]

이러한 긍정적 평가와는 달리 권영민은 60년대 중반 이후 김승옥이 대중문학으로 기울면서 작품에 나타난 개인의 욕구와 존재 양상이 소시민적 욕구로 일관되고 있으며 소설의 주제 자체도 트리비얼리즘적이라고 비판한다. 그러면서 이는 자기 감성에의 함몰일 수도 있고 작가의 감성이 더 이상 용납되기 어려워진 상황 때문일 수도 있다고 분석하고 있다.[20] 이런 지적은 세태 묘사를 통해 문

---

17) 장영우, 「4·19세대의 문체의식: 김승옥의 「무진기행」을 중심으로」, 『작가연구』 제6호, 1998.
18) 김치수, 「反俗主義文學과 그 傳統 60년대 문학의 성격, 역사적 위치 규명」, 『한국소설의 공간』, 열화당, 1979.
19) 이태동, 「자아의 시선과 迷忘의 旅路」, 『김승옥 문학상 수상 작품집』, 훈민정음, 1995.
20) 권영민, 『한국현대문학사』, 민음사, 1993.

명의 장소인 도시와 도시인들 속에서 미만하고 있는 허황한 가치
추구의 제 양상을 드러내고 있으며 이런 대중문학적 관점에서의
소설들은 그의 초기 세계보다 더 폭넓고 원숙해진 주제 의식의 일
단이 발견되기까지 한다고 평하고 있는 김병익[21]과 상당히 대조적
이다. 이외에 정과리는 김승옥이 인식한 현실의 본질적인 요소들
은 특이한 것, 혹은 새로운 것에 대한 유혹과 공포라면서 그의 작
품에 나타나는 서울/시골의 극단적인 대치감 그리고 시골에서의
파행적인 결말은 이방에 대한 우리의 충격을 보여주면서도 해명될
수 있는 가능성과 의지가 없다는 점에서 그 자체의 한계를 내포하
고 있다고 평한다.[22]

　90년대 들어서면서 김승옥 일부 작품만을 평가와 분석의 대상으
로 삼는 데서 비롯되는 여러 한계들을 극복하고 논의의 지평을 넓
히려는 시도들이 등장한다. 이런 가운데 모더니즘적인 관점에서
김승옥 소설을 보려는 최혜실, 차혜영의 연구들[23]이나 근대성의 관
점에서 소외와 물화의 문제를 자본주의화에 대한 근대화 세대의
반응으로 규정한 하정일[24]과 근대적 주체의 분열과 정체성 위기를
통한 근대성을 이야기한 공종구[25], 페미니즘적인 관점으로 김승옥
소설을 주목한 황도경[26]과 여로형 소설의 지형학적, 공간 정치학적
논리로 「무진기행」을 분석한 황국명[27] 등 외에도 많은 연구들이 논

---

21) 김병익, 「시대와 삶」, 『상황과 상상력』, 문학과지성사, 1979.
22) 정과리, 「유혹 그리고 공포, 문학」, 『문학, 존재의 변증법』, 문학과지성사, 1985.
23) 최혜실, 「김승옥 소설에 나타나는 '여행'과 '산책'의 테마」, 『한국현대소설의 이론』, 국학
　　자료원, 1994.
　　차혜영, 「자율적 주체의 개인주의와 모더니즘적 글쓰기」, 민족문학사연구소, 『1960년대 문
　　학연구』, 깊은샘, 1998.
24) 하정일, 「주체성의 복원과 성찰의 서사」, 민족문학사연구소, 위의 책.
25) 공종구, 「김승옥 소설의 근대성」, 한국현대소설학회, 『현대소설연구』 제9호, 1998. 12.
26) 황도경, 「김승옥 소설에 나타난 남(男) － 성(性)의 부재」, 『이화어문논총』 17, 1990. 10.

의의 폭을 넓히는 데 주력하고 있다.

그러나 김승옥 소설의 새로운 면모를 밝히고자 하는 최근의 연구
들에서조차도 구체적 분석이 결여된 채 그의 전기작의 집중도가
후기에 갈수록 빈약하다는 언급 정도에 그친 인상주의적인 평가가
지배적이다. 이는 기존 연구에서 나타났던 분석적 한계가 되풀이
되고 있는 셈이다. 후기작에서는 전기작들에서 보여줬던 김승옥
특유의 감수성과 소설적 구성이 실종되고 비판 의식이 없는 채로
독자의 관음증을 자극하는 '포르노 소설' 수준에 머물렀다는 대개
의 혹평들[28]에 전혀 근거가 없는 것은 아니다. 그러나 나름대로 독
특한 문학세계를 구축하고 있었던 작가에게 왜 이러한 급격한 변
화가 있었는가에 대해서 인상주의적 비평의 태도만을 취하는 것은
바람직한 일은 아니라고 생각된다. 또한 그것이 대중소설, 통속소
설에 대해 취해졌던 선입견적인 가치 폄하로서 작동하고 있지는
않을까 하는 우려가 있다.

이런 점에서 본고에서는 김승옥의 몇몇 작품에 대해서 대중소설
혹은 통속소설이라고 치부한 채 거론조차 하지 않았던 연구 경향에

---

27) 황국명, 「여로형소설의 지형학적 논리 연구 – 무진기행을 중심으로」, 『문창어문논집』 제
  37집, 2000.
28) 이와 같은 관점의 논의로는 앞서 살펴보았던 권영민의 글 외에도 김치수, 정현기, 조진기
  등의 글을 살펴볼 만하다. 김치수는 「서울의 달빛 0장」에 대하여 간단한 줄거리 소개와 함
  께 주인공이 소시민적 미로에서 헤매고 있다고 평하고 있다. 정현기는 "난잡하고 음란한
  성희에 가득 찬 소설적 형상화"로 「강변부인」을 잠깐 언급하고 있다. 이에 비해 조진기는
  통속소설로 치부되어 논자들에 의해 아예 삭제되고 있는 형편인 「보통여자」, 「강변부인」에
  대하여 본격적인 논의를 시도했다는 점에서는 의미가 있으나 통속소설이라는 기본 전제하
  에 진행된 논의이기에 이 소설들이 가지는 통속성에 대한 비판으로 일관하여 기존의 논의
  방식에서 크게 나아가지 못하고 있는 면이 있다.
  김치수, 「김승옥의 소설」, 『다산성』, 한겨레, 1987.
  정현기, 「1960년대적 삶」, 앞의 책.
  조진기, 「불안한 감수성과 퇴폐적 일상 김승옥 장편소설의 통속성을 중심으로」, 『작가연
  구』 제6호, 1998.

대해 문제를 제기하고자 한다. 특히 비판의 대상이 되는 작품들이 60, 70년대에 선보이기 시작한 가장 저급한 주간지에 발표되었었다[29]는 전제와 그런 이유로 하여 더욱더 상업주의적이고 저속한 통속소설을 쓰게 되었으리라는 가정을 앞세우고 작품을 보는 시선에는 그것이 어느 정도 애정이 어린 것이었다고 해도 그로 인해 놓치고 있는 부분들은 분명히 존재할 수밖에 없다고 생각한다. 그리고 이런 태도들은 결국 김승옥을 1960년대에 한해서만 의미있는 작가로 정치하게 하는 결과를 가져왔다. 분명 김승옥 문학의 일부임에도 불구하고 그 작품들에 대한 구체적인 고찰을 삭제한다면 그것 역시 균형잡힌 시각이라 할 수 없다. '통속소설'이라는 유형론적 명칭 속에 작품을 국한시키고 그 통속성 속에 내재되어 있는 수많은 의미소들을 검토하지 않고서 김승옥 문학을 총체적으로 파악한다는 데에는 재고의 여지가 있다. 만약 후기 소설들이 어떤 결함을 가졌다면 그것이 어떤 내재적 요인을 통해 그런 변모가 진행되었으며, 나아가 그의 다른 작품들과 연결되는 의미는 어떤 것인가 고찰해 볼 필요가 있다. 따라서 본고는 김승옥 문학의 기저에 흐르는 작가 의식 고찰을 위하여 그의 작품 전반에 나타나는 모티프[30]와 주

---

29) 「내가 훔친 여름」(1967), 「60년대식」(1968)은 《선데이서울》에, 「보통여자」(1969)는 《주간여성》, 「강변부인」(1977)은 《일요신문》에 연재되었다.
30) 모티프(motif)는 문학 텍스트에 자주 나타나는 반복적 요소를 의미한다. 러시아 형식주의자와 구조주의자들은 이 모티프를 중시하여 분류 용어들을 개별적으로 변용시켰다. 서사학자 토마체프스키는 "더이상 쪼갤 수 없는 부분들"이라고 하여 서사의 최소 서술단위를 모티프라 불렀다. 일반적으로 모티프는 사건적 차원에서 사용되는 경우와 주제적 차원에서 사용되는 경우가 있다. 모티프를 창작 의도와 관련이 깊은, 작품 전체의 동기로 사용하는 경우에는 주제적 차원이라 볼 수 있고, 서사의 전개에서 다른 사건이나 인물의 변화를 야기하는 내적인 힘의 원리로 사용한 경우에는 사건적인 측면이 강하다. 한 작품 안에서 서사 진행에 동일한 방식으로 영향을 미치고, 사건 자체에 내적인 유사성이 있다면 동일한 모티프로 분류할 수 있을 것이다.

제 의식의 관계를 파악해 보고자 한다.

김승옥 소설 전반을 관통하는 모티프 중 특히 주목할 만한 것은 아버지 부재(不在)와 성(性) 모티프이다. '아버지 부재'는 우리의 근대문학에서부터 끊임없이 이야기되고 있는 부분으로 많은 작가들의 작품에 자주 등장하는 모티프이다. 그렇기에 이는 김승옥 작품만이 가지는 특질을 살피는 데 있어 매우 유용한 소재가 되리라 생각한다. 또 이는 나아가 김승옥이라는 작가가 체화한 시대성이 깊이 녹아들 수 있는 전제로서 그의 작품 안에서 일정한 의미망을 구성하는 양상을 살피는 데 도움이 될 수 있을 것이다.

더불어 김승옥 소설에 나타난 성 모티프의 변모는 그의 작가 의식을 총괄해 보는데 일정한 틀이 될 것이다. 특히 많은 논자들이 김승옥 문학에 나타나는 성 모티프에 대한 문제 의식을 제기하고는 있으나 집중적으로 논의된 적이 없었다는 점은 매우 특이할 만한 사항이다.[31] 지금까지 김승옥 문학의 연구에 있어 그의 문학 전

---

31) 김승옥 연구자라면 그의 작품에 나타나는 성(性)에 대해 어느 정도 의식할 수밖에 없다고 생각한다. 그만큼 그의 작품에 성 모티프는 빠짐없이 등장하고 있기 때문이다. 이 부분에 대해 많은 논자들이 연구 필요성을 공감하고 있다. 조남현은 「미적 세계관에의 입사식」에서 '도덕적 상상력'이라는 전통적 발상법을 넘어서는 김승옥 소설의 미학에 대해 언급한 바 있고 정과리는 김승옥 작품에 나타나는 섹스의 이중적인 의미에 대해 분석하였다. 이외에도 정상균은 "김승옥의 가장 치열한 문학의식은 그의 「생명연습」에서 아예 '어머니'를 '갈보'와 등식 관계에 두었던 점에서부터 확인해 볼 수 있다"면서 이런 "문제를 문학의 전면에 내세웠던 이는 한국 서사문학의 전개에 일찍이 없었다"고 한다. 류양선은 "김승옥은 거의 모든 작품에서 성욕의 문제를 중요한 주제로 다루고 있다"고 지적하고 있으며 정장진은 김승옥의 소설에서 "인간 삶의 한 근원인 성이 사회적, 역사적 정열의 중요한 동력"으로 작용하고 있다고 보고 있다. 그밖에 진정석, 이정석 등의 논문을 통해서도 이런 공감대를 확인할 수가 있다.
조남현, 「미적 세계관에의 입사식」, 앞의 책.
정과리, 「유혹 그리고 공포」, 앞의 책.
정상균, 「김승옥 문학 연구」, 서울시립대학교 국어국문학과, 『전농어문연구』 제7집, 1995. 2.
진정석, 「글쓰기의 영도」, 『문학동네』 7호, 1996 여름호.
정장진, 「창녀와 역사(力士), 김승옥론을 위하여」, 『문학동네』 12호, 1997년 가을.

반에 걸쳐 드러나는 모티프 분석은 거의 불모의 영역으로 남아 있었다. 한 작가를 연구하는 데 있어서 작품 전체에 걸쳐 반복적으로 나타나는 모티프는 그의 작품 세계를 살피는 데 분명 중요한 실마리가 되어 줄 것이다. 또한 이러한 문제 의식은 그간의 김승옥 문학 연구가 단편소설과 장편소설 사이에 놓여 있는 심연을 메꾸는 데 성공하지 못했다는 데서 출발하였다. 따라서 본고는 기존 연구의 이러한 결락을 상쇄하고 작품 안에 드러나는 김승옥의 작가 의식을 추적하기 위해 모티프를 분석하고자 한다.

2. 해석의 초점과 방법

소설이란 본질적으로 자아와 세계의 갈등과 대결을 담아내는 서사양식이다. 이런 점에서 소설은 개인과 사회 간의 관계, 그리고 그로부터 파생되는 의미를 진지하게 반영해낸다고 할 수 있다. 이 같은 작업은 구체적으로 사회와 사회적 관계의 현실을 특수한 개인에게 집중시킴으로써 이루어진다. 즉, 소설이 사회와 사회적 관계의 현실을 표출하는 가장 본질적이고 두드러진 방법은 개인에 의한 사회적 반영이기 때문이다. 이와 같이 사회와 밀접한 상관성을 지닌 서사적 개인의 삶의 양식은 고립적, 배타적으로 성립된 것이 아니라 역사, 사회 변동과의 관련 속에서 전개된다. 결국 소설 속에 재현되고 있는 작중 인물은 그 세계를 표상하는 역할을 하고

류양선, 「김승옥 소설의 세계 또는 '서울, 1964년 겨울'에 유폐된 영혼」, 『작가연구』 제6호, 1998년 하반기.
이정석, 「김승옥 소설에 나타난 '性'의 의미 연구」, 『숭실어문』 18집, 2002.

있다고 볼 수 있는 것이다.

이런 의미에서 볼 때 '가장 60년대적인 작가'라는 호칭을 달고 있는 김승옥은 분명 역사적 사건이 개인에게 어떤 영향을 미쳤는가를 예민하게 짚어낸 작가라고 가정해 볼 수 있다. 그의 작품 세계는 분명 6·25, 4·19, 5·16으로 이어지는 격동의 현실 아래 어떻게 살아가야 하는가의 문제를 치열하게 탐구하고 있다.

특히 산업 근대화로 인해 급격하게 변모하는 현실이 작품의 배경이 되고 있는 1960, 70년대는 국가적 빈곤을 퇴치하자는 목표 아래 경제적 급성장이 이루어졌던 시기였다. 이로 인해 갑자기 변화된 생활환경과 가치관 전도의 문제는 깊은 관련을 맺고 있다. 날로 팽창해 가는 산업화와 물질의 성세에 휩쓸려 점차 소비적으로 변해 가는 사회의 모순은 이제 개인의 문제로 이어질 수밖에 없기 때문이다.

따라서 김승옥의 작품을 살피는 일은 이런 역사적, 사회적 현실 속에 던져진 한 개인이 어떻게 살아가야 하는가에 대한 성찰을 요하는 일이다. 또한 이러한 당대의 현실을 김승옥이라는 작가는 어떻게 체화했으며 어떻게 작품에 반영하였는가를 살피면서 그의 작가 의식까지 가늠할 수 있으리라 생각된다. 한 작가의 세계관을 규명하는 일은 곧 그 시대의 정신을 이해하는 방법이 될 것이다.

그러나 이런 방법이 문학 작품의 통일성이나 본질을 손상함이 없이 규명할 수 있는 것은 아니다. 문학은 사회적으로 조건지어지지만 문학에 있어서의 모든 요소나 그 요소들의 결합 구조가 사회적인 조건에 의해서 정의될 수 있는 것은 아니기 때문이다. 따라서 사회·문화적 비평, 후기 구조주의 비평만으로는 문학작품의 복잡성을 충분히 분석하는 데 취약점을 가지고 있다고 할 수 있다. 특히 작품 속에 서로 얽혀 있는 모티프와 상징 등의 상호 관계적 의미 파악에 소홀하기 쉽다. 따라서 본고에서는 정신분석학과 신화학, 페미니즘 등의 방법도 아울러 차용했음을 밝힌다. 그리고 이와 같은 방법으로 그의 작품에 나타난 작가 의식을 살피기 위하여 특징적으로 드러나는 모티프를 추출해내었다.

본고에서는 다음 세 가지 측면에서 그의 작품 전체를 살피고자 한다.

제2장에서는 물신화된 이데올로기의 지배 양상과 개인의 욕망과의 관계를 분석하면서 그 과정에서 벌어지는 소외 양상에 대해 주목하고자 한다. 특히 김승옥 소설에서 반복되는 아버지의 부재와 서울 상경이라는 모티프로 인해 김승옥 문학에 나타나는 특징을 고찰해 볼 것이다. 그리고 이를 통해 작품에 드러나는 김승옥의 현실 인식에 대해 조명해 보고자 한다.

제3장에서는 김승옥 작품에 등장하는 인물들이 도시에 적응하기 위하여 자기 세계를 형성하는 과정에 등장하는 통과의례의 성격을 추출해내고자 한다. 그 통과의례적 입문과정에서 공통적으로 나타나는 여성 인물과 관계된 성 모티프를 살펴봄으로써 김승옥 문학에 나타나는 성장 소설적 특징과 현실 조응 양상을 살펴볼 것이다.

제4장에서는 앞에서의 분석을 토대로 김승옥 문학에 나타나는 현실 인식 방법을 살펴보고자 한다. 그가 작품 안에서 이러한 자기 인식의 과정을 거쳐 끊임없이 이야기하고 있는 것은 결국 어떻게 살아가야 하는가의 문제이다. 이 현실 인식은 사회와의 함수 관계 안에 개개인의 일상에 스며들어 있는 문제이기에 이에 대한 응전이 갖는 성격에 대해 짚어 본다. 그리고 그 과정에 따른 그의 문학사적 성격까지를 규명해 보고자 한다.

　　지금까지의 김승옥 소설에 대한 논의가 단편소설에 국한되었던 한계를 극복하고자 본고에서는 김승옥의 작품세계 전반을 대상으로 할 것이다. 김승옥은 1962년《한국일보》신춘문예에「생명연습」으로 등단한 이래 1980년 광주항쟁을 이유로《동아일보》의 중편「먼지의 방」연재를 15회 만에 자진 중단할 때까지 그는 단편 15편, 중편 3편, 장편 4편, 미완성 작품 2편을 남긴 작가이다.

　　그러나 그간 김승옥 작품에 대한 논의가 주로 1962년에서 1966년까지의 작품으로 국한된 데에는 그를 문학사 가운데 60년대 작가로 한정하고자 하는 의도와 중·장편에서 보이는 대중문학적인 측면을 외면하려는 뜻이 숨어 있다고 볼 수 있다. 앞서 문제 제기에서도 논의했듯이 한 시대를 풍미했던 작가가 절필하기까지에는 분명 작품 내적인 의미소들이 담겨 있으리라 생각한다. 따라서 본고에서는 1962년 등단작「생명연습」에서부터 1980년「먼지의 방」까지 전 작품을 대상으로 취한다.

　　기본 자료는『김승옥 소설 전집 1~5』(문학동네, 1995)이며 김승옥의 작가 의식의 성격을 파악하기 위하여 그 외 수필집, 꽁트집, 시나리오까지를 참고하였다.

물신화된 도시적 삶의 욕망

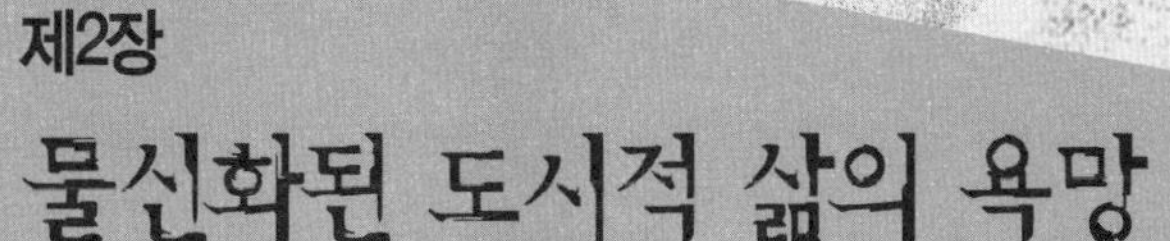

1. 아버지 부재와 서울 상경
2. 산업 사회화와 파편화된 인간 관계
2. 환상에서 환멸로

제2장

물신화된 도시적 삶의 욕망

1. 아버지 부재와 서울 상경

　김승옥의 소설에 빈번하게 등장하는 두드러진 특징을 두 가지 든
다면 그 하나는 아버지가 없는 아들들의 이야기라는 점이다. 그의
작품에서는 아버지가 대체로 부재하거나 혹 존재한다하더라도 무
기력한 존재로 형상화되는 양상을 띠고 있다.[1] 또 다른 하나로는

---

1) 김승옥의 소설 총 스물네 작품 중에서 작품 안에 아버지 부재가 직접적으로 드러난 경우는
　아홉 작품이며 발표 연대순으로 나열하자면 「생명연습」(1962), 「누이를 이해하기 위하여」
　(1963), 「무진기행」(1964), 「다산성」, 「염소는 힘이 세다」(1966), 「재룡이」(1968), 「야행」,
　「보통여자」(1969), 「먼지의 방」(1981)이다.
　존재감이 미미하거나 무기력한 존재로 비치는 경우는 네 작품 「환상수첩」(1962), 「건」
　(1962), 「내가 훔친 여름」(1967), 「서울의 달빛 0장」(1977)이고, 존재감이 뚜렷하게 등장하
　는 작품은 두 작품에 불과하다. 그러나 이 두 작품에서도 서술화자는 강력한 가부장권을 가
　진 아버지를 긍정적인 인물로 그리지 않는다. - 「역사」(1963)에서는 하숙집 할아버지가 강
　력한 부권을 가진 인물로 등장하나 주인공의 관점에서는 비판의 대상이 되고 있다. 「60년대
　식」(1968)에서는 주인공 도인의 부모에 대한 언급은 거의 나오지 않지만 옛 하숙집 주인 고
　바우영감이 가부장적 인물로 그려진다. 그러나 그는 자신의 딸들을 결혼시키기 위해 계략을

대부분의 작품이 서울에 상경한 지방 출신 남성의 서울 적응기를
다루고 있다는 것을 꼽을 수 있다.[2] 이 두 가지 모티프는 대개 그의
작품 전반에 걸쳐 빈번하게 나타나며 서사의 직접적인 추동 원인
이 되거나 중요한 조건이 된다.

우리 문학사에서 '아버지의 부재(不在)'와 관련된 문제는 근대문
학 초창기 작가들의 문학에서부터 이야기되어 왔다.[3] 그리고 그에
따른 고아 의식, 아버지에 대한 향수 및 그 병적 온존 상태에 대한
인식 등은 곧잘 작가들의 정체성 위기로 연결되어 왔다. 가부장제
를 사회 질서의 축으로 삼아왔던 우리의 생활 습성상 '아버지 부
재'로 인한 가족의 붕괴와 윤리 의식의 훼손은 비단 소설의 소재로
서뿐만 아니라 우리 사회 전반을 지배하는 의식 구조로 자리잡아
왔음을 부인할 수 없다.

따라서 김승옥 소설에 나타나는 '아버지 부재' 양상은 비단 한
작가 개인의 특성을 넘어서 우리 문학 전반에 걸쳐 나타나는 특징
으로도 볼 수 있을 것이다. 특히 김승옥이 작품 활동을 했던 60,
70년대 문학에서 '아버지 부재' 모티프는 전쟁으로 인한 분단 상황
의 소설적 형상화에 대한 상징으로 등장한다. 이런 '아버지 부재'
는 가치 규준으로서의 '아버지', 또는 그 자신의 정립의 조건으로

___

꾸미는 이기적인 인물로 부각된다 – 나머지 아홉 작품은 아버지의 존재 여부와 큰 관련이 없
는 서사 전개를 띠고 있으며 작품 안에서도 아버지에 대한 언급 자체가 거의 다루어지지 않
고 있다.

2) 「생명연습」, 「역사」, 「누이를 이해하기 위하여」, 「서울 1964년 겨울」, 「환상수첩」에 등장하
는 나, 「무진기행」의 윤희중 등 김승옥의 소설에 자주 등장하는 설정이다.

3) 방민호는 "이태준이나 이광수의 문학이 아버지에의 향수 또는 고아의식의 그것이라면, 염상
섭의 문학은 부정되어야 할 유산이되 그 생명이 연장되고 있는 '아버지'에 대한 부정의 문
학이다"라고 우리 근대문학의 특질을 규정하고 있다. 방민호, 『채만식과 조선적 근대문학의
구상』, 소명출판, 2001, pp. 13~15.

서의 '아버지'가 실체로 군림하지 않는 황폐한 상황에서, 스스로 가치의 척도를 새롭게 수립하고 다음 세대를 위해서는 자신이 정신적인 부성의 역할을 떠맡아야 하는 힘겨운 과업을 의미한다. 이는 김승옥 문학에 있어서도 중점이 되는 문제이기도 하다.

그의 작품에 나타나는 아버지 부재는 현실적 조건 자체를 암시한다. 따라서 타고난 혈연적·계층적 관계 안에서 세습된 지위와 역할을 수행함으로써 자동적으로 성인의 공증을 얻는 인간 형성은 원천적으로 불가능한 것이 된다. 그렇기 때문에 그의 작품 안에서 성장은 개인이 생래적인 신원의 경계를 스스로 넘어서면서 사회 안에서 의미있는 생존의 자리를 추구하는 탐색적인 성격을 띠게 된다. 그리고 이러한 탐색에 나선 개인은 가변적이고 불확정적인 삶의 관계들 속으로 불가피하게 말려들 뿐만 아니라 그 관계들 속에서 존재를 스스로 기획해야 하는 과제에 부딪칠 수밖에 없게 된다.[4] 그런데 이 과제는 또한 우리의 역사적 현실과도 맞물려 있는 부분으로 볼 수 있다.

일대의 격란인 6·25를 치르고 난 뒤 남겨진 많은 문제들은 60년대에 들어서면서 격동의 급물살을 타게 된다. 우리의 역사에서 1960년대를 회고할 때 빼놓을 수 없는 일대의 사건은 4·19와 5·16이다. 이 양대 사건은 이후 우리 사회의 향방에 많은 영향을 끼쳤다. 4·19의 자유정신은 정신적인 근대화를 이끄는 원동력이 되었으나 이듬해 일어난 5·16은 이 흐름을 차단한다. 5·16으로 수립된 정권이 '조국 근대화 산업'을 기치로 내세우면서 가난은 곧 국난으로 부각되었고 국가적인 빈곤을 퇴치하자는 명목 하에 정책

---

4) 황종연, 「성장소설의 한 맥락」, 『문학과사회』 34, 1996. 여름, p.683.

적으로 시작된 근대화의 거센 물결은 가치의 혼란을 야기하였다. '잘 살아보세'라는 구호 아래 시작된 근대화 운동은 개인의 일상을 뒤바꿔 놓는 거대한 힘이었다. 그러나 비약적인 개발 붐으로 육체의 삶은 근대화되어 가고 있었지만 정신은 그 속도를 감당하지 못하는 결과로 나타난 것이다.

이런 급속한 변화 가운데 4·19와 5·16은 세대적 동질감을 형성하는 데 일조하였고 거기서 비롯된 결속감은 문단에서 4·19세대[5]를 탄생시키게 된다. 4·19 후에 열병처럼 번져 나간 주체성, 근대화, 세대 교체 등의 구호들은 그러한 역량의 발현이었다.[6] 이는 김승옥으로 대표되는 60년대에 등장한 작가들에게서도 발견되는 공통점으로 그들은 대부분이 지방 출신으로서 여러 가지 의미로서 혹독한 60년대 초를 겪었다는 공유 의식을 가지고 있다. 이는 60년대 초의 한국 사회현상과도 무관하지 않을 사실이며 분명 그들의 작품세계에 하나의 중요한 계기를 형성하고 있다고 볼 수 있다.[7] 문학이 작가의 체험과 긴밀한 관계가 있다는 가정을 두었을 때 이들이 겪은 물질적, 정신적 고통 역시 작품세계를 형성하는 데 있어 중요한 의미를 형성할 수밖에 없었을 것이다. 이러한 의미에서 김승옥 소설에 자주 등장하는 '서울 적응기'라는 설정 역시 작가의 체험에서 비롯된 시대적 삶의 조건이 투사되어 있다고 볼 수 있다.[8]

---

5) 김승옥과 함께 '산문시대'의 동인이기도 했던 김현은 1930년대 말~1940년대 초에 태어나 대학시절에 4·19라는 역사적 사건을 맞이한 문학인들을 '사일구 세대' 혹은 '한글 첫 세대'라 칭하고 있다. 김현, 「60년대 문학의 배경과 성과」, 『분석과 해석/보이는 심연과 안 보이는 역사 전망』, 김현 문학전집 7, 문학과지성사, 1992, pp.246~247.
6) 김현, 「비평의 유형학을 위하여」, 위의 책, p.231.
7) 김민정, 「김승옥론」, 『외국문학』 48호, 1996 가을, p.213.

　김승옥 소설의 등장인물들은 홀로 생존 방법을 터득하기 위해 도
시(서울)로 나간다. 고향은 뿌리와 전통을 중요시하며 그 기원의 역
사를 떨쳐 버릴 수 없게 만드는 공간이자 국지적인 문화의 장소이
다. 그러나 태생지인 고향과는 달리, 도시는 다양한 가치관을 지닌
익명의 사람들이 만들어내는 가변성을 특징으로 하고 있다. 따라
서 근대화의 산물인 도시화는 견고한 가족 관계, 친족의 특수주의
적 결손을 훼손시키게 된다. 비유적으로 말하자면, 근대도시는 잡
종의 세계이며 서자들의 세상이다.[9] 더군다나 도시의 현란한 풍물
은 고향에는 결여된 화려하고 고양된 삶의 양상으로 가득 차 보인
다. 그렇기에 도시는 변두리의 젊은이들에게 유혹적인 것일 수밖
에 없다.

　성장을 꿈꾸는 젊은이들은 고향을 배신하고 도시(서울)에 적응하
고자 한다. 이들에게 아버지의 부재란 정신적, 물질적으로 상속받

8) 김승옥은 1941년 외갓집이 있던 일본 오사카에서 태어났다. 그러다 1945년 전남 진도와 본
　적지인 전남 광양에 일시 거주한 후 1946년 순천으로 이사한다. 그리고 1948년 아버지가 사
　망하고 잠깐 여수로 이사했다가 6·25 발발로 인해 남해로 피난을 간다. 수복 후엔 다시 순
　천으로 돌아와 1960년 서울대학교 문리대학 불문과에 입학하기까지 대부분을 순천에서 보
　낸다. 그렇기에 상경민으로서 서울이라는 도시에 적응하기 위한 문제는 작가 개인의 심각한
　고민이기도 했다. 그는 이를 다음과 같이 회고하고 있다.
　"나에게서 서울 생활의 시작이란 세상에 태어나서 물질적으로 완전한 독립의 시작이었다.
　그것은 확실히 낯선 것이었다. 대학 생활의 낯설음 역시 그리 간단하지가 않았다. 그것은 먼
　저 김빠지는 느낌으로 시작되었다"라고 술회하거나 혹은 등단작 「생명연습」의 집필 동기로
　"나에게 지독히도 힘겨운 서울 생활이 내 생명력의 스프링을 탄력의 한계점 이하로 끌어당
　겨 버려서 허탈해지기 시작했기 때문에 나는 이번 학기만 마치면 군에 입대하기로 작정하고
　있었다. 그렇게 작정하고 보니 뭔가 패배한 것 같고 밀려나는 것만 같아서 억울하고 분하기
　도 하였다. 그 억울하고 분한 마음도 달랠 겸 일단 서울 생활을 청산하는 기념품을 남기고
　싶었는데 그것을 나는 소설 쓰는 일로 삼은 것이다"라고 고백하고 있다. 이외에도 김승옥
　스스로가 남긴 자작 해설 등에서 서울 생활이 준 고뇌가 작품의 모티프가 되었다는 고백이
　자주 등장한다.
　김승옥, 『내가 만난 하나님』, 작가, 2004.
　＿＿＿, 『뜬 세상 살기에』, 지식산업사, 1977.
9) 황국명, 「여로형소설의 지형학적 논리 연구」, 『문창어문논집』 제37집, 2000, p.281.

을 것이 없기에 오히려 도시에서의 자유와 변동을 추구하는 데 따른 부담감을 줄여 주는 요소가 된다. 또한 태생지와 연관된 정신적 태도를 지닐 수 없으므로 아비의 고향 혹은 공동체를 떠났다는 것에 대한 어떤 가치를 배반했다는 자의식이 결여되기 쉬워진다. 때문에 아버지 부재는 도시(서울)의 질서에 편입하여 나름의 생존 전략을 터득하기 위한 전제가 될 수 있는 것이다.

그러나 김승옥 소설에서 역사적인 규범과 질서의 속박을 벗어난 인공적 삶의 공간인 도시에서 사회와의 조화를 구하는 개인의 노력은 중단없는 고행의 성격으로 그려진다. 또한 소설 속 등장인물들은 도시에 편입하기 위해 새로운 가치 정립의 고행을 겪는 양상으로 표출되고 있다.

1) 아버지 부재와 성장의 문제

김승옥의 소설은 세계와 마주한 개인이 지향할 수 있는 가치관은 이미 없으며 이제는 그 기준을 스스로 기획해야 한다는 것을 전제로 출발한다. 이 전제의 징후는 바로 아버지 부재 모티프로 나타난다. 「생명연습」, 「누이를 이해하기 위하여」, 「염소는 힘이 세다」와 같은 작품에서는 아버지가 없는 상황 자체가 서사적 갈등의 추동 원인으로 작용하고 있고 「건」과 「환상수첩」에서는 아버지가 등장하기는 하나 무기력하거나 미약한 존재로 묘사되고 있다.[10] 이는

---

10) 「환상수첩」에서 아버지는 "허구한 날 집안에 틀어박혀 화초나 가꾸고 사군자나 끄적"거리고 있으며 "생활력은 조금치도" 없는 인물이다. 그런 아버지에게 유일한 능력이란 "연두색에 관한 심미안은 엄청"나다는 것뿐이다. 그러나 이 능력 역시 생활의 문제를 해결해 주지 못하기에 나에겐 "연두색의 백치"로 보인다. 이런 색채에 대한 비유는 「건」에서도 나타난다. 식육조합원이라는 직업은 있으나 나에게 비친 아버지는 빨치산의 시체를 아무런 현기

단순히 한 가정의 가장이 부재하는 것 이상의 의미를 안고 있다고 할 수 있다.

그의 작품에서 아버지의 죽음은 단순히 가정이라는 개인의 최소 집단 단위의 성격이 붕괴된 것, 즉 개인의 주체 확립에 중요한 '환경'[11]이 해체되었다는 것을 의미하는 데서 그치지 않는다. 이는 나아가 공동체가 지향해야 할 가치관의 붕괴를 상징적으로 보여주는 장치로 등장한다.

등단작 「생명연습(生命演習)」에서 '나'의 가족은 어머니와 누나, 그리고 형이다. 사망한 지 십 년이 지났지만 아버지는 여전히 이 가족의 운명을 결정짓는 존재로 남아 있다. 어머니의 부정(不貞)으로 인한 형과의 불화, 그에 대한 '나'와 누나의 동맹적 태도, 이어지는 형의 자살 등 침울하고 기이한 이야기의 근원에는 '아버지의 부재'가 자리잡고 있다. 어머니의 부정을 "내가 사랑하던 그리고 어머니가 사랑하는 아버지를 찾아 헤매던 일이기도 했던 것"이라고 이해하려 애쓰는 누나는 '아버지 부재'를 각인하고 있다. 그러나 '아버지의 부재'는 돌이킬 수 없는 전제이기에 "분명히 아버지

증 없이 "태평스러운 몸가짐"으로 치울 수 있는 현실에 투항한 무기력한 인물이다. 이는 작품 안에서 '누런' 색이라는 색채 이미지로 비유된다. 빨치산 "시체의 누런 얼굴"과 아버지의 "끽연 때문에 누렇게 물든 손가락"이 이어 "누런 색으로 찌그러든 가지"로 옮겨지는데 여기서 '누런' 색의 이미지는 모두 생명력을 잃은 것을 환기시킨다. 이에 대해 황도경은 "누런 색은 죽음과 연관된다"고 분석하고 있다. 황도경, 「김승옥 소설에 나타난 남(男) － 성(性)의 부재」, 『이화어문논총』 17, p.145.

11) 하정일은 전후소설에 나타난 전쟁은 주체와의 상호 작용이 불가능한 절대적 타자라는 의미에서 '환경'이 아닌 '배경'이 되고 있다고 보고 있다. 더 나아가 50년대 문학에서는 진정한 의미의 '환경'은 존재하지 않으며 그 결과 나타나게 되는 것은 초월과 체념이라고 주장한다. 이런 일련의 관점에서 보았을 때 김승옥 작품에 나타난 아버지의 부재라는 상황은 전쟁에서 비롯된 결과이면서도 등장인물에게 세계의 결핍으로 작용한다는 점에서 일종의 '환경'이라고 볼 수 있다. 하정일, 「주체성의 복원과 성찰의 서사」, 민족문학사연구소, 『1960년대 문학연구』, 깊은샘, 1998, pp.17~18.

의 사망 후에 비롯된" 가정의 불화는 결국 해결될 수 없는 채로 남게 된다. 그리하여 해결이 불가능한 이 "운명적인 요구"는 이들 가족의 "새로운 생활"을 찾을 수 없게 하고 가족의 운명은 비극으로 치닫는다.[12] 결국 부재하는 아버지는 그 부재에도 불구하고 가족들의 삶을 지배하며 깊숙이 관여하고 있는 것이다.

「염소는 힘이 세다」는 폭력적인 현실에 아무런 보호막도 없이 노출된 한 가족의 상황을 상징적으로 보여준다. 이 가족에도 아버지는 부재한다. "열두 살짜리의 힘없고 키작은 예쁜 고추"의 집에 염소 말고는 힘이 센 것은 아무것도 없다. 귀머거리 할머니와 병든 어머니와 "완전히 힘이 세지 않은" 누나뿐이다. 여기서 아버지의 부재란 곧 힘의 부재를 의미한다.

> "남자는 없어요?" 순경이 말했다. "왜, 있지요." "어디 갔어요?" 할머니가 방에 숨어 있는 나를 부르셨다. 나는 무서움에 질려서 비틀비틀 마루에 나갔다. "남자어른 말예요, 어른"하고 세무서에서 온 사람이 할머니의 귀에 대고 소리쳤다. "어른은 없어요. 전쟁 통에 모두 죽었어요." 할머니가 울먹거리며 대답하셨다.[13]

유일한 힘의 존재였던 염소가 죽어 '정력보강 염소탕'이 되고, 누나가 합승 정거장 사나이에게 강간을 당하고도 그의 힘을 빌려

---

12) 「생명연습」에 나타나는 갈등의 원인에 대해서는 3장 "1. 1) 생명의식과 현실원리의 대결"에서 구체적으로 살펴보도록 하겠다.
13) 김승옥, 「염소는 힘이 세다」, 『김승옥 소설전집 1』, 문학동네, 1995, p.255.
(이후 소설 인용문의 기본 자료는 위의 전집을 텍스트로 취한다. 표기는 작품명, 전집 권수, 쪽수만을 명기하는 것으로 대신하고 같은 작품의 인용이 반복될 경우에는 작품명과 쪽수만 기입하기로 한다.)

버스 차장이 될 수밖에 없는 것은 모두 남자어른, 즉 아버지가 부재하기 때문이다. 이는 또 한편으로는 '경제적 주체로서의 힘'인 가족을 부양하는 가장이 부재한다는 것을 의미한다. 전통적인 사회에서의 부권이 공식적인 제도와 막강한 이데올로기 덕에 유지되었다면, 자본주의 사회에서의 가장은 경제적 역할을 담당함으로써 부권을 유지하게 된다. 결국 작품 속에 나타나는 아버지의 부재는 전쟁의 폭력적 결과이거나 전통적인 가족이 자본주의적 가족으로 변화되는 속에서 비참하게 죽음을 맞거나 무력화된 결과이다.

이 중 특히 아버지의 부재를 가져온 원인이 전쟁에 있다는 것, 이는 김승옥 소설이 가진 비극성이 시대적, 역사적 맥락에 기저하고 있음을 뜻한다. 역사적으로 한국 사회에는 젊은 세대의 삶을 이끌 수 있는 교양 이념이나 사회적 규범이 일천했다. 특히 6·25전쟁 이후에는 사회적 혼란으로 인해 성장의 통로가 되는 아버지의 위치가 혼돈에 휩싸여 있었다.[14]

「환상수첩(幻想手帖)」에는 이 전쟁에 대한 등장인물의 의식을 엿볼 수 있는 대목이 있다. 정우가 귀향 후 윤수를 만나 나누는 대화는 이 세대에게 '전쟁'이 어떤 의미를 지니는지 보여준다.

"그렇지만 벌써 옛날이지. 우린 세상에 태어나기도 전에 멸망해버린 걸. 물론 그 가야금을 켜는 기생들이 지금까지 내려온다면 샤미셍네보다야 상품(上品)이겠지만. 아아, 아름다운 것은 일찍도 멸망하느니라."

"전쟁 탓이지."

"그 '전쟁', '전쟁'은 집어치워. 입에서 신물이 난다. 전쟁이 반드시 손

---

14) 김윤식, 정호웅, 『한국소설사』, 예하, 1993, pp.432~433.

해만 준 것은 아니잖느냐 말야."[15]

　전통과의 단절 사이에는 '전쟁'이 있었다. 모든 것을 불가항력으로 휩쓸어 버린 전쟁이란 거대한 몸집의 불행이 바로 이 60년대 젊은이들의 유년기에 자리하고 있었던 것이다. 상황을 극복할 수 있는 내성도 갖추지 못한 채 인생에 커다란 영향력을 미치는 경험을 할 수밖에 없었다는 것은 분명 회복될 수 없는 상처로 남는 일이다. 따라서 이들은 일단 판단 정지를 하고 결론을 보류한다.[16] 1950년대 '전후소설'에서 전쟁은 주로 존재론적인 조건으로 이해되고 인간의 힘으로는 어찌해 볼 도리가 없는 절대적 타자로 그려

---

15) 「환상수첩」, 전집 2, pp.33~34.
16) 이는 1963년 작 「역사(力士)」에서 양옥집의 할아버지와 '나'의 대화를 통해서 더욱 명확히 드러난다.
　　"나는 내가 이사를 온 첫날 저녁, 할아버지 앞에 불려 나가서 들은 얘기를 지금도 기억한다. 그것은 일종의 오리엔테이션이었다. 몇 가지 나의 가족 관계에 대해서 묻고 나서, 할아버지는 갑자기, 내가 6·25 때는 몇 살이었느냐고 물었다. 정확한 나이는 얼른 계산이 되지 않아서, 열 살이었던가요 하고 내가 우물쭈물 대답하자, 할아버지는 아마 그럴 거라고 하며 사변이 남겨놓고 간 것이 무엇인 줄을 모르겠군 하고 말했다. 그래서 나는, 사변 전에 있었던 것에 대해서는 알 수가 없고, 있다고 해도 어린아이로서의 기억밖에는 가지고 있지 않으므로 무엇이 사변 후에 더 보태지고 없어진 것인지는 모르겠다고 솔직히 대답했다. 그러자 할아버지는 고개를 끄덕이고 나서 그것은 가정의 파괴라고 한마디로 얘기했다."「역사」, 전집 1, p.73.
　　이 작품에서 할아버지는 전쟁에 대해 나름의 가치판단을 내리고 그것을 인위적으로라도 변화시켜 보고자 하는 인물로 그려지고 있다. 이는 전쟁을 객관적인 태도로 분석하여 대상화하고 있다는 점에서 전후문학에 나타났던 개념과는 분명 다른 부분이라 할 수 있겠다. 이런 의식은 미완성 작 「재룡이」에서는 전쟁이 인간을 어떻게 변모시키는가에 대한 탐구로 이어진다.
　　「재룡이」는 순박하고 성실한 시골 청년 재룡이가 본의 아니게 얼결에 전쟁에 끌려 나갔지만 특유의 성실함으로 열심히 복무한 끝에 무공훈장을 받고 휴전 후 고향으로 돌아온다는 데서 서사가 시작된다. 그러나 전쟁은 평화로웠던 고향마저도 이데올로기로 편을 가르고 갈등과 반목이 지속되는 곳으로 변질시켜 버렸다. 작가는 이 작품에서 한 순박한 시골 청년과 평화로운 시골 마을의 변화를 통해 전쟁의 참상을 고발하고자 하고 있다. 이 작품은 1968년 『신동아』에 「동두천」이라는 제목으로 2회 연재되다가 중단되고 이후 「재룡이」로 개작되었다.

지고 있다. 따라서 주체와의 상호작용이란 불가능하고 그런 점에서 전쟁은 '환경'이라기보다는 '배경'에 가깝다. 이렇게 전쟁의 위력에 압도되어 있는 한 전쟁의 실체에 대한 합리적인 인식이란 불가능한 것이기 때문이다.

그러나 김승옥 소설에 등장하는 인물들은 '전쟁'에 대하여 자기 나름의 '판단'을 세우고 있다. "전쟁이 반드시 손해만 준 것은 아니잖느냐"는 말에는 '전쟁'이 삶을 규정하는 하나의 조건이면서 그것이 가져온 결과에 대해 문제 의식을 갖기 시작했음을 입증하는 '판단'이 어려 있다. 이제 전쟁이 더 이상 무조건적 호소로만 이해될 수 없다는 것을 의미하는 것이다. 이는 '전후소설'과는 변별되는 60년대 소설의 두드러진 특징으로 60년대에 이르러서야 주체와 세계의 상호 연관을 재현하는 일이 가능해졌음을 뜻한다. 이는 나아가 '나는 누구인가'라는 정체성에 대한 자각을 시작할 수 있는 토대가 되는 것이며 궁극적으로는 현실에 대한 전망을 모색, 조망해 볼 수 있다는 의미가 된다.

삶의 기반을 송두리째 거덜내 버린 전쟁은 집과 재산을 잃고, 가족과 고향을 잃고, 신념과 자존심마저 잃게 하였다. 그리고 남은 것은 생존을 위한 본능뿐이라는 것을 뼈저리게 절감하게 한 계기였다. 다시 말해 어떻게 목숨을 부지하느냐가 삶의 유일한 목적이 되어 버린 것이다. 전후소설에 등장하는 인물들이 보여주는 야수적인 탐욕은 그런 점에서 생존 본능의 극단적 표출인 셈이다. 그 결과 전도된 가치에 의해 선과 악의 기준이 약화되고 도덕과 윤리는 힘을 잃었다. 그 뒤에 남은 것은 오로지 살아남아야 한다는 잔인한 생존의 논리이다. 그러기 위해서는 먹고 살 수 있는 무언가와 맞바꿀 수 있는 교환가치만이 우세해진다. 결국 선을 결정하는 것은 상품이 되는가와 되지 않는가의 판단뿐이다. 돈으로 교환할 수 있는 것은 의미를 갖는 것이고 그렇지 못한 것은 거추장스러운 것이 될 뿐이다.

이런 전쟁의 파장 뒤에 김승옥의 소설이 맞닿아 있다. 바로 이 전쟁이 휩쓸고 간 후에 주어진 삶의 여건과 그 안에서 진행되는 역사의 현장 한가운데 자리하고 있는 것이다. 나아가 4·19로 상징되는 민주화의 열기와 그 열기를 한번에 싹 몰고 나가 버린 5·16이 끌어온 근대화에 대해 어떤 자세를 취할 것인가 하는 고통스러운 현실 인식의 과제를 안고 있다. 이는 당대를 살아야 했던 시대의 문제이자 우리 현대사의 가장 중심부에 자리잡고 있는 중대한 흐름이기도 하다. 이 거센 파도를 헤쳐 나가는 한가운데 김승옥의 소설은 어떻게 살 것인가의 문제를 인식하기 시작한다. 그리고 이는 작품 안에서 끊임없이 갈등을 야기하는 요소로 자리한다.

이는 「역사(力士)」에서 "무질서하고 퇴폐적인" 창신동 빈민촌과 "규칙적인 생활 제일주의"가 지배하는 깨끗한 양옥집의 대립으로 나타난다. 창신동 빈민촌에서 깨끗한 양옥집에 이사한 '나'는 그 "질서 정신"에 현기증을 느낀다. 양옥집의 "질서 정신"으로 본다면 "인간들의 모임이 아닌" 창신동 빈민굴의 생활은 무질서하지만 변화무쌍하게 움직이는 인간의 정취가 있지만 양옥집의 생활은 "빈 껍데기의" "습관적인 생활"로만 느껴지는 반복과 공허가 있을 뿐이다.

그리하여 '나'는 오히려 양옥집이 추구하는 그 "문화"의 실체에 대해 의구심을 품게 된다. 그것은 "인간이 희구하는 것"이지만 한편으로는 "자신들은 걷고 있다고 믿으면서 사실은 매일매일 제자리 걸음을 하고 있는" 것과 같이 보이는 것이다. 그래서 그런 양옥집의 질서에 저항해 보고자 식구들이 마시는 물에 흥분제를 타 넣어 보지만 결국 그 행위를 통해 얻은 것은 이미 정연해진 질서의 억센 힘과 그 안에 부적응하고 있는 자신의 "고독감"이다.

창신동 빈민굴에 대해 "결코 그곳으로 돌아가지는 않으리라는 걸 잘 알고 있"으면서도 새로운 "질서 정신"에는 적응하지 못하고 있는 '나'야말로 60년대가 풀어야 할 숙제인 셈이다. 모두가 잠든 밤 몰래 성벽의 돌을 들어 올리는 것으로 자신의 힘을 확인할 수밖에 없는 역사(力士)의 후손, 서씨의 모습처럼 당대의 현실 속에서 전통이란 이미 아무런 쓸모가 없는 남아도는 힘이라는 것을 의미한다. 이 "두 가지 생활"이 "공존"하는 현실의 첨예한 대립이 바로 김승옥에게 포착된 현실의 실체이다. 그렇기에 이런 현실 속에서 각기 자신의 성장을 위해 도시로 나간 젊은이들의 혼란은 이미 예고된 일일 수밖에 없다. 김승옥의 작품은 바로 이 첨예한 대립을 통해 근대화가 가져온 파행을 예민하게 형상화하고 있다.

소설이라는 양식 자체가 삶의 외연적 전체성을 이미 가질 수 없게 된 시대의 산물[17]이지만 총체성을 상실한 사회 환경에서 인물의 성숙이 타락된 사회의 단순한 내면화로 귀결되지 않으려면, 성장에 의해 완전히 채워지지 않으며 그로 인해 성장이 방해되기까지 하는, 내면과 외부세계 사이의 틈새가 잔존해야 한다.[18] 세계의 수용은 자아의 이상을 완전히 실현시키지 못하며, 반대로 이상을 끝까지 추구하면 외부세계와 화해하는 성장이 방해되는 것이다. 성장소설에 자주 등장하는 모티프이기도 한 '아버지의 부재'는 이런 아이러니를 증폭시킨다. 순수한 이상의 추구가 오히려 성장을 어렵게 하는 주체적 요건이라면, 현실에서의 아버지의 부재는 또 다

---

17) 루카치, 반성완 역, 『소설의 이론』, 심설당, 1993, pp.89~106.
18) 루카치, 위의 책, pp.181~182. 여기서는 교양소설에 대해 논의하고 있다.

른 성장 장애의 객관적 요건일 것이다. 라캉에 따르면 사적인 영역
에서 아버지의 위치는 공적인 영역에서 사회적 규범인 상징계나
법에 해당된다. 따라서 성장의 과정에서 아버지는 사회화의 통로
인 셈인데, 그 길을 폐쇄하는 아버지의 부재는 사회규범을 내면화
해 정체성을 형성하는 성장을 방해한다.[19]

　아버지의 역할이란 아들을 자연의 상태로부터 끌어내어 인간 질
서 속에 자리잡게 하는 것이다. 그는 아들이 금지와 허용의 규칙에
따라 욕망을 스스로 통제하는 법을 익히게 하며 그렇게 하는 가운
데 일정한 질서로 이루어진 세계를 아들에게 제공한다. 아들에게
복속을 요구하는 아버지의 권위는 그가 대행하고 있는 인간 질서
의 세계로부터 온다. 이렇듯 근본적으로 보수적인 부성은 성장의
욕구에 붙들린 근대의 아들들에게는 종종 적의와 도전의 대상이
되기도 한다. 그러나 김승옥 소설에서는 그 도전의 대상 자체가 부
재한다는 데서 문제가 출발한다. 더군다나 전쟁으로 인해 생겨난
‘아버지의 부재’라는 손상은 회복될 길이 전혀 없다는 점에서 그
어떤 피해보다도 치명적이다.

　그러나 이런 아버지의 부재는 성장 이념의 부재라는 한계인 동시
에 또한 미학적인 역동성을 가져오는 미덕이 되기도 한다. 더욱이
성장의 의미가 아이러니적인 이중성을 지니듯이 아버지의 존재 역
시 그런 이중성을 지니고 있다. 즉, 아버지는 성인의 생활을 부여
하는 동시에 또한 진정으로 자유로운 생활을 구속한다. 근대 자본
주의 사회에서 아버지에 동일화된다는 것은 그 같은 이중 구속에
갇히는 것이며, 타락된 사회에 예속된 주체가 되는 것이다. 김승옥

---

19) 나병철, 「여성 성장소설과 아버지의 부재」, 『여성문학연구』 제10호, 한국여성문학학회,
　　2003. p.185.

소설에서는 아버지의 부재로 인한 결핍을 메꾸기 위해 스스로가 아버지가 되는 길을 택한다. 이때 도시로 간 아들들이 내면화하는 대체 아버지는 도시를 존속시키는 이데올로기의 환영에서 파생된 것이다. 이는 6·25라는 전쟁의 여파와도 맞물려 있는 현실 인식의 결과라고 볼 수 있다.

2) 속물화된 욕망의 위악성

1950년대는 한국 사회에서 독특한 유형의 근대성이 원형적으로 형성된 일종의 '틀 형성'의 시기였고, 그런 면에서 1960년대 이후의 본격적인 산업화를 위한 필수적인 역사적 전제였다. 1950년대의 '한국적 근대'는 도시를 중심으로 한 근대적인 자원 투입의 도시집중과 집적으로 형성되었다.[20] 또 6·25는 수많은 전쟁 희생자를 낳으면서 남한 사회의 인구사회학적 변화를 가져오기도 하였

---

20) 강인철은 1950년대의 근대화는 전통, 근대의 이항대립적 도식을 극복하고, '경제적 근대 화를 위한 비경제적 조건'의 형성에 주목해 반근대화 내지 재전통화까지 포함하는 복합적 이고 역동적인 과정으로 접근할 때만 제대로 이해할 수 있다고 전제한다. 1950년의 '한국 적 근대'의 특징은 축소된 가족주의와 확대된 가족주의의 동시적 발전을 축으로 한 '가족 주의'의 근대적 재편, 근대적인 자원과 투입의 도시 집중과 집적, 신문, 잡지, 라디오 방송, 영화 등 대중매체의 발전에 기초한 근대적이고 미국적인 대중문화의 형성, 도시의 미국적 근대성에 반발하는 농촌의 재전통화를 모두 포함하며 또 그것들을 핵심 구성 요소들로 삼 는 것이었다고 지적한다.
　이 연구에서 특히 눈길을 끄는 부분은 가족주의의 근대적 재편이라는 점이다. 축소된 가족 은 한마디로 무한 생존경쟁에 내팽개쳐진 소규모의 가족으로서, 강렬한 정서적 위로와 지 지, 긴장의 이완이 주된 기능이고 가부장권을 중심으로 단단히 뭉쳐 있는 양상이라는 점이 다. 이 축소된 가족주의가 드러낸 가장 중요한 특징은 과도한 교육열을 들 수 있다. 그런데 이런 분위기를 부추긴 배경에는 국가와 사회의 협력이 있었으며 이는 오히려 정책적으로 도 활용되었다고 한다. 이는 김승옥 소설에서 상경민의 대개가 대학생 신분으로 그려지고 있다는 점과도 관련된다. 강인철, 「한국전쟁과 사회의식 및 문화의 변화」, 한국정신문화연 구원 편, 『한국전쟁과 사회구조의 변화』, 백산서당, 1999.

다. 이러한 인구 변동의 결과 봉건적 의식과 질서는 해체되고 농촌 사회를 유지해 주던 전통적인 촌락공동체는 급속하게 붕괴되었다. 이에 따라 농민 의식의 강한 전통주의, 가부장적, 신분적 권위주의, 가족주의로 굳어진 전통적인 윤리나 가치를 고집하는 고향을 떠나는 일은 흔한 일이었다. 그런 가운데 대체로 1950년대 농촌을 떠난 이들은 상대적으로 근대적인 의식에 물들었거나 전통적인 질서에 가장 저항적인 사람들이었다.[21]

그러나 이런 분위기 가운데 형성된 1960년대의 도시 문화 역시 그리 바람직한 것은 아니었다. 한국전쟁의 여파는 한국인들로 하여금 명분과 예의를 중시하던 종전의 가치관을 버리고, 생존을 위해 실용적인 것과 물질적인 것을 중시하는 새로운 가치관을 갖게 했다. 살아남기 위한 막바지 몸부림에 접어들 수밖에 없었던 한국인들에게 있어 체면이나 염치, 예의 등은 오히려 거추장스러운 굴레로 인식되게 되었고 오직 생존해야겠다는 목적을 위해 수단과 방법을 가리지 않는 관행만이 정착되어 갔다.[22] 게다가 60년대를

---

21) 50년대 후반에 도시로 이동한 농촌인구는 이 시기의 급속한 도시화를 선도했다. 이때 과연 누가 이농했는가의 문제에 주목할 필요가 있는데 김동춘은 "상속받지 못한 차남 이하의 사람들, 전통사회에서 차별을 받거나 전쟁 중 이념 대립 과정에서 동네사람들이나 친족들과 서먹서먹한 관계를 맺게 된 사람들"이라고 보고 있다. 김동춘, 「1950년대 한국 농촌에서의 가족과 국가」, 역사문제연구소 편, 『1950년대 남북한의 선택과 굴절』, 역사비평사, 1998, p.201.
이는 김승옥 소설에서 등장하는 아버지 없는 아들들이 도시로 떠나는 가장 이유와도 밀접한 관련을 가진다고 볼 수 있다. 아버지의 부재로 아무것도 물려받을 것이 없는, 즉 상속받지 못한 젊은이들이란 점에서 공통분모를 가진다.
22) 이런 세태는 당시의 유행어에서도 찾아 볼 수 있다. "'국물'을 찾으며 부정부패는 일상사가 되고 '사바사바'를 모르면 오히려 바보스러워졌다. '빽'과 '돈'은 관이든 군이든 승진과 '좋은 자리'로 가는 열쇠였다." 혹은 "56~57년에 들어서면서 '각하, 시원하시겠습니다', '사람 팔자 알 수 없다', '귀하신 몸'이 사람들의 일상 대화에 오르내렸는데, 그 유행어에서 당시 사회적 정의의 척도를 읽을 수 있다. '공갈'도 사회적 부정도 '먹고 살기 위해서'라는 구실 밑에 버젓했다." 동아일보사, 『특집 해방 30년』, 동아연감, 1975, p.40.

휩쓸고 간 4·19 혁명과 5·16 군사 쿠데타라는 역사적 사건은 가치 판단의 문제를 더욱 난해하게 만들었다. 5·16의 주범인 박정희가 내세운 명분의 첫 줄은 '기아 선상을 헤매는 민생고를 시급히 해결하고……'였다. 그때부터 박정희는 자신의 태생적 한계를 극복하려는 듯 외채를 끌어들여 '근대화', 곧 산업화를 시도했다.

김승옥의 소설은 대학생이 되어 서울로 올라온 시골 출신 젊은이들의 이야기가 주종을 이룬다. 60년대적인 문제가 가장 첨예하게 중첩되어 있는 서울에서 이제 그들은 자기가 거처해 오던 고향과는 너무도 다른 질서를 체득해야 하는 현실에 직면하게 되었다. 그러나 생존의 논리가 강력한 지배력을 갖는 서울에서의 생활은 호락호락한 일이 아니었다.[23] 가족들의 열렬한 지지에 힘입어 서울에 입성한 이 유학생들에게 대학이란 고등교육을 통한 출세와 사회적 희소가치들에 접근해 보려는 열망을 실현하기 위한 디딤돌이었다.[24] "내노라 하는 친구들만으로써 법석대고 있는" "저 거룩한 서울대학교"[25] 입성에 성공한 등장인물들[26]은 보장된 미래가 있는 환상의 동산에 발을 들여놓은 셈으로 보인다. 근대화된 질서를 통합적으로

---

23) 이는 작가 김승옥에게 있어서도 충격적인 문화감각의 차이로 기억되는데 그 스스로가 지방 출신의 서울대 학생이었기 때문이다.
"'지방 출신', '서울 출신'의 얘기가 나왔으니 말이지만, 당시 두 출신 사이의 가장 큰 차이는 문화감각(文化感覺)의 차이였다. 적어도 나에게는 그것이 가장 충격적으로 느껴지는 것이었다"라는 술회 후 회고하는 일화는 "신입생 환영회"이다. 이 행사에서 느낀 "이질감"은 '지방 출신'이기에 6·25를 절실하게 겪은 '서울, 부산 출신'에 비해 "비교적 변화 없이" 치뤘던 경험에서 온 "기묘한 콤플렉스"였다고 이야기한다. 그러나 이런 이질감은 4·19에 의해 동질의 의식으로 바뀌게 되었다고 한다. 김승옥, 「산문시대 이야기」, 『내가 만난 하나님』, 작가, 2004, pp.182~193.
24) 1960년 당시 자녀의 교육을 위해서라면 어떠한 희생과 대가를 치러도 좋다는 부모들의 열기는 '치맛바람', '우골탑', '북청 물장수의 신화'를 낳았다. 이렇듯 세습적 빈곤에서 탈피하려는 지나친 교육열은 뒤틀린 사회현상으로 나타나기도 했지만, 한국의 근대화 과정에서 긍정적인 성취동기로 작용하기도 하였다.
25) 「내가 훔친 여름」, 전집 3, p.15.

숙련시키는 국가적인 매개체인 학교[27]는 살아남는데 필요한 생존의 논리들을 제공한다. 그 생존의 논리란 다름 아닌 "상대편을 어떻게 하면 꽈악 눌러 버릴 수 있느냐 하는 공격방법"[28]이다.

그러나 그 자본주의적 양육강식의 논리 속에 살아남기 위한 전략에 적응하는 것 역시 간단한 문제가 아니다. 김승옥 소설의 등장인물들은 그 논리에 대해 한결같이 부적응자이다. 「내가 훔친 여름」에서는 그 부적응의 원인을 여전히 우등생이리라는 기대를 채우지 못하고 있다는 열등감에서 기인한 "정신분열증"[29] 때문이라 자각하고 있지만 사실 그 병인은 다른 곳에 있다.

나를 정신분열증 환자로 만든 원인은 언제 어디서 어떻게 나를 습격했던가? 그거야 한마디로 말할 수 없다. 기어이 한마디로 말하라고 하면, 역시 나는 저 학우들, 도처에서 일등이나 반장만 해먹고 들어온 친구들을 너무 두려워했기 때문이었다. 〔…중략…〕 우스운 얘기지만, 설상가상으로 나는 도서관의 그 옻칠한 긴 책상 앞에만 앉으면 졸리기 시작하는 병에 걸려버렸고, 그런가 하면 하숙집 주인아주머니가 거의 하루 종일 입에서 토해내는 저 앙칼지기만 한 서울내기 중년 부인들 특유의 음성에 신경이 곧잘 피로해져 버리는 병에 걸렸고, 그리고 항상 돈이 좀 있어야

---

26) 이 점에 있어서 「환상수첩」(1962)의 나(정우)나 「내가 훔친 여름」(1967)의 나(이창수)는 공통분모를 가진 인물로 볼 수 있다. 더군다나 이들이 "서울대학교"에 대해 느끼는 감정이 일련 선상에 있다는 점에서 이런 가정은 가능해진다.
27) 학교와 군대는 아동이 청소년으로, 다시 청소년에서 성인으로 넘어가는 인생의 핵심적인 과도기에 위치하고 있다는 점에서 근대적인 국가공동체로의 '재통합'에 기여한다. 모든 국민이 일정한 연령이 되면 '매우 평등하게' 국가가 주도하는 통과의례의 과정에 진입하며 여기서의 밀도 있는 재사회화 과정을 통해 '전통적인' 사회적 지위 및 정체성으로부터 단절하고 '근대적인' 사회적 지위 및 정체성을 획득하게 되는 것이다. 강인철, 앞의 글, p.291.
28) 「환상수첩」, 전집 2, p.23.
29) 「내가 훔친 여름」, 전집 3, p.15.

하겠는데 돈이 좀, 하고 중얼거리는 병에 걸려버렸다.[30]

  "학교로부터 얻는 좌절감을 보상받는 도피처"인 연애에서마저 나는 그 병인의 실체를 더욱 뼈저리게 절감하게 된다. 어떤 오해가 있은 후 화해하기 위해서 만난 "여자대학생 마님"은 "사 원이 없어서 편지를 못 했"다는 나의 말을 믿지 않는다. 때문에 나의 "자기에게 단돈 사 원도 없다는 걸 발견했을 때 그 사람은 도대체 성의니 사랑이니 하는 걸 생각할 배짱이 있을까요?"라는 반문은 외면당한다. 그러나 그것은 누구에게나 이해받을 수 있는 질문이 아니기에 나는 그녀에게 "징그러운 분"이 되어 버릴 수밖에 없다. 그 "망할 놈의 사 원"이 없어서 나는 "맥이 빠"지고 "사랑할 능력이 상실되는 듯" 하는 것을 절감하게 된 것이다.

  결국 '돈'은 나의 서울 생활을 휘두르고 있는 막강한 권력이 되고 말았다. 가난은 미래를 개척하려는 의욕을 상실하게 하고 인간관계에서마저도 주눅 들게 하는 원인이 되고 있는 것이다. 그 궁핍은 "가슴이 별로 두근거리지도 않았고 그렇다고 기쁘지도 않았고 조금 삽삽하기만"한 기분으로 교수의 인세를 탕진하는 일을 감행할 수 있게 했고 고향인 무진(霧津)[31]으로 내려가게 한다. 나에게 "서울대학"은 몸담고 있으나 도달할 수 없는 "세상"이며[32] "꿈"일

---

30) 「내가 훔친 여름」, p.17.
31) 「내가 훔친 여름」(1967)의 '나'(이창수)의 고향이 '무진(霧津)'이라는 점은 상당히 흥미롭다. 김승옥의 다른 소설들에서는 대부분 실재하는 도시의 이름을 사용하고 있는데 비해 「무진기행(霧津紀行)」(1964)과 이 작품에서는 주인공의 고향으로 가상의 공간인 '무진'을 들고 있다. 실제 「무진기행」은 김승옥이 학점 미달로 대학교 졸업을 못 하고 한 학기를 더 다녀야 한다는 사실로 우울해 있을 때 휴학을 하고 고향으로 내려가면서 한 '왜 나는 서울에서 실패하면 꼭 고향을 찾는가'라는 생각이 모티프가 되어서 쓴 소설이라고 한다. 김승옥, 『뜬 세상 살기에』, 지식산업사, 1977, p.168.

뿐이다. 그리고 그 꿈의 실체가 "환상, 망상"[33]이라는 것을 확인한 주인공들은 귀향을 선택한다.

그런데 중요한 것은 이런 이유로 귀향을 택한 등장인물들마저도 "서울대학교"에 대해 이중적인 태도를 띠고 있다는 점이다. 이는 「환상수첩」의 정우가 고등학교 삼학년인 아우에게 하는 위협이나 「내가 찾은 여름」의 이창수가 고향에서 만난 가짜 서울법대생 장영일을 대하는 태도에 나타난다. 정우는 "서울대학교에 합격했다고 해서 무엇을 얻었던가" 회의하면서도 동생에게는 "너 이렇게 공부해 가지고 서울대학은 안 된다. 내가 수험공부를 할 때는……" 하고 "제법 큰 소리로 위협"하고 "임마, 너 합격만 하면 내가 입던 교복 너 줄게" 하며 두둔하기까지 한다.

이창수는 중학교 동창을 자처하며 며칠 빌붙을 궁리로 찾아온 장영일을 처음에는 "엉큼한 두꺼비", "진짜 사기꾼"으로 의심한다. 그러다 "뜻밖의 물건을 발견하고 가슴이 쿵" 울린다. 그 물건의 정체는 "서울대학교의 은빛 배지"이다. 그리고 그 "거룩한 배지"는 "설령 캐보고 캐본 결과로 그가 내 어릴 적의 친구가 아니라고 해도 좋다. 그가 저 배지를 가슴에 차고 있다는 것만으로써도 그는 나의 친구니까, 비록 그가 조금 전까지는 한 번도 나와 만난 일이 없는 사람이라 해도" "얼굴 모르는 친구"로 생각하게까지 한다. 그리고 "배지는 그 물건 자체만으로써도 그와 나 사이를 비끄러매 주는 자력(磁力)"이 된다. 장영일이 가짜 서울대 학생이라는 것을 알

---

32) 이는 '선생님께서는 서울대학을 어떻게 생각하십니까?' 써놓고 보니 하도 바보 같은 편지였다. '선생님은 세상을 어떻게 보십니까?'라는 내용의 질문이나 별다른 게 없어 보였다"에서 볼 수 있듯이 이창수는 '서울대학'과 '세상'을 동격으로 놓고 있다.
「내가 훔친 여름」, pp.21~22.
33) 「환상수첩」, 전집 2, p.25.

면서도 동행을 계속하는 이창수는 오히려 그 "배지"의 위력으로 무임 승차를 하고, 가짜 미대생 노릇으로 숙식을 해결하며 새로운 인간관계까지 형성한다.

이는 인간에 대한 판단 기준이 존재 그 자체의 진실성에 기인하는 것이 아니라 그가 어떤 집단에 속해 있는가에 따라 조정 평가되는 현실을 반영하고 있다. 서울에서는 견딜 수 없었던 이질감이었고 벗어나고 싶었던 굴레를 고향에 돌아와서는 친밀한 소속감을 이어주는 끈으로 느낀다거나, 자신은 환멸을 느끼며 떠나온 곳에 대해 동생에게는 동경을 심어 주는 행위에는 세상과 자아의 시선 사이에서 부유하고 있는 분열된 모습이 나타난다. 또한 "서울대학교"에 대한 동경의 시선을, 배지에 대한 맹목적 신뢰를 이용하기까지 하는 태도는 부적응자였던 그들 역시도 그 파장에서 벗어날 수 없다는 것을 뜻하는 것이다.

이미 서울의 때가 묻은 이들은 이제 어디에 있더라도 그 영향으로부터 자유로울 수 없다. 이들에게 "감색 교복에 은빛 배지를 달고 빛내며 버스 칸 같은 데서 가죽가방을 무릎에 세우고 영감님처럼 점잖게 앉아 있는 국립대학생"은 속물적인 질서의 가장 앞자리를 차지하고 있을 수 있는 상품의 다른 이름일 뿐인 것이다. 도시의 질서에 본격 적응하는 데는 실패했으나 이미 그 속물성을 배워 버린 이상 단맛을 뿌리치기란 힘든 일이다. 이 속물 근성은 서울 생활을 고단하게 하였던 돈에 대한 이중적 잣대에서 비롯된 것이다.

자본주의 사회에서 돈은 다른 모든 상품들의 가치를 그것들이 특정한 질적 규정을 가졌음에도 불구하고 동일한 잣대로 평가할 수 있도록 해주는 규준이다. 대상, 상품은 자신의 사용가치를 결정하는 일련의 특정 속성들을 소유하는 방식으로 어떤 '가치'를 보유하지 않는다. 그것은 실질적인 교환행위에 함축되어 있는 '마치 ～인 듯이'라는 가정의 성격을 지니고 있다.[34] 이는 주인공들이 "서울대학교"에 느끼는 양가적인 감정에도 같은 논리로 적용된다. 무의미하다고 생각하며 떠나온 그곳에 대한 동경의 시선을 공유하는 행위는 사용가치보다 화려한 외관으로 소비욕망을 부채질하는 상품화 논리를 그대로 답습하는 것이다. 정우와 이창수가 보여주는 이중적인 태도의 한 켠에는 스스로를 "서울대학교"라는 포장으로 상품화하고 그 가치로서 팔릴 것을 기대하는 욕망이 배어 있다.

그렇다면 이런 욕구를 끊임없이 불러일으키게 만드는 사회적 충동의 배후 세력이면서 인간에게 끊임없이 표층적인 욕망의 '힘을 공급해 주는' 세력은 무엇일까. 이에 대해 우리는 이전의 모든 사회적 관계가 이제는 생산 수단의 소유보다는 기호의 통제를 통해서 파괴되고 있으며 그러한 기호의 통제를 가능하게 하는 배후 세력이 바로 자본이라는[35] 보드리야르의 지적에 주목할 필요가 있다. 자본화된 사회에서 주체는 기호에 함몰당해 주체가 설 곳을 잃어버리게 되는 것이다. 후기 구조구의자들이 밝힌 것처럼 종래 이성의 이름으로 존중되어 왔던 모든 형이상학적인 가치들은 당대의 권력과 결탁한 이데올로기들로서 오히려 다양하고 자유로울 수 있는 삶의 또 다른 가치를 억압해 왔다.

이렇게 과거에 유지되었던 삶의 가치가 부정되어 버릴 때, 현재의 삶은 과거의 역사로부터 단절되어 연속성을 상실해 버리게 된다. 과거의 이상적인 가치를 상실해 버리게 될 때, 다른 대안이 발

---

34) 슬라보예 지젝, 이수련 역, 『이데올로기라는 숭고한 대상』, 인간사랑, 2002, p.43.
35) Alex Callinicos, *Against Postmodernism*, London: Polity Press, 1989, pp.144～146.

견되지 않는 한 가치있게 보존하던 의미의 심층구조를 상실하고
언어와 이미지의 표층구조만 내보일 수 있게 된다. 이런 기호와 이
미지들만이 존재하는 모습이야말로 상품과 다를 바 없다. 의미의
심층구조를 상실하고 현실을 표류하는 기호와 이미지의 존재는 바
로 후기 자본주의의 대량생산체계가 만들어내는 상품들의 속성과
유사한 것처럼 보인다. 즉, 대량생산체계 속에서의 상품들이 신속
한 소비자의 구매 욕구를 창출해내기 위하여 본래 지닐 수 있는 사
용가치보다 새롭고 화려한 겉모습을 중요한 것으로 내세우게 되듯
이 그것의 본래적인 사용가치인 의미의 심층구조와 표현하려고 하
는 대상을 상실해 버린 결과 표층의 이미지와 기호만을 간직해 버
리게 된 것이다. 이런 표층의 이미지와 기호는 그 겉모습만으로 기
의를 함축할 수 있다는 착각을 가져다 주기도 한다. 그리고 그것은
교환 가능한 의미를 띠고 있다고 생각하게 한다.

「싸게 사들이기」에서는 이렇게 모든 것이 교환가치화되어 버리
는 현실이 등장한다.

제기랄, 산악반에나 가입해 놓을 걸, 그렇지만 산악반의 회원이 되려
면 비용이 많이 든다. 산악반 놈들의 대부분은 멋을 부리고 싶어서 회원
이 된 놈들이다. 파카를 입고 헌 신문지를 쑤셔 넣어서라도 될수록 무겁
게 해 보인 륙색을 짊어지고 흰색의 스타킹을 신고 그 위에, 연륜을 조작
하기 위해서 일부러 다 해진 워커를 신고 미 해군용 작업복 쓰봉을 입고
트랜지스터와 카메라를 어깨에 드리우고 선글라스를 쓰고…… 동대문
시장의 헌옷 점에서 사더라도 한 벌에 육 칠백원을 주어야 한다. 놈들,
저렇게 비싼 걸로 차려입고 아무도 보아주는 사람이 없는 깊은 산 속에
서는 좀 부끄러울걸, 산에서 돌아올 때, 시외버스 속에서나 기차 속에서

시골 사람들의 감탄하는 시선을 받으면 녀석들은 보람을 느끼겠지.[36]

한가한 시간을 즐기기 위해 취미 생활을 하려고 해도 돈이 드는 것이 자본주의의 생리다. 모든 것이 교환가치로 매겨져 있는 자본주의 사회에서 무언가를 한다는 것은 곧 소비하는 행위이다. 또 이 소비를 통해 자신의 위치를 확인하는 것이 자본주의적 욕망을 충족시키는 길이다. 멋을 부리고 싶기 때문에 산악반원이 된 듯한 이들은 그 폼을 갖추기 위해 재화를 소비하고 그 소비는 상징계 속에 일정한 기호를 가지게 해준다. 난숙한 자본주의의 문화적 속성은 이렇듯 본래적인 의미로서의 심층구조를 지워 버리고 기호로서의 표층구조만 남겨 놓을 뿐만 아니라, 표층구조를 획일화된 욕망으로 이끌어가려고 한다. 이때 의식해야 할 것이 타인의 시선이다. 타인들의 시선은 자신이 가지고 있는 기호에 대한 확인이 되어 주고 그 확인은 또 자아도취를 가져다 준다. 그렇기 때문에 그 값어치를 매길 줄 아는 자본주의적 시선이 있어야만 나의 욕망은 가치 있는 것이 된다. 비싸다는 것이 그만큼 자기의 가치를 높여 준다는 환상에서 비롯된 자기 만족은 환상에 지나지 않는다. 그러나 이 환상이야말로 자본주의를 존속시켜 주는 강력한 근원이 되는 것이다.

자본주의적 환상의 모순은 상품의 이미지로 존재의 가치를 평가한다는 데 있다. 존재의 주체성과 고유성은 상실되면 인간은 R이나 K 같은 익명으로 대체되어도 관계없다. 다른 누구로 대체되어도 관계없는 이 존재들의 가치는 소유하고 있는 기표가 대신한다.

---

36) 「싸게 사들이기」, 전집 1, p.154.

그렇기에 데이트가 있는 날에는 담배도 "백양"에서 "파고다"로 승급해야 한다. 또 사귀는 여자친구는 "어디 다니는 애"로 기표화된다.

이 상품 가치로 판명되는 사회에서는 돈이 미덕이 된다. "직업의 보람"도 교환가치로 환산된다. "대학의 수위로 근속한 삼십 년"은 "무능력에다가 습관의 때가 낀 탓으로" 게다가 "미련"하기 때문에 가능한 일이다. 직업이라는 것은 더 많은 돈을 벌어 줄 때만이 의미있는 일이기에 자본주의에서 사용 가치란 존재하지 않는다. 교환가치를 사용가치로 착각할 때 현기증이 일어난다. 그렇기에 자본주의 사회에서는 돈이 생명력을 가질 수 있다. 그렇기에 돈은 "앗차" 하는 사이에 사라질 수 있는 행동력을 보유한 인격체가 되고 그것을 지키기 위해 인간은 오히려 돈에 매달려 정신차리고 바짝 붙들지 않으면 안 되는 것이다.

K는 교복 호주머니에 손을 넣어본다. 잡히는 게 너덜너덜한 돈의 감촉이다. 돈이 감촉을 갖고 있다는 건 기가 막힐 일이다. 호주머니 속에 벼라별 게 다 들어 있는 경우에도 손은 콧종이와 오랫동안 넣고 다니어서 해진 종이조각과 돈을 잘 구별해낸다. 그건 손의 신경이 예민해서가 아니라 분명히 돈에 감촉이 있기 때문이다. 돈이 손을 만져본다. 그러면 손은 부끄러운 듯이 홍당무가 되면서 가늘게 떤다. 돈이 슬그머니 손을 집적거려 본다. 손은 정신을 차리려고 애쓰며 우선 옷깃을 여미고 도사려 보인다. 싫으면 관둬라, 돈이 배짱을 내민다. 손이 주춤거린다. 그러다가 발작적으로 부들부들 떨며 돈을 부둥켜 안아버린다. 돈은 능글맞게 웃으며 손을 슬슬 쓰다듬어 준다. 그러다가 앗차 하는 사이에 돈은 사라지고 손은 별로 필요하지도 않은 물건을 쥐고 쩔쩔매고 있다.[37]

돈과 손의 갈등은 돈과 그것에 대한 인간의 소유 욕망을 은유한
다. 돈은 특유의 '감촉'으로 손을 매혹시킬 수 있는 의인화된 존재
이다. 그러나 그 매혹을 소유하는 것은 인간의 의지로만 해결될 수
있는 일이 아니다. 이미 '돈'이 인간의 욕망을 읽고 있기에 인간은
결국 돈에 굴복할 수밖에 없다. 그리고 돈의 욕망에 복종해야 하는
것이다. 그렇기에 "돈이 배짱을 내"밀 수도 있고 "능글맞게 웃으며
손을 슬슬 쓰다듬어" 줄 수도 있는 것이다. 이미 전도되어 버린 관
계는 돈이 주도하는 대로 방향을 갖게 하며 이는 물화된 세상을 상
징한다. 이 물화된 기준에서는 재화의 소유 여부가 인간의 가치를
결정하기에 보다 더 많은 재화를 소유하려는 욕망은 "사람은 우선
잘 살구 봐야 하는" 가치관을 우선시하게 한다.

> "참 학생, 그 지리학과는 나오면 뭘 하우?"
> "돈벌죠."
> "무얼해서 돈 버우? 고등학교 선생질?"
> "대학교수도 되지요."
> "학생도 따분하겠구먼"
> 곰보가 K의 걱정을 해준다. 괘씸하다.[38]

헌책방 주인 곰보의 따분하겠다는 말에는 돈의 기준이 묻어 있
다. 그러나 이를 괘씸하게 여기는 K 역시 이미 그 기준으로부터 자
유롭지 못하다. "돈이 많이 들"기에 "좋아하는 여자가 없"는 K가
토요일 오후를 효율적으로 보내는 방법은 곰보의 한눈을 틈타 책

---

37) 「싸게 사들이기」, p.158.
38) 「싸게 사들이기」, p.161.

을 찢고 그것을 빌미로 싸게 사는 것이다. 이는 돈이 없어서 여자
도 사귈 수가 없고 취미도 가질 수 없는 가난함을 고상한 궁핍으로
대체하고 싶은 욕망에서 비롯된 행동이다. 또한 가난한 대학생이
책을 보고 싶어 하는 욕망은 낭만으로 용인될 수 있다는 사회적 아
량을 이용하는 술책이기도 하다. 그 욕망의 뿌리는 자신의 결핍을
인정하기 싫은 허영심에 맞닿아 있다. 따라서 가난한 욕망을 유지
하기 위해 양심 정도는 싸게 팔아도 상관이 없다는 결론에 이른 것
이다. 이는 자기 자신의 시선으로부터도 자유로울 수 없다는 점에
서 겉멋만으로 연륜을 위장한 산악부원들의 치장보다도 더 부끄러
운 겉치레이다.

"사람은 잘 살구 봐야" 한다는 것을 신조로 삼고 있는 곰보는 서
점 안집의 아내에게 매춘을 알선한다. 그리고 그렇게 번 돈으로 텔
레비전을 산다. 실제 곰보가 구입한 것은 텔레비전이 아닌 사들이
는 순간의 황홀감일 뿐이다. 이 황홀감은 자기 만족을 채워 준다.
곰보는 고가의 물건을 얻음으로써 특수 계층만이 누릴 수 있는 힘
을 가지고 있다는 환상을 느끼고 싶은 것이다.[39] 그러나 이 환상은
근본적인 결핍을 해소시킬 수 없기에 또 다른 물건을 집착하게 할
것이다. 그리고 그 소유욕을 채우기 위해서 그의 서점 안집은 서점
보다도 더 분주해져야 한다. 그렇지만 결국 그가 얻게 되는 것은
부서진 욕망의 파편과 와해된 가정일 뿐이다.

K의 친구, R은 애인에게 풀 수 없는 성적 욕망을 충족시키고 관

---

39) 1963년~1972년의 텔레비전 수상기 등록 및 시청료 수입 현황에 대한 자료를 보면 이 작
품이 발표된 1964년 당시 텔레비전 보급률은 전체 가구의 0.6%에 불과했다고 한다. 강상
현, 「1960년대 한국 언론의 특성과 그 변화」, 한국 정신문화연구원 편, 『1960년대 사회변
화 연구』, 백산서당, 1999, p.178.

계를 유지하고자 서점의 안집을 찾는다. R이 사들인 것은 자신의 욕망을 연기하기 위한 대체물이다. 이 거짓 대체물은 애인의 순결을 보장해 준다. R이 순결 이데올로기에 사로잡혀 있는 것은 그 자신도 애인에게 순결한, "그럴 애가 아닌 애"로 비치고 싶다는 욕망 때문이다. 이 허구적 이미지에 대한 욕망은 이미 내면의 실체와 이율배반적인 것이기 때문에 마침내 공허만을 남길 수밖에 없다. 따라서 R이 사들이는 것은 충족될 수 없는 공허한 허상이다. 늘 빈자리로 남아 있는 욕망을 메꾸기 위해 애인을 만나러 가기 전 그는 항상 서점 안집을 찾을 수밖에 없는 것이다. 결국 K는 양심을 팔아 허영을 사고, 곰보는 아내를 팔아 환상을 사며 R은 욕망을 팔아 허상을 산다. 바로 이것이 그들이 제각기 싸게 사들인 것이다.

지식을 파는 서점의 한쪽 구석에서 은밀하게 이루어지는 매춘, 이는 자본주의의 이중적인 뒷면을 상징적으로 꼬집고 있는 배치이다. 정당하게 팔 수 있는 것 중 가장 권위적인 지식과 은폐된 채 비밀스럽게 팔리고 있는 성은 감춰진 욕망의 한 짝으로 잘 어울린다. 정당한 지식을 부정적인 방법으로 당당하게 구입하는 K나 금지된 성을 정당한 방법으로 몰래 구입하는 R의 모습은 자본주의 사회에 적응하고 있는 사람들의 양면이다. 그런 욕망을 재화로 탈바꿈해 수완있게 팔고 있는 곰보는 자본주의 사회에서 "실속있는 부자"가 될 수 있는 인물이다.

R은 애인을 배려하기 위해 자신의 성욕을 대리상품을 통해 일시적으로나마 충족시킨다. 그는 자신을 도덕적으로 위장할 줄 안다는 점에서 거짓 교양이라도 갖춘 셈이다. 책을 싸게 사기 위해 K는 평소 서점주인 곰보와의 인간관계를 계략적으로 형성한다. 이는 "단골손님을 이용해 먹는" 곰보의 상술과 다를 바가 없다. 의도적

인 접근으로 몰래 책장을 찢어내는 전략을 성공시키는 K 역시도 속물적인 인물이다. 그러나 K는 자기가 싸게 사고자 하는 것이 지식이라는 점에서 당당하다. 도리어 정당하게 화대를 지불하고 치르는 R의 행위를 비난하면서 "기막힌 장사꾼"으로 "약은 체"라고 조소하기까지 한다. 그렇지만 이 세 인물 다 누구 하나 우위를 점할 수 없는, 속물화된 질서를 체득하고 있는 인물들이다.

자본주의 사회에서 욕망을 불러일으키는 모든 대상은 상품이 된다. 때로는 그것에 대한 욕망이 없었음에도 상품이 존재하기에 욕망이 탄생하기도 한다. 그렇기에 물건들은 쓰기 위해서가 아니라 팔기 위해서 만들어진다. 산업화가 가져오는 것은 감각 생활의 다양화이다. 불어나는 산업 제품들은 갈수록 다양하게 우리의 눈과 코와 입과 귀와 촉각을 자극한다. 소비 문화의 번창과 더불어 사람들은 욕구의 충족을 위해 재화를 소비한다. 끊임없이 욕구를 불러일으키는 것은 욕망이다. 그러나 언제나 더 나은 것을 얻으려 하고 더 많이 얻으려 하는 것이 욕망의 본질이다. 욕망은 환상 속에서 본 대상과 실제로 얻은 대상의 차액에서 생겨난다. 그 차액이 잉여가치이다. 욕망의 주체는 사용가치가 아닌 잉여가치에 의존한다.

자본주의 생산양식에서 상품은 이 잉여가치에 의해 생산되고 교환되는데, 마르크스는 이것을 자본주의의 모순이며 역사적 한계로 보았다. 그러나 지젝에 의하면 사회적 생산양식과 개인적이고 사적인 착복 사이의 모순 형식이 자본주의로 하여금 영원히 재생산을 하게 만든다고 한다.[40] 따라서 인간이 욕망의 존재임을 받아들이고, 사물이 정상적으로 순환하도록 지켜내야만 평등의 환상과

---

40) 권택영, 『잉여쾌락의 시대』, 문예출판사, 2003, pp.47~51.

잉여가치의 현실을 견딜 만한 사회로 만들 수 있을 것이다. 어쩌면 주체가 부딪치게 되는 선택의 문제는 선과 악, 좋고 나쁨의 선택이 아니라 나쁨과 최악 가운데 선택해야 한다는 데 있다. 욕망의 주체는 이미 고유가치를 상실하고 잉여가치의 세계에 적응하기 위해 악을 오히려 선으로 변질시킬 수도 있기 때문이다.

그렇기에 K는 "애 애, 주판 좀 가져와라. 어디 좀 생각해 보자. 난중난문(亂中難問)인 걸. 골치가 좀 아프겠다"라고 하면서도 결국 "눈이 크게 떠"지는 깨달음을 얻는다. "약은 체 살지 말라"는 핀잔에는 자신 역시 "기막힌 장사꾼"으로서 계산하며 살아야겠다는 다짐이 스며 있다. 그럼으로써 오히려 자신이 지향할 바를 다지고 위악적인 질서에 편입할 수 있는 정당성을 확인하고 있는 것이다.

「확인해 본 열다섯 개의 고정관념」은 신춘문예에 낙방한 대학생이 하숙집에서 배고픔을 참아 가며 자신의 고정관념을 확인해 본다는 내용이다. '나'는 이 일상적인 고정관념을 되짚어 보는 행위를 통해 사회에서 받아들여지고 있는 기성의 가치에 대해 비판을 하고 있다. 그러나 이미 "수단이 흔히 목적을 배반한다는 그것도 이젠 내 고정관념"이 되어 버렸기에 '나' 역시도 그런 비판에서 자유로울 수 없다.

이 시대는 영화와 같은 문화를 통해 사람들을 "대동소이(大同小異)"한 상상력을 가지도록 압박하고 미적 판단의 기준마저도 "틀 속에 갇혀" 버리도록 조정하고 있다. 또한 이 부조리한 것들을 "옛날부터 쭈욱 있어 왔을" "습관"으로 규정하게 하고 그런 질서의 바깥에 서 있는 사람들을 "미치광이"로 만들어 버리는 배후에는 분명 거부할 수 없는 무엇이 존재한다. '나' 역시도 "가짜상품"을 만들어 부정직하게라도 배를 채워야 하는 현실에 처해 있기에 고정관넘을 조장하는 존재로부터 자유로울 수 없다.

　가짜를 진짜로 속여서 팔고 난 후의 상인의 심경은 대체 어떤 것일까 하고 항상 궁금하게 여겨왔는데 이번에 그걸 좀 알게 된 것 같다. 그 장사꾼은 상품을 속여서 팔았던 일을 잊어버리고 싶은 것이다. 재미있었다고 생각하는 것도 아니고 부끄러워하는 것도 아니고 속여 팔았다는 사실을 그저 잊어버리기로만 해버리는 것이다. 왜냐하면 돈은 이미 내 손에 들어와 있고 물건을 사간 사람은 속아서 샀다는 걸 알고 벌써 화를 내버렸을 테니까 말이다.[41]

배고픔은 재능과 양심마저도 소진하게 한다. 당선을 가정하고 쓴 "굉장히 정직한" 당선 소감은 남아 있는 양심과 화해하기 위한 포우즈에 불과하다. 허기를 채우기 위해 만든 "가짜상품"인 응모 소설은 여러 작가의 문체를 섞어 만든, 길가에서 파는 "만병통치약"처럼 의미도, 가치도 없는 것이다.

　그러나 "가짜인 줄 알면"서도 소설 응모를 하는 이유는 "돈" 때문이다. "부잣집 아가씨"에게는 가난의 창피함을 감추기 위해 한 행동이 "프라이드"로 보일 수 있을지 모르지만 정작 '나'는 배가 불러야 "조금쯤은 의기양양하게" 나설 수 있는 사람이다. 그렇기에 "돈이 필요했다. 돈을 얻어 들이는 일이 나 자신에 대하여 가장 정직한 일이었다"는 변명은 오히려 솔직한 양심선언이 될 수 있다. 이는 수단이 목적으로 되어 버린 이상 돈에 구속되어 살아갈 수밖에 없는 정신적 풍속의 구도를 형상화한 작품이다. 이런 풍속의 적

---

41) 「확인해 본 열다섯 개의 고정관념」, 전집 1, p.119.

나라한 실체는 1968년 작「60년대식」에 보다 구체적으로 등장한다.

「60년대식」에서 고등학교 일반사회 교사인 도인은 인기 가수인 아내인 주리와 이혼을 결심하고 "누군가가 우리들을 답답하게 만들고 있다. 그 사람에게 우리의 답답함을 알려 주기 위해서 나는 죽으려 한다"란 유서를 남기고 자살을 하겠다는 계획을 가지고 있다. 그러나 자신이 자살하려는 의미를 세상에 알리기 위해서 신문사에 보낸 유서가 게재되지 않았기에 자살을 연기하기로 한 이틀 동안 "이십팔 년간 축적해 온 그의 모든 능력"을 시험받는다. 그의 자살 기도는 세상에 남아 있는 사람들에게 세상일이 얼마나 잘못되어 있는가를 보여주려는 것이면서 동시에 반복된 일상성 속에서 느껴지는 자기 존재의 미미함을 극복해 보려는 강한 의지의 표출이기도 하다. 그렇기에 죽음을 준비하는 이틀은 오히려 그에게 새로운 삶을 준비하는 시간의 성격을 띠고 있다.

도인은 자신의 삶을 정리하며 대학 시절 성욕의 배출구였던 하숙집 딸 애경에게 용서를 구할 목적으로 그녀를 찾아 나선다. 어렵게 만나게 된 애경은 결혼상담소에서 "돈 많고 가정적이고 젊은 과부역"을 맡아 사기와 매춘을 일삼고 있다. 그러나 오히려 애경은 자신의 직업에 만족하며 스릴마저 느끼고 있다고 말한다. 급기야 도인은 애경의 행각에 동행하고 함께 호텔에 투숙하지만 잠시 바람을 쐬러 다녀오겠다던 애경은 아무리 기다려도 돌아오지 않는다. 애경은 그 사이 한 구두쇠 영감이 제안한 '염치나 도덕을 돌보기엔 강력한 금액인' 20만 원에 매춘을 한 것이다.

"왜 가기 전엔 그런 얘기를 하지 않았소?"

"얘길 했더라면 어떻게 됐을까요? 물론 도인씨는 내가 그 영감한테 가는 것을 말렸겠죠. 그렇다면 그 다음에 무슨 일이 있었을까요? 내가 그 사람과 한 짓과 똑같은 짓을 도인씨가 했을 뿐일 거예요. 다른 게 있다면 저쪽에서는 이십만 원이 생기는데 이쪽에서는 한 푼도 생기지 않는다는 것뿐이죠. 아니 한 푼도 생기지 않을 뿐만 아니라 나를 사랑하는 남자에게 더러운 몸을 안겨준 깊은 죄의식만 남게 되죠. 그건 이중으로 손해를 보는 셈예요"[42]

한때 사랑했던 도인에게 성병을 옮기고 죄의식을 안기보다는 현실적인 이득을 택하는 것이 보다 현명한 처사라고 똑떨어지게 말하는 애경은 '60년대식'의 윤리관을 가진 인물이다. 관계의 진정성을 위선으로라도 지키려는 예의 따위보다는 돈이 더 진실에 가깝다고 말하는 애경은 시대의 단면을 적나라하게 구현하는 인물인 것이다.

이렇게 애경을 비롯해 도인이 이틀 동안 만나게 되는 여러 인간 군상은 "이 시대의 잘못을 부분적으로 구현하고 있는 존재"들이다. 교묘한 방법으로 딸들을 결혼시켰던 고바우 영감, 성병 때문에 우는 애경, 그런 애경에게서 자신의 과거를 되찾겠다며 사랑한다는 이유로 스토킹하는 화학기사 손명우, 자기의 아내를 사랑하기 위해 다른 여자를 팔아먹는 결혼상담소 장소장, 요컨대 먹겠다는 놈과 먹히지 않겠다는 놈이 있어야 발전이 있다는 논리를 펴며 밀수 공화국을 꿈꾸는 경제인 황영감, 남편을 월남에 보내 놓고 모은 돈으로 돈놀이를 하며 타락한 육탄 공세를 펼치는 오야, 재벌이야말

로 미래의 영웅이라고 힘주어 말하는 교장과 교양서적 삼백 권이
원색 춘화집 한 권 값도 못한 현실이나 포르노가 난무하는 뒷골목
은 도인의 의식에 변화를 일으킨다. 그동안 자신이 "대상의 중심에
는 커녕 그 근처에도 가보지 못한 채 엉뚱한 변두리에서만 빙빙 돌
고" 있었다고 생각하게 된 것이다. "세상일이 얼마나 잘못되어 있
는가"를 보여주기 위해 자살까지 감행하려 했던 도인은 자신이 "대
상의 중심"과는 동떨어진 변두리적 사고를 하는 인간이라고 판단
하게 되었다.

도인이 발견한 "대상의 중심"에 있는 것은 소비사회의 탐욕이며
그 탐욕에 얽매여 전개되는 인간의 욕망이다. 그 욕망은 "세상에
한번 태어나 좋은 술도 한잔쯤 마셔"봐야 하고 "집에 손님이 오면
전기냉장고에서 맥주라도 한 병 꺼낼 수 있어야" 한다는 삶의 원리
를 은연중에 가르친다. 인간을 고유의 가치로서 판단하기보다는
"내가 꼭 없어서 안 될 일이란 없"게 하는 제도를 구축해 놓게 한
다.

또 서울의 거리를 물질의 본능만이 지배하는 "온통 먹어치우고
멋을 내고 수리하기만 하면서 살아가고들 있는" 곳으로 가득 채운
다. 그리고 악착같이 절약해서 자기 물건을 팔기만 할 뿐 남의 것
을 사지 않는 사람만이 겨우 부자가 될 수 있다는 생활 방식을 우
선이라고 가르친다. 이 욕망은 급기야 "자기를 보다 깨끗하고 보다
덜 불안하고 보다 보람있는 위치로 끌어올리기 위한 수단으로서
사랑은 사용될 수 있는 것"이며 "사기(詐欺)와 사촌지간인지도 모
른"다고 결론 내리게까지 한다. 이렇게 굴절된 욕망은 주체성을 상
실하게 하고 바람직한 윤리의 기준마저 흐려 놓는다. 이는 급기야
뒷골목에 숨어 들어가 포르노를 보는 것이 욕망의 상처를 치유하

는 거룩한 의식이 되는 파행적 결말을 야기하게 되는 것이다.

음탕한 기색은 전연 없고 자못 엄숙하고 심각했다. 동학란을 일으키기 직전, 사랑방에서 녹두장군의 열변을 듣고 있는 머슴들의 표정이 아마 이러했으리라. 국회의원의 정견 발표회장에 모여 있는 사람들도, 목사님의 설교를 듣고 있는 신자들도, 교향악 연주회장에 모여 있는 사람들도 이들보다 더 진지한 표정은 아닐 것이다. 녹두장군의 머슴들이나 예수의 사도들만이, 다시 말해서 목숨을 걸어놓고 자기의 인생을 구원해 보려는 자들만이 가질 수 있는 표정들이었다.[43]

사랑과 성욕은 신비화되고 승화될 때 우리를 감동시키지만 그 실체를 드러낼 때 끔찍한 '리얼'로 나타난다. 모든 포르노는 성의 신비를 벗기고 아무것도 아닌 물 자체를 보여주기에 관객에게 혐오감을 줄 수밖에 없다. 그러나 이 작품에서는 오히려 그 포르노를 보는 관중들이 짓는 "진지한 표정"을 제시하면서 이 우스꽝스러운 현실이, 관음증을 부추기는 포르노적 욕망이 오히려 "구원"이 되는 현실을 풍자하고 있다.

그러나 욕망은 결국 잡히지 않는 신기루일 뿐이다. 굴절된 욕망은 공허를 채우기 위해 끊임없이 대상을 찾아 헤매지만 결국 욕망 그 자체를 욕망하는 것으로 순환을 계속하게 된다. 「60년대식」에 등장하는 '60년대식'의 욕망은 탐닉을 부추기는 세태에서 발생하고 있다. 그리고 작품은 결국 돈에 대한 탐닉으로 귀결된다. 돈은 인간의 신성한 영역을 모두 허물어내고 육체를 물화된 상품으로

---

43) 「60년대식」, p.305.

전락시키는 것은 물론 정신마저 무너지게 하는 모습을 도인의 방황을 통해 그려내고 있다.

보드리야르가 "섹슈얼리티가 신체를 자본의 서비스에게 넘겨 주며, 체계를 계속 움직이기 위해서 신체를, 그 에너지가 끊임없이 재투자되어야만 하는 가치 생산기계로 만들며 그것은 리비도가 노동력과 대응되듯이, 섹슈얼리티 체제는 증가하는 잉여가치를 포착하고자 하는 자본주의적 열망과 닮은 것처럼 보인다"[44]고 지적했듯이 도인에게 포착된 '60년대식'의 현실은 모든 가치를 아우르는 상품의 논리에 물들어 버렸다. 그러나 이런 세태에 대하여 자신의 변두리적 의식을 자탄하는 도인도 일상의 삶에 깊숙이 침투되어 있는 속물화된 논리의 거대한 힘에 포획되고 만다. 처음 도인의 방황은 교환 행위가 일어나는 동안 자신은 상품의 물리적인 물질적 교환에서 제외되어 있을 것이라고 가정하는 데서 시작된다. 따라서 마치 산출과 부패의 자연적인 순환으로부터 배제되어 있다는 듯이 행동한다. 그러나 이전의 질서가 붕괴되고 시작된 문명은 이미 더 강력한 힘에 의해 인간을 조정하고 있는 것이었다.

프로이트는 『토템과 터부』에서 문명의 시작을, 텅 빈 해골이지만 막강한 힘을 가진 죽은 아버지로 설명했다. 원시시대 아들들은 주이상스를 독차지하는 외설적이고 폭력적인 아버지를 질투하여 죽인다. 그러나 아들들 사이에서 권력 싸움이 일어나고 질서가 붕괴되자 이들은 죽은 아버지를 토템으로 상징화해 숭배한다. 이렇게 해서 상징 질서가 시작된다. 죽은 아버지는 텅 빈 해골이면서도 산 아버지보다 더 강력한 힘을 발휘한다. 라캉과 지젝은 바로 그 죽은

---

44) 조셉 브리스토우, 이연정, 공선희 역, 『섹슈얼리티』, 한나래, 2000, p.199.

아버지의 이면이 더 외설적이고 더욱 폭력적이라고 말한다. 그 아버지는 상징 질서를 위해 죽었으되 완전히 죽은 것이 아니라 죽은 척하면서 더 강해진 아버지인 것이다. 이는 인간이 빠질 수 있는 함정이기에 경계해야 한다. 죽은 아버지의 이면은 외설적 아버지이기 때문이다.[45] 이 외설적 아버지는 김승옥 소설에서 자본주의적 욕망을 덧쓰고 나타난다. 이런 욕망의 실체는 대상의 고유가치와 교환가치의 차액인 잉여 쾌락에 의해 지속되고, 자본주의는 상품의 고유가치와 교환가치의 차액인 잉여가치에 의해 지속되기 마련이다.

막연하게 "답답하기만 하던" 자살 충동은 이틀 동안 "일상생활의 궤도에서 외출"하면서 변화를 맞게 된다. 자신이 묵과해 온 세상의 실체를 만나고 "이제야 도인은 자신에게 가장 필요한 것이 정열이라는 것을" 깨닫게 된다. 그간 "정열로 위장한 추잡한 욕망이 빚어내는 인간에 대한 과오를 경계한 나머지 이제 그에게는 이성과 지성에서 나온 판단을 밀고 나갈 힘이 되어 줄 최소한의 정열조차 닳아 없어져 버린 것을 깨달은 것이었다."[46]

그러나 이는 자신의 욕망을 짓누르고 있었던 도덕과 윤리의 무게를 깨달았다는 뜻과도 일치한다. 사실은 이 년 전 "주리(朱利)의 그 말할 수 없이 천박한 화술, 경솔한 행동, 몰염치, 무지, 분수에 맞지 않는 출세욕 등에 단박 반하고 말"[47]았던 그때부터 이미 내재해 온 자신의 또 다른 모습을 인정하기 시작한 것이다. "단박 반하고 말았다"는 것은 '첫눈'에 반하는 것을 의미한다. '첫눈'이란 의사소통적

---

45) 권택영, 앞의 책, pp.121~122.
46) 「60년대식」, p.326.
47) 「60년대식」, p.200.

몸짓이며 타자의 특성에 대한 직관적 포착이다. 이는 "어떤 이의 삶을 이른바 '완성'해 줄 수 있을 또 다른 이에 대한 매혹"[48]을 뜻한다. 내재해 있던 욕망이지만 그것을 드러낼 수 없었던 자신과는 달리 그것을 노골적으로 드러내고 있는 주리에 대해 매혹을 느꼈다는 것은 이미 그런 가치들로부터 유혹을 느끼고 있었다는 의미이기도 하다. 그러나 그것을 경계했던 결과 "단 이틀 동안에 그가 이십팔 년간 축적해 온 그의 모든 능력은 시험되었으며 형편없는 점수"를 받았다고 생각하기에 이른다. 결국 그간 축적해 온 전통적인 가치관에 의존한 지성과 이성의 힘은 현실 앞에서는 무기력한 것일 뿐임을 확인한 것이다. 그렇기 때문에 현실의 "역사는 그의 손이 미치지 않는 곳에서 셔터를 굳게 내려놓고 이루어지고 있는 것"일 수밖에 없다. 도인이 깨달은 역사의 실체는 자신이 견지하는 가치관으로는 도저히 지탱할 수 없는 세계에서 진행되어 왔기에 이제 '60년대식'의 사고관을 다시 확립해야 할 필요성을 절감하게 된 것이다. 이렇게 작가는 미처 손쓸 틈 없는 속도로 부패해 가고 있는 사회의 병리현상을 예민한 시선을 가지고 '60년대식'으로 풍자해 놓고 있다.

2. 산업 사회화와 파편화된 인간 관계

국가주도형 경제성장이라는 동전의 뒷면은 국가 주도적 파행적 자본주의에 기반을 둔 도시의 공간 변화였다. 식민 잔재의 유산을

---

48) 앤소니 기든스, 배은경, 황정미 역, 『현대 사회의 성, 사랑, 에로티시즘』, 새물결, 2003, pp.79~80.

물려받은 권위주의적 과대성장국가는 '질풍과 노도'처럼 불도저식으로 도시 공간을 형성하며 또 다른 한편으로는 파괴해 나갔다. 산업화를 위한 개발이 모든 가치를 앞지르는 것이었으며 그것은 성장과 수출이 인간적 가치를, 중앙이 지방을, 공권력이 시민을, 그리고 도시의 기계적 질서가 도시적 모듬살이를 압도하는 것이었다.[49]

이런 근대적 성장을 위한 내적 주체의 확립없이 개발 독재에 의해 외적으로 부가된 근대화의 과정으로 인해 60, 70년대 문학에 그려진 인간은 자신들의 삶의 주인이 되지 못한 채 부유하는 모습을 보인다. 물론 이러한 가치의 배반에 의한 소외가 근대 문학의 일반적 특질로 보편화할 수 있는 양상이지만 한편으로는 분단체제 고착 이후 새로이 시작된 우리의 근대적 삶의 불구성의 한 징후이기도 한 것이다.[50]

산업화와 도시화로 인해 가족이나 친족 같은 혈연, 근린 집단이나 지역 사회 등의 지연, 그리고 우애나 친교 집단의 심연 등에 의한 정의적 유대가 사라지고 전통적 사회 질서와 생활양식이 붕괴되었다. 소규모 사회의 성원 사이의 친밀성과 동질성을 바탕으로 한 생활 공동체가 소원감과 이질성을 특징으로 한 대규모의 도시 사회로 바뀌게 되고 이에 따라 자연히 인간의 사회적 관계도 인정이나 우정, 의리에 의한 정의적 관계보다는 이익을 바탕으로 한 냉혹하고 기계적이며 비인격적인 관계가 지배하게 되었다.[51]

---

49) 박길성, 「1960년대 인구사회학적 변화와 도시화」, 한국정신문화연구원 편, 『1960년대 사회변화 연구』, 1999, pp.80~81.
50) 진영복, 「한국 자본주의 형성과 60년대 소설」, 민족문학사연구소, 『1960년대 문학연구』, 깊은샘, 1998, p.79.
51) 오명근, 이종수 편, 『사회학』, 한국사회학연구소, 1992, p.449.

김승옥 작품에는 이런 특징을 지닌 도시의 생리가 인간을 지배하는 모습이 자주 등장한다. 서울로 상경한 등장인물들은 자신들이 서울의 세계에 점점 동화되어 가는 것을 느끼면서도 한편으로는 여전히 이질적이고 낯선 세계의 주변부에서 소외될까 두려워하는 이중적 고민을 안고 있다. 자본주의 사회 특히 도시는 자기 자신에 대해 예민한, 즉 자의식적인 인간을 만들어내기 때문이다.[52] 대개 소시민이나 도시빈민인 이들은 '서울식의 인사'와 '도회의 어법'에 반감을 가지고 있지만 그 범주를 벗어날 용기는 가지지 못한다. 또한 이들의 눈에 비친 '서울'은 자본주의적인 질서가 가장 기본적인 사회 단위인 가정에까지 침투한 위기의 공간이며 공동체의 유대와 정이 상실되어 가는 곳이다.

1) 도회의 어법과 소통의 단절

서울은 자본주의와 물질문명이 결합하고 있는 도시성을 대변하는 공간이다. 도시성이란 근대화 과정 속에서 나타난 사회 변화의 생태적인 생활 공간으로서의 도시화를 의미한다. 도시화는 다양한 성격의 인물들을 한곳에 모이게 하며 이러한 인물들과의 교섭을 통하여 우리 자신의 숨어 있던 여러 모습을 발견하고 발달시킬 수 있게 한다. 그러나 한편으로는 개체화, 속물화의 과정으로 치닫는 개인의 이기적 욕망을 목적으로 하는 생활 공간이 바로 도시[53]이기도 하다. 이 도시 속에 살아가는 인간들은 자본주의의 속성에 맞는 나름의 생존방식으로 삶을 꾸려 가야 한다.

---

52) 송태욱, 「김승옥과 '고백'의 문학」, 연세대학교 대학원 박사학위논문, 2002. p.11.
53) 성기조, 『문학이란 무엇인가』, 한국문화사, 1997. p.208.

　　자본주의 사회는 사람들의 일반적 삶에 의탁해서 아무런 반성 없이 사는 삶이 편안하다고 주입시키는 한편으로 어느 순간 자본의 논리에 의해 개인의 생계수단을 뿌리째 흔들어 놓곤 한다. 반복되는 일상은 권태와 매너리즘을 남겨 주지만 만약 갑자기 그 일상으로부터 누락되어야 하는 통고를 받게 되면 인간은 오히려 그 일상이 주었던 반복에 집착하게 된다. 그 일상성에서 벗어난다는 것은 실직이나 퇴직을 의미하며, 그것은 단순히 돈을 벌지 못한다는 사실뿐만 아니라 자신의 사회적 존재를 상실하는 것을 의미하기 때문이다. 1964년 작 「차나 한잔」과 1965년 작 「들놀이」는 바로 그런 도시 서민의 불안과 소외의 문제를 다룬다. 지긋지긋한 일상이지만 벗어날 수는 없는 모순된 상황을 다루고 있다.

　　「들놀이」는 사장의 들놀이 초대장을 받지 못한 것에 해고의 불안감을 느끼는 맹상진의 고민을 통해서 도시근로자의 고용 불안을 다루고 있다. 자본주의적 근대화는 물화, 소외, 궁핍화 등의 현상을 언제나 동반한다. 따라서 경제가 발전하더라도 실업으로 인한 고용 불안이라든가 양극화에 따른 상대적 박탈감은 오히려 고조되기 마련이다. 그러므로 이런 자본주의 체제 하에서 항상 발생할 수밖에 없는 구조적 현상은 단지 근로자에게만 국한된 문제는 아니다.[54]

---

54) 소외 개념을 사회 과학적 개념으로 받아들여 처음 체계를 세운 사람은 맑스이다. 그는 소외 이론을 역사철학적인 면, 이론적인 면, 경험적인 면의 세 가지 차원에서 구별한다. 그는 소외가 다양한 사회 영역에 나타날 수 있음을 인정하면서도 실제 경험적인 설명은 주로 산업노동자들의 상황에 집중하고 있다. 그러나 오늘날 경험적 연구가 확대되어 감에 따라 소외 개념은 맑스처럼 자본주의 제도 하에서 산업 노동자들의 상황을 검토하는 것뿐만 아니라 고도로 조직화된 현대 사회의 다양한 영역과 인간 관계 서술에도 사용되고 있다.
베버는 소외가 무산계급은 물론이고 현대사회의 전문 기술직 종사자, 관료, 군인, 학자, 공무원 또는 그밖의 사람에게도 나타나는 보편적인 현상임을 주목하였고, 프롬은 오늘날 화

"노랭이 사장"이 갑자기 배부한 들놀이 초대장을 유일하게 받지 못한 맹상진은 자신만이 소외되었다는 데서 불안감을 느낀다. 이 불안을 눈치챈 동료 이군은 사무 착오일 것이라고 위로하면서도 그 불안감에 대해서는 공감한다. 그리고 이 군은 맹 군을 위로하기 위해 함께 들놀이에 가지 않는다. 이군과 맹군은 바둑을 두고 있지만 이들을 지배하고 있는 것은 불안감으로 인한 침묵뿐이다. 급기야 맹 군은 초대 받았는데도 가지 않은 데서 오는 불안이 이 군을 흔들고 있음을 눈치채고 이 군만이라도 들놀이에 갈 것을 권한다. 그러자 이 군은 맹 군에게 동행하자고 권유한다.

"무슨 실수는 아닐 거야. 가령 자네 말대로 실수라고 하세. 그렇다고 하더라도 내가 초대장을 받지 않은 것은 분명한 사실이거든. 난 갈 수가 없지."

"아냐. 분명히 무슨 실수야. 자네 말야. 이런 경우라고 생각해보게. 어떤 단체에서 그 단체의 멤버에 대하여 어떤 실수를 저질렀다. 그때 그 멤버는 피해를 입게 된다. 그런데 그 멤버는 그것이 단체의 윗사람의 실수 때문이라는 걸 알고 있다. 더구나 그것이 본의 아닌 실수라는 것도 안다. 그때 그 멤버는 어떻게 해야 한다고 생각하나?"

"글쎄. 그렇지만 내가 초대장을 받지 않았다는 건 사실이거든."

"누가 아니래? 내가 말하고 싶은 건……."

"사실은 사실대로 받아들여야겠지. 자넨 실수 실수하지만 그것이 실수

인지 아닌지는 확실히 모르잖아? 만일 그것이 실수가 아니라고 하면……."

"물론 내가 말하는 것은 실수일 경우야. 또는 실수라는 것이 거의 확실할 때, 또는 실수가 아닌가 하고 의심이 될 때, 요컨대 피해를 받을 때……."

"그럴 때 자네는 어떻게 하겠나?"

"그 실수를 깨닫게 해줘야지. 적어도 실수한 쪽이 모르는 사이에라도 그 쪽이 실수를 하지 않았을 때 생기는 결과 쪽으로 멤버가 움직여야지."

"그렇지만 그건, 내가 당한 일이니까 자네가 말은 쉽게 하지만 자네가 당했다고 하면……."

"아냐, 아냐, 자네가 초대장을 받지 못했다는 건 미스 리의 실수야. 자, 가세 함께 가세."[55]

잘못된 실수에 대처하는 법쯤은 상식적으로 누구나 알고 있다. 그러나 그것이 막상 자기의 생계와 직결된 일이 되면 적절한 대처를 하기 힘들어진다. 물론 주인공 맹 군이 들놀이에 초대 받지 못한 것은 단순한 사무 착오일 수 있다. 그러나 문제는 그가 들놀이에 초대 받지 못했다는 것을 해고 통보로 받아들인다는 데 있다. 간단히 확인해 보면 될 일이지만 미스 리가 사장의 처제라는 사실은 그런 용기를 낼 수 없게 한다. 권력구조 안에서 말단 직원으로서 가지는 불안감은 합리적인 행위마저 방해하고 있는 것이다.

이렇게 합리적인 행동을 방해하는 그 근본적인 원인은 고용관계에서 오는 권력과 힘을 의식하는 데 있다. 이들이 들놀이 초대장

---

55) 「들놀이」, 전집 1, pp.241~242.

한 장으로 소외감을 느끼는 것은 그것을 사장의 어떤 의도가 숨어 있는 기호로 인식하기 때문이다. 이런 불안감은 무력감에서 기인한다. 맹상진 군과 이 군이 느끼는 소외는 무력감의 일종이다. 이들이 느끼는 무력감은 자신의 행동으로 개인적, 사회적 보상의 발생을 조절하기 어렵다는 생각에서 발생한다. 말하자면 소외된 사람에게는 그러한 조절이 외부의 힘이나 강력한 타자 또는 운명에 맡겨져 있는 것으로 보이기 때문이다.[56] 결국 구조적 체계에서 발생된 불안감은 사소한 일상의 평안마저도 저당 잡힌 주변인의 애환으로 표출되는 것이다. 이런 애환은 「차나 한잔」에도 나타난다.

1964년 작 「차나 한잔」은 갑자기 연재 중단을 통보 받은 만화가의 하루를 다룬 작품이다. 만화가 이 선생은 며칠째 자신이 그린 만화가 신문에서 누락되어 있는 것을 보며 "수입 원천이 흔들리는 불안"을 느끼고 있다. 그 불안감은 "나쁜 예감"과 함께 독자를 웃겨야 한다는 창작의 고통이 더해져 며칠째 설사를 일으키고 있다. 설사는 "심한 심리의 긴장 상태"에서 비롯된 스트레스성 질병이다. 그리고 이런 불안한 예감은 적중한다. "오늘 치 만화 좀……." 하는 문화부장의 말에 이 선생은 일부러 그려 오지 않았다고 거짓말을 하며 의중을 떠본다. 이에 문화부장은 "차나 한잔 하러 가실까요?"라며 권하며 해고 통보를 은밀히 전한다. 그 "차나 한잔"은 해고 통보를 세련되게 전달하는 "그네들의 말투"일 뿐이다.

---

56) 소외론 연구의 선도적 역할을 해온 씨이맨(M.Seeman)은 소외를 사회의 구조적 맥락 속에서 개인이 가지는 기대감과 이에 대한 보상 사이의 괴리로 일어나는 심리 현상으로 보고, 그 양상을 여섯 가지로 나누어 정리하고 있다. 그 여섯 가지는 무력감, 무의미감, 무규범감, 고독감, 자기 소원감, 사회적 고립감이다.
오명근, 이종수 편, 앞의 책, pp.457~458.

그는 그네들의 말투를 알고 있었다. 저 도회(都會)의 어법을. 그리고 그는 항상 그 어법에 잘 속았었다. 방금 카메라맨이 말한 '다음에 좀 봅시다'는, 그 뜻을 따라서 정확히 표기하자면 '그럼 다음에 또 만납시다. 안녕히 가십시오'이다.

그런데 그들은 '좀'이라는 부사를 집어넣어서 듣는 사람을 환장하게 만들어 버린다.[57]

해고하는 마당에도 "오늘 치 만화 좀……"이라고 상투적인 확인을 반복하고, "제 대신 누가 그리기로 되었습니까?"란 난처한 질문에도 "이형 대신 누가 그렸으면 좋을 것 같습니까? 추천해 보시지요"라고 너스레를 떠는 화법은 그야말로 "도회(都會)의 어법"이요, "서울식의 인사"이다. 정작 할 말은 말꼬리 뒤로 감추고 위악으로 치장한 세련된 어법으로 상대를 재며 거리를 두는 "터무니없는 인사"만 난무하는 관계, 이것은 "일종의 추파"라고밖에 볼 수 없는 것이다. 일상적인 소비 속에 깊숙이 파고들고 있는 개인화된 커뮤니케이션의 네트워크 속에서는 배려, 진심, 동정심마저 서비스 품목에 해당되고 이는 배려의 기호로 존재할 뿐이다. 결국 자연발생적이고 상호적인 인간 관계가 상실되는 것이 이 사회의 기본적인 특징이 된다. 이렇게 인간 관계가 사회적 회로에 재투입되고, 기호화된 인간 관계와 인간적 따뜻함이 소비되는 현상은 친밀감마저도 완전한 시뮬레이션 과정에 따라 창조하게 한다. 이는 곧 능력으로도 직결되어 승진, 취직, 급여 등을 평가할 때 사정의 대상이 되기까지 하는 것이다. 따라서 거짓된 자발성, 가면을 쓴 퍼서낼리티의

---

57) 「차나 한잔」, 전집 1, p.197.

언설, 계획된 감수성과 인간 관계가 도처에서 범람하게 된다.[58]

가장된 친밀감의 인사가 지닌 공허함에 대해 비판적인 시선을 취하면서도 그것을 적절하게 구사할 줄 아는 것만이 능수능란하게 살아남을 수 있는 생존의 원리라는 것을 알기에 이 선생 역시 이를 실행한다. 경리부에서 마지막으로 봉투를 건네받으면서 여자 직원에게 전에 없는 농담을 건네며 태연을 가장하여 자신의 초라함을 숨긴다. 그리고 새로운 일거리를 찾아 신문사를 찾아가서도 문화부장에게 능청스럽게 자신이 멸시했던 바로 그 표현인 "차나 한잔" 하자고 말한다. 이에 만화 연재 계획이 없다는 문화부장은 "혹시 예수 믿으시거든, 우리 사장이 좀 빨리 뒈져달라고 기도해 주십시오"라는 실없는 "헐리우드식의 농담"으로 거절의 어색함을 수습한다.

진실함이 부재하는 관계간의 거리 유지는 종국에는 각기 고립된 소외감만 남길 뿐이다. 그러나 이 거리를 좁히려면 상호간에 책임을 유발하고 계속적인 유대를 보장해 줄 수 있는 이해관계가 결부되어야만 한다. 이해 타산적인 자본주의적 인간 관계의 생리는 사회 전체의 매커니즘이 변화하기 전에는 다른 길을 찾기가 힘들다. 그래서 개인은 오히려 전체가 지향하는 일상의 질서에 몸을 맡겨

---

58) 장 보드리야르에 따르면 소비사회의 특징은 재화와 서비스의 풍부함에만 있는 것이 아니다. 소비사회에서는 소비의 대상이 단순한 제품의 모습을 지니는 것이 아니라 개인적 서비스 및 팁이라는 형태로 주어진다. 그렇기에 상품이 교환되는 경우 상징, 의미 작용, 서비스, 정보 등을 동시에 교환하게 된다는 것이다. 따라서 이런 현상은 일상생활은 물론 가장 개인적인 관계의 내부에서조차 교환가치의 추상화가 일반화되는 현실을 의미한다.
이 체계 자체가 커뮤니케이션 및 서비스의 인간 관계를 생산하는 하나의 생산체계가 된다. 이 배려의 체계는 생산체계인 이상 물질적 재화의 생산양식과 똑같은 법칙에 복종해야 하는 모순을 유발한다. 결국 이 체계가 사회적 거리, 커뮤니케이션 불능의 상태, 인간 관계의 불투명성 및 잔학성을 동시에 생산하고 재생산하는 것이다. 장 보드리야르, 이상률 역, 『소비의 사회』, 문예출판사, 2002, pp.242~246.

버리게 된다. 그리고 자신의 고유한 가치마저도 세계가 표상하는 체계화 속으로 밀어넣는 데 합의한다. 그리고는 결국 그 거대한 틀 안에 종속되어 한 자리를 차지하기를 바라고 그것이 자신의 상표가 되어 신용을 보장해 주는 현실에 대해 자부심마저 느끼게 되는 것이다.

좀 걷다가 그는 신문사의 건물을 돌아다보았다. 자기가 여기에 관계를 갖고 있던 그 동안 타인들로 하여금 자기를 볼 때에 몇 점 더 놓고 보게 해주던 그 회색빛 괴물을, 이 회색빛 괴물의 덕분으로 그는 생전 처음 만나는 사람에게도 긴 설명이 필요없이 자기를 신용해버리게 할 수 있었다. 만일 이 괴물이 없었다면 평생을 두고 설명해도 신용해줄지 말지 모를 사람들로 하여금 말이다.[59]

그는 상표가 되어버린 몇 사람의 이름들을 생각해 봤다. 이름이 신용 있는 상표가 되면 그러면 되는 것이다. 어설픈 만화가 이 아무개정도 가지고는 아무리 너그럽게 생각해도 좀 곤란하다. 나를 이 신문사가 신용해 줄까?[60]

자신의 존재 의미마저도 "신용있는 상표"로 대체해서 생각하게 만드는 현실, 사람 자체보다도 상품가치가 잣대가 되는 사회 안에서 개인의 의미는 점점 축소되어 간다. 거대한 틀 안에서 하나의 작은 부속품이 되어 버리는 인간은 그것에서마저도 다른 것으로 대체되어 버릴지도 모른다는 가정을 안은 불안한 존재로 추락해

---

59) 「차나 한잔」, pp.186~187.
60) 「차나 한잔」, p.191.

버릴 수밖에 없다. 결국 '나'는 거대한 틀 안에서 조립되고 구성된 부품에 불과한 것이다. 그렇기에 불합리한 질서에 반발하기는 꿈도 꿀 수 없는 일이고 도리어 순응할 수밖에 없게 된다. 그러므로 결과적으로 내가 주체가 되어 창조해낼 수 있는 세계란 불가능하다.

그는 고개를 끄덕이며 생각했다. 이렇게 되면 이번 해고당하는 것이 내 개인의 문제에서 그치는 게 아니다. 그것은 국내 만화가들의 소멸을 의미하게 되는 것이다. 한 장의 만화를 여러 장으로 복사해서 세계 각 곳에 싼값으로 팔아먹는 미국만화가들의 신디케이트에 국내 신문들이 걸려들기 시작했다면 이건 큰일이다. 오래지 않아서 모든 국내 신문들은 미국 가정의 유머를 팔아먹고 있게 되리라. 미국 만화가들의 복사된 만화는 사는 편에서만 생각한다면 값이 싸니까 그리고 문명인들답게 유머가 세련되어 있으니까. 그는 언젠가 한국을 방문했던 미국의 한 뚱뚱보 만화가를 생각하고 있었다. 그 양반은 자기 복사가 열 몇 군데나 팔린다고 했다. 스위스에 별장을 가지고 있다는 자랑도 했다. 그 때 국내의 협회 회원들은 그 뚱뚱보를 부러운 듯이 쳐다보고 있었던 것도 그는 생각났다. 그렇지만, 하고 그는 생각했다. 한탄을 한들 내가 어쩔 수 있단 말인가.[61]

이제 자본주의적 교환은 개인적인 차원이나 지역적 차원을 뛰어넘어 전 지구적인 차원에서 이루어진다. 이런 문화 형태는 국지적인 영역을 넘어서 선진 자본주의에 의해 주도되는 생산-유통-소

---

61) 「차나 한잔」, pp.184~185.

비의 순환구조에 편입되어 전지구화되기에 이른다.[62] 이 선생은 자신의 해고 원인이 미국의 대량 문화가 국내에 잠식해 오는 것에 따른 결과이며 그것이 자기 개인에게 국한된 문제가 아님을 심각하게 인식하고 있다. 그렇다고 그에 대한 대안을 마련할 방책은 없다. 스스로도 미국 만화에 대해 값이 싸면서도 "문명인들답게 유머가 세련되어" 있다는 자조 섞인 합리화를 하고 있기 때문이다. 미국만화가 지니지 못한 우리 만화의 우수성을 토로하는 김 선생의 말에도 "만화가 우스우면 그만이지 쥐뿔나게 회화적이고 아니고를 찾게 됐어요?"라고 반문한다. 이는 자신의 정체성에 대해서 자부심을 가지지 못한, 그래서 어떤 것에든 의탁해서 자신의 가치를 매겨 왔던 그의 인식에서 나오는 말이다. 이런 인식은 나아가 다국적 문화가 우리 일상 깊숙이 침투해 들어와도 어쩔 수 없다는 자괴감으로까지 이어질 수 있다. 이 선생은 이미 자기 주체적인 판단과 생산적인 실천이 결여된 채로 생활하는 데 익숙해졌으나 한편으로는 그 결과 그저 '어쩌다가' 던져지는 운명에 순응하며 살아가고 있는 자신에 대해 환멸을 느낀다.

그야말로 '어쩌다가'의 연속이었다. 그는 자기가 지난 날 우연 속에 자신을 맡겨버린 것이 갑자기 역겨워졌다. '거지같은 자식이었다' 하고 그는 자신을 욕했다. 손톱만큼이라도 좋으니 나의 주장이 있었어야 할 게 아닌가. 그러나 다시 한번 자기의 이력을 검토해 보면 그 망할 놈의 군대 생활이 끼어 있었기 때문에 사실 어쩔 도리가 없었다고 생각하게 되었다. 군대 속에서 어떻게 자기의 희망대로 생활할 수 있단 말인가. '좌향

---

62) 존 스토리, 박모 역, 『문화연구와 문화이론』, 현실문화연구, 1999, p.5.

앞으로 갓!' 하면 왼쪽을 돌아야 되고 '포복!' 하면 엎드려서 기어야 했었
다. 마치 그의 만화 속의 인물들이 자기들의 표정과 운명을 그의 펜 끝에
맡겨버릴 수밖에 없듯이. 우연 속에 자신을 맡겨버리는 습관을 가르쳐준
게 그놈의 군대였었다. 그런데, 하고 그는 생각했다. 하긴 그것이 평안했
어. 적어도 신경쇠약에 걸릴 염려는 없었거든. 그는 여전히 천장을 올려
다보며 생각했다. 이제 와서 대학에서 배운 것을 팔아먹고 싶다고 앙탈
하지는 않겠다. 만화일 만이라도 계속할 수 있어야겠다.[63]

현실의 부당함을 알면서도 개선해 보려는 생각을 가질 수 없는
것은 현실 원리에 자신을 맡기는 편안함을 알고 있기 때문이다. 또
'군대'로 상징되는 사회화 과정에서 주어진 질서와 규율에 복종만
을 요구하는 매커니즘에 익숙해져 버렸기 때문이다. 이렇게 지시
되고 명령된 체제에 순응하며 살아가는 것이 오히려 "평안"했다고
회고하는 이 선생은 이미 새로운 변화를 일궈낼 수 있는 주체가 아
니다. 그저 지금 그대로 "만화 일만이라도 계속할 수 있어야겠다"
고 생각하는 일상에 매달린 무기력하고 나약한 개체일 뿐이다. 보
이지 않는 권력으로서 일상을 조율하고 개개인을 무기력하게 조종
하는 이 은밀한 존재는 「다산성(多産性)」에서는 '찐빵'으로 형상화
된다.
　프로이트가 집단 무의식에서 설명했듯이, 모든 파시즘은 카리스
마적인 리더에게 권력을 위임하는 순간 집단은 평등해진다는 환상
을 심어 준다. 개인성을 익명성 혹은 집단의 힘에 묻어 버리는 과
오는 민주정치에서도 언제든지 일어난다. 「다산성」에서는 모든 이

<hr>

63) 「차나 한잔」, p.171.

데올로기 속에 숨어 있는 권력의 속성과 그에 쉽게 감염되는 민중의 최면을 풍자한다. 찐빵의 존재는 가시화되지 않으나 일상생활의 사소한 부분까지도 규율하는 권력이다.

이상한 일이다. 하나하나를 보면 모두 소심하고 말이 드문 애들이다. 그런데 모이기만 하면…… 우리 열 명이라는 밀가루는 반죽이 되면 엉뚱하게도 찐빵이 된다. 하나하나 가지고 있는 분위기는 서로 비슷하면서도 그들이 모였을 때는 전혀 다른 분위기가 되어 버린다. 조용한 밀가루들은 떠들썩한 찐빵이 되는 것이다.[64]

"그 자체로서 생명을 가지고 있는 찐빵은 대대로 우리를, 찬 겨울날 밤에 남산 꼭대기에 올려놓기도 하고 종삼(鍾三) 골목 속에 몰아넣기도" 하면서 여럿이 모이면 나타나는 존재이다. 대중들 사이를 지배하는 것의 권력의 실체는 나에게는 "찐빵", 운길에게는 "장난감"처럼 각기 다른 용어로 표현되지만 결국은 하나이다. 그 실체는 죽을 "용기가 없"으면 "복종하며 살아 있기"를 강요한다. 그 강요는 당한 적이 없었다고 착각하거나 외면하는 가운데서도 모두를 휘두르고 있다. 이런 현실 속에 결국 삶은 "생존 본능"을 가지고 버텨내야만 할 뿐이다. 그 결과 인간은 소외되고 의사소통은 부재하며 관계는 단절된다.

그렇기에 사라진 노인은 유괴범의 돈을 가져오라는 "거대한 요

---

64) 「다산성(多産性)」, 전집 2, p.79.
　　이 작품은 '돼지는 뛴다', '토끼도 뛴다', '노인이 없다' 라는 세편의 에피소드로 구성되어 있으며 연예 담당기자인 나의 일상을 피카레스크적인 수법으로 그려내고 있다. 작가는 이 작품을 통해서 생명력을 잃어버리고 소비사회의 모순에 빠져 있는 현실을 풍자적인 시선으로 그려내고 있다.

구"가 있을 때 존재를 드러낼 수 있는 것이다. 유괴된 노인을 찾기 위한 방법을 강구하는 과정에서 "돈거래로만 하는 일이 가장 믿을 수 있다는 걸 아직 모르시는 모양이군요"[65]라는 허사장의 말은 '돈=신용'이 되어 버린 세태를 그대로 보여준다. 이런 사회에서 인간은 실종되고 남는 것은 교환가치로서의 존재뿐이다. 이에 따라 발생하는 지배적인 사회 문제는 정치권력의 가시적, 물리적 억압이라는 형태로부터, 이데올로기적 국가 장치에 의한 사회 통제라는 쪽으로 기울게 된다. 즉, 사회를 지배하는 범주가 억압으로부터 물화나 소외의 범주로, 억압의 내면화와 이데올로기적 간접 통제로 전이되고 있다는 뜻이다.

이런 현상은 결국 인간이 만든 제도가 인간 자체를 소외시키는 결과를 낳을 뿐이다. 따라서 사회 구성원으로서의 개인은 자신과 관련되어 있는 모든 관계 전반에 주체적 권위를 상실하고, 비인간적인 체제에 종속되어 버렸다. 이 과정에서 개인의 삶은 자신의 주체적 의지가 아닌 외부 환경에 의해 피동적으로 규제당하고 자기 고유의 정체성을 훼손당한 채 익명적 존재로 전락하게 되는 것이다. 이런 모순이 김승옥 소설에서 지속적인 주제로 형상화되고 있다.

2) 낭만적 사랑의 허위

「서울의 달빛 0章」은 1977년에 발표된 작품으로 문학사상사 제정 '제1회 이상문학상'을 수상한 작품이다. 작품의 제목이 '0장'인

---

65) 「다산성」, p.174.

데에는 김승옥 나름의 집필 의도가 있었다고 한다. 그는 서장이라는 성격을 두고 1장, 2장으로 이어지는 장편소설을 쓸 계획이었던 것이다.[66] 그 계획에는 월남전 파병, 유신체제 발동, 경제성장, 급격한 거대도시화 등으로 전통적 규범이 와르르 무너져내려 버리던 70년대의 도덕적 붕괴 참상을 언어로 포착하기 위한 의도가 담겨 있었다.[67] 김승옥은 이 작품에서 그 붕괴의 참상을 그려내고자 한 쌍의 남녀가 만나 결혼하고 이혼하는 과정을 소재로 택하고 있다. 이는 그 비극적인 붕괴의 가장 큰 피해자가 우리 모두가 될 수밖에 없음을 보여주기 위해 '결혼 모티프'를 택한 것으로 보인다.

우리 사회에서 가족제도나 가족주의 이데올로기가 차지하는 비중으로 볼 때 '결혼 모티프'는 매우 중요한 서사적 장치이다. 그래서 많은 소설들에서 가족 구성(family plot)과 만나게 된다. 그런데 「서울의 달빛 0章」은 전통적인 가족주의를 그린 소설은 아니다. 전통적인 가족주의 소설은 대체로 그 주제가 안정이라는 의미에 모아진다면 이와 달리 이 소설은 가족의 해체라는 문제 의식을 드러내고 있다.[68] 이러한 문제 의식은 대개 사회적 삶에 대한 인식에 상응하는 것으로 이 사회적 관계는 개인의 영역에까지 영향력을 미치고 간섭하기 마련이다. 따라서 이 소설의 결혼 이야기를 넓게는 1970년대적 삶에 대한 은유로 볼 수 있는 것이다.

---

66) 이 작품을 쓰도록 촉구한 당시 『문학사상』의 주간이었던 이어령은 이 0章만으로도 단편소설의 완성도를 지니고 있다는 판단 아래 본문 맨 처음에 붙어야 할 0章이라는 낱말을 제목 밑에 붙여 버렸다고 한다. 그러나 이런 이어령의 판단은 나름대로 옳았다고 생각된다. 김승옥은 자작 해설에서 70년대의 비극적인 붕괴의 가장 큰 피해자로 우리 모두를 들고 있는데 이런 문제 의식은 이 작품에서 나름의 완결성을 발휘하고 있는 것으로 보인다. 김승옥, 「나와 소설쓰기」, 전집 1, pp.10~11.

67) 김승옥, 위의 책, pp.10~11 재인용.

68) 구모룡, 「근대적 삶에 대한 환멸의 서사」, 『문학사상』 283호, 1996. 5, p.257.

작가는 앞서 발표한 1964년 작 「싸게 사들이기」와 1968년 작 「60년대식」에서 지식과 성의 관계에 대한 모색을 하고 있다면 이 작품 「서울의 달빛 0章」에서는 그 질문이 우리들의 삶의 문제와 얼마나 가까이 밀착될 수 있는가를 보여준다. 이 작품을 통해 김승옥은 1970년대적인 비극적 붕괴의 현실을 날카로운 메스로 해부하고 있다.

인간은 행복할 자격이 있는가? 먹을 것이 부족하던 시절에는 생선시장의 개들처럼 꼬리를 뒷다리 사이에 감아 넣고 눈을 슬프게 치켜뜨고 다니다가 형편이 좀 나아지면 발정한 개들처럼 닥치는 대로 붙을 자리만 찾아다닌다. 사람들이 결국 바라는 건 필요 이상의 음식, 필요 이상의 교미(交尾). 섹스의 가수요(假需要). 부잣집 며느리 여름철에 연탄 사 모으듯, 남의 아내건 남의 아내가 될 여자건 닥치는 대로 붙는다. 남의 사랑을 위한 빈자리를 남겨두지 않는다. 물처럼, 공기처럼, 여력만 있으면 빈자리를 메우려 든다. 인간은 자연인가? 메우고 썩인다. 썩은 사타구니에서 쏟아지는 썩은 감정. 자리를 찾지 못한 자들의 증오. 평화가 만드는 여유. 여유가 만든 가수요. 가수요가 만든 부패. 부패가 만든 증오. 부패는 이미 시작되었으며 남은 일은 증오의 누적, 그리하여 전쟁. 전쟁은 필연적이다.[69]

필요 이상의 욕망은 평화마저도 위협하고 사회를 부패시킨다. 따라서 그에 따른 결말은 필연적으로 전쟁을 야기한다. 작가가 포착한 70년대적 현실은 인간의 과대한 욕망이 인간 존재 자체를 위협

---

69) 「서울의 달빛 0장」, 전집 1, p.299.

하는 위기의 시대이다. 그런 가운데 "고독한 자기"와 대면할 수밖에 없는 것이 인간의 운명인 것이다. 그 운명에 저항해 보고자 인간은 유대 관계를 맺고 사랑이라는 이름으로 결혼한다. 그러나 이미 파편화된 사회에서는 이 결혼 역시도 존재의 관계가 아닌 소유의 관계로, 교환의 관계로, 제도화된 관계로 타락할 우려를 안고 있다.

'나'는 부유한 집안의 출신으로 대학 교양학부의 시간강사라는 점에서 부르조아 지식인이다. '나'는 부모덕에 생계를 걱정하지 않아도 될 만큼 일정하게 들어오는 수입이 있고 "학문의 사명감"을 "지키려고 애쓰고 있"는 정도로 직업을 유지하고 있다. 그렇지만 아내는 이와 다른 현실 감각을 가질 수밖에 없는 입장이다. '나'와 결혼한 아내, 한영숙은 태생적으로는 부모와 네 동생을 부양해야 하는 도시빈민층이지만, 유명 탤런트라는 직업을 획득함으로써 자본주의의 새로운 부르주아 계층이 되었다. 현재 나와 아내는 표면적으로는 같은 계층에 소속되어 있는 것으로 보인다. 그러나 청혼을 거절해야 할 만큼 가족 부양이 절실한 아내의 고충에 대해 진지하게 나누려는 시도조차 하지 않았던 나의 태도에서 파경은 이미 예고된 것이었다. 가난의 비참함을 전혀 이해하지 못하는 '나'에겐 아내의 매춘이 그저 "개 같은 욕망에 시대의 구실을 붙"인 "도깨비"의 "유혹"쯤으로만 보이는 것이다.

난 처음부터 그럴 줄 알았어. 네가 여배우하고 결혼했다는 소문을 들었을 때부터 앞날이 훤히 보이더군, 우선 여배우란 직업은 일종의 사업이야. 가정이란 것도 하나의 사업이구. 한꺼번에 두 가지 사업을 둘 다 잘 경영한다는 건 힘든 거야. 결혼할 때 그 직업은 그만두게 해야 했어.

네 와이프는 화가지? 달라, 여배우란 특수한 직업이야. 그 육체가 대중의
소유야. 여배우 자신이 그걸 잘 알고 있어. 대중의 소유물을 너 혼자 독
점하려면 대중들이 그 여자에게 줄 수 있는 것 이상을 네가 줄 수 있어야
해. 대중들이 부러워할 명예라든가 어마어마한 돈이라든가 그 여자가 무
슨 짓을 하든지 얼마든지 용서할 수 있는 사랑이라든가. 비싼 창녀란 말
이군. 남편은 기생의 기둥서방이 되란 거구. 여자 중의 여자란 말이지.
모든 여자란 규모가 크고 작을 뿐 다 그런거야. 만족의 한계가 좁달 뿐
아무리 평범한 여자도 다른 남자가 주는 것 이상을 줄 때 독점할 수 있는
거야. 남녀관계란 근본적으로 경제적 관계야. 남자끼리의 관계만 사상적
관계지. 부자와 가난뱅이도 같은 취미로써 친구로 지내거든. 말 잘했다.
내가 증오하는 것은 너희 남자들 그 경제구조를 엉망으로 만드는 사상구
조.[70]

　이혼 후 '나'를 위로하는 목소리들은 그의 결혼이 모두의 공유물
을 나만의 것으로 소유하기 위해 지불해야 할 대가를 염두에 두지
않았던 출발이었기에 당연히 시작부터 불안한 것이었다고 지적한
다. 자본주의적 관점에서의 안정된 남녀 관계란 이렇듯 "경제적 관
계"에 합당한 서로의 값어치 측정이 있어야 하고 거래가 평등해야
만 가능한 것이다. 그렇기에 이런 관계 속에서는 서로의 존재 의미
를 마음으로 받아들이는 '낭만적 사랑'은 부재할 뿐이다.
　그렇지만 '나'와 '아내'의 만남은 오히려 사회적인 기표를 의식
하지 않은 낭만적 사랑의 형태로 출발했기에 가능한 것이었다. 서
울로 오는 비행기에서 그저 "예쁜 여자"로서 아내를 바라보는 '나'

---

70) 「서울의 달빛 0장」, 앞의 책, pp.310~311.

의 시선에는 '탤런트 한영숙'에 대한 동경은 없었다. 그저 예쁜 여자에 대한 호감과 관심이 있었을 뿐이다. 아내 역시 '탤런트 한영숙'이 아닌 자신의 존재 자체로 보아 주는 '나'에게 매력을 느꼈음이 분명하다.

그러나 이와 달리 '나'는 그 여자의 유명 탤런트라는 기표를 확인한 후부터 또 다른 판타지를 갖기 시작한다. 텔레비전이라는 틀을 통해 보이는 '한영숙'은 "내가 본 그 여자"와는 달라 보이는 또 다른 모습이었다. 그녀에 대한 관심은 여배우들의 사생활에 대한 관심으로 이어지고 또 많은 "사람들의 화제를 대부분 차지하고 있는 것이 뜻밖에도 바로 여배우들의 사생활에 관한 것이라는 것을" 알게 된다. 또 "대중의 휴식에 봉사하는 계층의 스캔들"을 통해 그것이 "그 여배우 자신에 대한 호기심 때문이 아니라 그 여배우를 통해서나 엿볼 수 있을 것 같은 자기 시대의 감춰져 있는 부분"에 대한 욕망의 배설구 역할을 하고 있다는 것도 알게 되었다. 그렇지만 결혼이라는 제도권에 편입하기 전에는 이런 사실들에 의해 그녀에 대한 사랑이 흔들리지 않았던 '나'였다.

이런 순수한 낭만적 사랑[71]은 결혼이라는 제도권으로 편입되면서 문제가 발생된다. '나'는 결혼 전에는 아랑곳하지 않던 '순결'에 대해 오히려 "완전한 소유욕"이라는 착각을 성취하고 나서 집착하기 시작한다. 그러나 이 작품을 '순결'이라는 가부장적 이데올로기

---

71) 앤소니 기든스에 의하면 낭만적 사랑이란 핵가족 모랄에 근거가 되는 이데올로기로 가족이나 신분이라는 외적 요소가 배제되어 있으면서도 결혼을 전제로 한 진지한 사랑의 유형이다. 이러한 사랑은 충동적이고 에로틱한 성격을 지닌 '열정적 사랑'과는 대별되는 것으로 낭만적 사랑은 어떤 정신적 커뮤니케이션, 즉 부족한 부분을 메꿔 주는 성격을 띠는 영혼의 만남을 가정한다. 그러므로 결국 어떤 의미에서 낭만적 사랑은 불완전한 개인을 완전한 개체로 만들어 주는 것을 의미한다.
앤소니 기든스, 앞의 책. pp.75~88.

의 확인으로만 읽을 수는 없다.[72) 이 작품은 그런 이데올로기의 억압에서 더 나아가 사회 구조적 모순을 담고 있기 때문이다.

친정 식구를 부양해야 하기 때문에 남편에게 숨겨 가면서까지 자신의 육체를 상품화할 수밖에 없는 한영숙은 분명 사회적 희생양이다. 한영숙은 '스타'라는 고가의 화대를 받을 수 있게 해주는 프리미엄을 이용하여 친정 식구를 부양하기 위한 매춘을 한다. 그러나 '나'가 참을 수 없다고 주장하는 것은 아내가 그 상거래를 이제는 매너리즘으로 일상화하여 아무런 감각 없이 치루고 있다는 것이다.

그러나 분명 '나'의 분노의 바탕에는 구조적 모순에 대한 반감보다는 자신만이 아내를 온전히 소유할 수 없다는 질투심이 더 큰 형태로 자리잡고 있다. 아내가 그런 행동을 할 수밖에 없었던 원인은 관심 밖이고 오로지 질투심에 사로잡힌 채 아내이자 유명 탤런트 '한영숙'에 대한 소유욕에 집착하고 있을 뿐이다. 그리고 그 질투심으로 아내에게 느꼈던 배신감을 보상받기 위해 매음을 하며 자신을 탕진한다. 그럴수록 그에게 남겨지는 것은 아내에 대한 갈증과 현실에 대한 권태, 그리고 자기 혐오일 수밖에 없다.

---

72) 구모룡은 순결의 개념은 상대적인 가치를 지니는 것이기에 일방적으로 지켜져야 할 것으로 강요될 수 없다면서 만약 이러한 강요를 나타내고자 한 것이 의도라면 이 소설은 가부장제 이데올로기에 대한 천박한 확인에 지나지 않게 된다고 보고 있다. 한영숙을 훼손한 것은 그녀 개인의 주관적인 욕망이 아니라, 자본의 논리이기에 이 작품은 그녀가 하나의 상징으로서 70년대 한국 자본주의의 한 모습을 보여주고 있다는 데서 찾아져야 할 것이라고 한다.
본고는 구모룡의 이런 분석에 동의하는 입장이다. 그리고 나아가 이런 측면에서 작품에 대한 상세한 분석을 결여한 채 70년대에 쓰여진 김승옥의 소설들이 통속적인 요소만을 담고 있으며 이는 현실 인식이 빈약한 작가의 한계를 드러낸 결과라고 했던 질책들을 재고해 볼 필요가 있다고 생각한다.
구모룡, 앞의 글, p.259.

인간 관계에 대한 깊은 유대를 결여한 채 오로지 소유욕으로 일관하는 욕망은 '나' 역시도 결혼이라는 제도화된 매춘으로 아내를 묶어 놓고 있는 셈이다. '나'가 기대했던 '유명 탤런트'라는 기표가 더해 주었던 환상은 당연히 깨질 수밖에 없는 것이다. 정작 결혼에서 중요한 것은 '그럼에도 불구하고' 상대를 감싸 안을 수 있는 신뢰 관계이다. 그러나 '나'는 아내의 고단함을 나누어 가지려는 이해보다는 완전한 자기 것이 아니라는 이유로 갖고 싶은 상품에 대한 소유욕에만 집착하고 있다. 때문에 아내는 없고 '탤런트 한영숙'만 있을 뿐이다. 이는 언제든지 교환 가능한 상품 구매와 흡사한 관계일 수밖에 없다. 이는 '나'가 나이트클럽에서 취하는 시선에서 엿볼 수 있는 스타시스템의 한계에서도 포착된다.

무대에서는 텔레비전에서 본 가수들이 무식의 악취를 풍기며 슬픈 노래도 백치처럼 싱글싱글 웃으며 부르고 있고, 개그맨들은 어젯밤과 똑같은 대사를 똑같은 표정으로 씨부렁거리고 있다. 운동부족과 영양과다로 비만증에 걸려 있는 사내들은 넥타이 매듭과 허리띠를 헐겁게 풀어 놓고 할떡이며 맥주를 들이키고 나서 한 손으로는 옆에 붙어 앉아 있는 호스테스의 허리를, 한 손으로는 자기의 튀어나온 배를 슬슬 어루만지고 있다. 간신히 엉덩이까지만 내려오는 원피스 유니폼을 입은 호스테스들은 자기 사내가 술잔에서 입을 뗄 때마다 땅콩이나 북어포 조각을 사 내 입에 넣어 주고, 가수의 노래가 끝날 때마다 눈은 딴 곳을 향한 채 무대 쪽으로 손만 내밀어 맥빠진 박수를 친다. 사내의 손은 탁자 밑에서 아가씨의 사타구니를 더듬고, 아이, 남들이 보잖아요, 빼내는 손끝에 묻어오는 것은 냉증(冷症) 특유의 썩은 냄새일 게 틀림없다. 썩은 냄새. 썩은 음부(陰部). 아내의 사타구니에서 풍겨오던 부패 그 자체. 허연 거품을 떠올

리는 노랗게 썩은 술. 가슴 복판에서 시작하여 독사처럼 외줄기로 목구
멍까지 치달려오는 통증마저도 상투적이다.[73]

　자본주의에서 지위를 결정하는 것은 재화의 소유 여부이다. 스타
는 대중의 지지에 의해서 인기와 돈, 나아가 권력과 명예까지도 획
득한다. 스타는 산업화로 인해 경제적, 시간적 여유가 생긴 대중에
게 가장 매력있는 상품 중 하나이기 때문이다. 그래서 대중은 스타
에 열광한다. 이에 대중산업사회가 만들어낸 엔테테인먼트 사업은
평범한 한 인간을 조련하여 스타로 생산해낸다. 이 조련의 과정에
서 대중의 구미에 맞는 하나의 이미지가 탄생한다. 그리고 대중은
그 가공된 이미지에 열광하고 영웅이 없는 시대의 빈자리를 스타
가 대신하게 된다. 이렇게 대중의 인기와 그에 따른 보수로 돈을
소유하게 된 스타는 산업사회의 신 귀족 계층이 되는 것이다.
　그러나 스타란 결국 이미지의 산물이며 이 이미지는 한때의 유행
상품일 뿐이다. 유행은 세태의 변화에 민감하며, 그 변화의 급물살
을 타고 급속도로 흘러가 버린다. 이 유행이 만들어낸 스타는 대중
에게 하나의 인격체라기보다는 상품으로 존재하기 때문에 잊혀진
존재가 되기 쉽다. 끊임없이 새로운 소비상품을 구매하듯이 보다
더 신선하고 새로운 즐거움을 찾는 대중은 이미 신선한 매력을 잃
은 상품에게는 설 자리를 남겨 주지 않는다. '좋으면서 낡은 것보
다는 나쁘지만 새로운 것이 낫다'는 브레히트의 유명한 명제처럼
그 빈자리는 또다시 새로운 상품으로 대체되고 그 상품은 다시 대
중의 열광 안에서 스타로 등극한다. 새로운 스타로 대체된 자리에

---

73) 「서울의 달빛 0장」, p.298.

서 밀려난, 매혹이 결여된 상품은 "백치"이며 "똑같은 표정으로 씨부렁거리"는 존재이기에 환호가 없는 "맥빠진 박수"만으로 근근히 살아가야 할 재고 물품이 되어 버리고 만다. 이런 자본주의의 구조는 '나쁘지만 새로운 것'을 추구하는 욕망을 불러일으킨다. 그리고 더 나아가 나쁨과 좋음의 구분 자체가 지워져 버린 자본주의 사회의 문화적 속성에 이르게까지 되는 것이다.

이렇게 공허해진 개인은 자본주의적 기호에 함몰된 상품들로 그 공백을 메우고자 한다. 그러나 그 공백은 이미 채워질 수 없는 결핍이기에 다른 어느 것으로도 대체할 수 없다. '나'는 이혼 후 구입한 비싼 최고급 차를 "아내의 대체물"로 비유한다. "뚜렷이 내세울 만한 용도도 없이 어쩐지 자꾸만 차가 갖고 싶은" 이유는 그것이 "아내의 대체물"이기 때문이다. 또 아내가 떠나 버린 집안에 어머니와 형수의 취향으로 새로 채워진 가구들은 "마치 새로운 여자와 살고 있는 듯한 느낌"마저 준다.

그러나 물질이 인간의 공허를 메울 수 없는 것이다. 물건으로 대체된 "결과는 더 나빴"고 "세세한 기억"만 몰아내서 나에게 아내의 결핍만을 더 명확히 확인시켜 줄 뿐이다. '나'에게 아내는 여전히 욕망의 대상으로 존재하기 때문이다. 그 갈증을 해소하기 위해 '나'는 이혼 후 "3개월 동안 60명 이상의 여자와 관계"한다. 이는 '나'의 심리적 공백을 메우기 위한 일시적인 해소책이다. "일과의 하나"로 매번 다른 대상과의 성교는 아내 '한영숙'과 만나기 위한 "낯선 지방으로의 여행"일 뿐이다. 그 여행은 오히려 "고향"인 아내에 대한 생각을 간절하게 하며 아내의 매춘 행위에 대해 격분했던 자신에 대해 객관적인 태도를 가지게 한다.

이제 나는 알고 있었다. 아내가 나의 아내인 동안에 다른 사내들이 내 아내한테서 얻을 수 있었던 것은 음부를 더러운 노예처럼 학대하는 노예 상인의 잔인한 얼굴뿐이었다는 것을, 또한 나는 이제 알고 있었다. 음부 란 물론 그 자체로서 소중한 것이긴 하지만 아내와는 아무런 관련이 있 을 수 없는 독립된 생명체라는 것을. 음부는 아내가 아니었다. 다만 아내 가 내 곁에 있을 때 항상 데리고 있으면 충분한 그 무엇이었다. 그런데 아내는 항상 내 곁에 있었던가? 그렇다. 아내는 나를 속이면서까지 항상 내 곁에 있으려고 했었다. 이제 나는 물체(物體)의 세계를 들여다 본다. 중요한 것은 '있다' 는 것이다. 의혹과 질투의 고통은 '있지 않다' 는 것에 비하면 하잘 것 없는 것이다. 그러므로 그 여자가 나의 아내로 있는 동안 '친정집을 도와주기 위하여' 나 모르게 저질렀던 매음행위는 무시해도 좋으리라. 그것이 법률이나 사회윤리에 저촉되는 짓이라고 비난하지는 말라. 법률이나 사회윤리 같은 건 개나 처먹어라.[74]

그와 아내 사이를 가르고 있는 것은 법률과 사회 윤리로 구성된 세계의 위협이다. 근대화된 사랑은 남녀의 관계를 인격적 평등을 가정하는 친밀성의 영역으로 상정한다. 그러나 이 작품에 등장하 는 가정은 산업화 시대가 가져온 경제 원칙이 야기한 모순에 처해 있다. 의사 소통이 가능한 개인들의 결합체, 낭만적 사랑이 지속되 는 공간으로써의 가정은 이상화된 꿈일 뿐이다. 자본주의 사회는 여성의 육체를 성적 상품화하면서, 다른 한편으로는 가정의 화목 을 담당하는 '현모양처'를 최고의 여성으로 부추겼다. 이 양가적인 기준은 인간을 상품으로 내몰아 놓고 또다시 가부장적인 기준으로

---

74) 「서울의 달빛 0장」, p.315.

재단하는 이중적인 잣대를 가지고 있다.

'나' 역시 이런 혼돈에 휩싸여 있는 인물이다. 결혼을 통해 "대중의 소유물"이었던 탤런트 한영숙에 대한 "완전한 소유욕"을 해소하고 싶었으나 결혼을 통해 공유해야 할 문제에는 무감각했다. 그의 결혼 생활의 실패는 결국 아내가 가진 사회적 구조의 불평등에 얽힌 고민과 삶의 무게에는 관심을 두지 않았던 것에 기인한다. '나'의 프로포즈를 거절했던 아내의 진짜 이유가 가난한 친정을 부양해야 한다는 의무감임을 알면서도 전혀 배려하지 않았던 것이다. 그리고 아내가 자신을 상품화하는 것을 숨기면서까지 결혼 생활을 유지하고 싶어했던 진정한 속마음은 전혀 염두에 두지 않았다. 그는 그저 완전히 자신의 것이 될 수 없는 아내에 대한 집착에만 얽매여 있다. 그렇기에 그 "소유욕을 유발시키는 과거"가 있는 한 그에겐 해결되지 않는 문제로 남게 될 것이다. 따라서 나와 아내의 관계 회복은 불가능한 것이다. '나'는 그 회복 불가능해진 관계를 확인하는 절차이자 소유욕을 해소하기 위한 다른 방법으로써 아내에게 위자료 명목의 통장을 준다. 그것은 실은 '나'의 입장에서는 "이제 다시 시작해 보자고 유혹하는 뇌물"이며 이제는 아내가 아닌 유명 탤런트 '한영숙'으로서 소유하고 싶다는 욕망의 기호이다.

그러나 아내는 그 기호를 달리 받아들인다. 그 통장을 받아든 후 "손은 가늘게 떨"며 "진실로 침통한 표정"이 덧쓴 "분장을 헤집고 새어"나온 이유는 "이제야 이혼을 실감"했기 때문이다. 아내는 그것을 여전히 그녀가 생각했던 '낭만적 사랑'의 결과물로 받아들이고 있으며 그 종말을 참는 고통의 표정을 짓고 있는 것이다. 그러나 이미 아내를 상품의 가치로 소유해 버리기로 한 '나'는 아내를 여전히 사랑하고 있으면서도 아내의 과거까지 껴안을 수 없는 자신의 소유욕을 주체할 수 없다. 그러므로 그가 찾은 해결책은 아내를 갖고 싶은 상품으로 치부해 버리는 것이다. 그런 갈등 끝에 나온 "영숙이 가끔 아파트로 놀러가도 되겠어?"라는 제안은 성을 상품화하는 자본주의적 발상에서 비롯된 것이다. 이는 당연히 아직 낭만적 사랑을 꿈꾸고 있는 아내에게는 충격적인 제안이 아닐 수 없다.

허탈감에 코피를 터트린 아내를 위해 '나'는 "그 여자를 위해서 어디론가 마냥 달리고 있다면 좋겠다고 생각"하며 약솜을 사러 간다. '나'는 아직도 아내를 사랑하고 있으면서도 부조리한 소유욕으로 억압된 사고에서 자유롭고 싶은 열망에 포문을 열지는 못하고 있다. 아직까지도 '나'는 아내의 존재에 대한 사랑과 상품으로 환치하고자 하는 소유욕 사이에서 방황하고 있는 것이다. 이런 '나'의 갈등은 한 개인의 문제로만 볼 수 없는 시대적인 고민을 담고 있다. 자본주의적 인간의 본능과 인본주의적 이상 사이에서 균형을 잡을 수 없을 만큼 사회는 급속도로 변화해 가고 있으며 그 가운데 개인은 어느 쪽으로도 방향을 잡지 못한 채 혼란만 느끼고 있는 것이다.

이런 혼란을 정리할 수 있는 틈도 없이 사건은 종결되어 버리고 인간은 그 뒷전에서 수습밖에 할 수 없음을 이 작품의 결말은 더욱 뚜렷하게 보여준다. 관계 회복을 위한 각성의 시간을 가질 틈도 없이 현실은 주워 담을 수 없는 결론으로 치달아 버린 것이다. 아내가 사라진 후 남겨진 찢어진 종이조각은 낭만적 사랑의 "쓰라린 파편"이며 "완전무결한 몌별(袂別)"의 증거이다. 그렇지만 작가가 희구하는 결말은 그 한계를 극복하는 소통이다. 이는 남겨진 종이조각의 파편으로 존재할 수밖에 없을 만큼 미미하지만 분명히 그릇된 관계를 부정하고 싶은 의지의 발현이다. 이를 통해 작가는 아직까지는 인간다움의 최저 생존치가 미약하나마 남아 있다는 것을 표현하고 싶었던 것이다.

작품을 통하여 작가가 우리에게 직시시키는 현실은 인간에 대한 진정한 가치가 실종되고 사랑의 관용마저도 더럽혀진, 자본과 욕망만이 출렁이는 70년대적 상황이다. 이런 현실은 결국 인간 사이에 소통의 부재와 완전한 고립이라는 공식을 산출해낼 수밖에 없다. 작가는 이런 속물화된 고단한 현실을 산업화의 초입이던 1964년 서울의 밤거리를 통해 이미 첨예하게 보여준 바가 있다. 그리고 이런 예감은 단순히 예리한 감수성으로만 치부해 버릴 수 없는 작가의 현실에 대한 안목이라고 볼 수 있겠다.

3) 공동체적 삶의 상실

물건이 그 자체로 있으면서 또 동시에 그것을 둘러싸고 있는 시간과 공간, 그리고 보는 사람의 내면 생활에 깊이 이어져 있는, 보이지 않는 기운을 발터 벤야민은 '아우라', 즉 '분위기'라고 불렀다. 그것은 공간과 시간이 교묘하게 얽혀 짜내는 특이한 거미줄이며 가까운 곳이 문득 먼 곳이 되는 사건이다. 이는 단순히 기분의 문제나 일시적으로 생기는 심미적 환상의 문제가 아니다. 그것은 사람의 행복한 삶에서 사물과 사람이 떼어 놓을 수 없는 상호 삼투 관계에 있는 것이다. 이 삼투 관계는 물건과 사람, 사람과 사람, 사람과 또 그 자신을 하나로 묶어 놓고 이 모든 것들에 다른 것과 바꾸어 놓을 수 없는 가치를 부여하게 한다. 이러한 삼투 작용이 사라짐으로써, 우리의 지각은 강력한 인상을 잃어버리게 된다. 그리고 물건과 사람은 쉽게 바꿔칠 수 있는 부속품의 조각, 벤야민의 말로는 '복제할 수 있는' 것이 되어 버린다. 그러나 이런 삼투작용을 통한 의미있는 체험의 가능성이 상실된 것이 오늘날의 현실이다.[75] 「서울 1964년 겨울」의 밤거리 역시 온기가 사라진, 그래서 그 '분위기'마저 사라진 스산한 모습은 후기 산업사회의 오늘과 크게 다르지 않다.

우리는 갑자기 목적지를 잊은 사람들처럼 사방을 두리번거리면서 느릿느릿 걸어갔다. 전봇대에 붙은 약 광고판 속에서는 이쁜 여자가 '춥지만 할 수 있느냐' 는 듯한 쓸쓸한 미소를 띠고 우리를 내려다보고 있었고, 어떤 빌딩의 옥상에서는 소주 광고의 네온사인이 열심히 명멸하고 있었고, 소주 광고 곁에서는 약 광고의 네온사인이 하마터면 잊어버릴 뻔했다는 듯이 황급히 꺼졌다간 다시 켜져서 오랫동안 빛나고 있었고, 이젠 완전히 얼어붙은 길 위에는 거지가 돌덩이처럼 여기저기 엎드려 있었고, 그 돌덩이 앞을 사람들은 힘껏 웅크리고 빠르게 지나가고 있었다. 종이 한 장이 바람에 휙 날리어 거리의 저쪽에서 이쪽으로 날아오고 있었다. 그 종이조각은 내 발 밑에 떨어졌다. 나는 그 종이조각을 집어 들었는데 그것은 '美姬 서비스, 特別廉價' 라는 것을 강조한 어느 비어 홀의 광고지였다.[76]

밤거리에서 생명력을 가진 유일한 것은 물체이다. 더군다나 그 물체들은 허구의 이미지를 팔고 있는 광고판이다. 열심히 명멸하

---

75) 김우창, 「산업시대의 욕망과 미학과 인간」, 『지상의 척도』, 민음사, 1981, p.20.
76) 「서울 1964년 겨울」, 전집 1, p.212.

며 오랫동안 빛나는 약 광고, 소주 광고의 네온사인이나 날아다니는 비어 홀의 광고지는 사물이지만 나름의 표정을 가지고 생동감 있게 움직이며 연신 사람들을 유혹하고 있다. 그에 비해 정작 인간인 거지는 생명력이 상실된 사물이 되어 버린다. 사람들로부터 아무런 존재감을 부여받지 못하는 "돌덩이"로 외면받을 뿐이다. "욕망의 집결지"인 서울에서는 인간의 생동감은 사리지고 "전봇대에 붙은 약 광고판 속"에서만이 "쓸쓸한 미소"만 점멸한다. 복제 가능한 이미지만이 생동하고 정작 온기 있는 인간은 무의미한 것이 되어 버린 것이다.

자본주의 사회에서 물건을 팔고 사는 데에 광고가 큰 몫을 한다는 것은 주지의 사실이다. 이런 광고는 어떤 물건의 쓸씀이나 수요자의 필요를 강조하기보다는 물건과 연결되는 암시 효과에 크게 의존한다. 이때 암시의 초점은 구매자들이 지향할 만한 사회적인 신분 체계와 생활양식을 그리는 데 있다. 그리하여 소비자들은 상품의 실질적인 소용보다는 그 이미지에 현혹되기 마련이다. 이런 암시에 사로잡히고 마는 이유는 그 물건을 통하여 그것이 대표하는 삶의 질서에 편입함으로써 자신의 삶까지도 한층 더 높아질 수 있다는 환상에 빠지기 때문이다. 현대에 소비자가 얻으려고 애쓰는 물건들 가운데 많은 것들이 그것이 대표하고 있는 어떤 종류의 삶을 정당화하는 힘의 후광을 입어서 비로소 값진 것이 된다. 이는 또 다른 부적이나 물신, 곧 '신령스러운 것'의 노릇을 하고 있다.[77] 그에 따라 소비사회는 물건이 사람과 사람간의 관계마저 지배하게 된다.

---

77) 김우창, 앞의 글, p.31.

　따라서 산업사회에서는 물건 자체도, 사람의 구체적이고 주체적인 욕구도, 또 그 시간적이고 공간적인 조화도 사라지고 만다. 밖으로부터 오는 욕구와 만족에 휘둘려서 물건은 화폐가치의 대리자가 되고 끊임없이 사라지는 소모품이 되고 사람의 시간과 공간은 단편적이고 변덕스러운 것이 된다. 그러는 가운데 사회의 밑바닥에 있는 사람의 생존에 대한 욕구는 이미 상품의 미학 속에서 경시되어 있다. 그러므로 거지는 인간이 아닌 "돌덩이"로써 존재할 수밖에 없다. '소비가 미덕'인 물량주의에서는 소비품을 소모할 수 없는 존재는 그 가치가 인정되지 않는다. 그렇다고 소비상품의 미학에 좀더 직접적으로 관여하는 중산계급이라고 해도 사정은 크게 다르지 않다. 상호간의 삼투작용이 불가능해지고 강력한 인상의 '분위기'가 해체된 이상 '복제 가능한' 존재가 될 수밖에 없는 위기로부터 안전할 수 없기 때문이다.

　우리의 기억은 우리의 집, 우리의 물건, 또 우리 자신에 의해서만이 아니라 사회적인 공간과 다른 사람과의 관계에 의하여 지탱되는 것이다. 벤야민이 말한 '분위기'는 궁극적으로는 공동체 전체의 삶에 연결되어 있는 어떤 종류의 체험을 의미한다. 기능적으로 단순화된 관계 속에 스쳐가는 익명의 인간들이 아니라 개성 있는 인간으로서 서로 알아볼 수 있는 사람들로 이루어지며 이러한 사람들이 어울려 벌이는 명절이나 축제와 같은 집단 의식에 의해서 그 공동체적인 기억을 새롭게 수용해 나가는 것이다.

　「서울 1964년 겨울」에 등장하는 김과 안에게 이러한 '분위기'는 부담스러운 것일 뿐이다. 이들은 존재의 의미는 덮어둔 채 자신들이 가진 기표인 시골 출신 구청 병사계 직원 김과 부잣집 장남이자 대학원생 안의 위치에서만 대화한다. 그들의 대화에는 '분위기'의

 제2장 물신화된 도시적 삶의 욕망

삼투 관계가 없다. 이들의 만남은 '대체 가능한' 마주침일 뿐이기에 지속적인 유대 관계를 유발하는 통성명은 하지 않는 것이 더 편안하다. 각자의 이야기를 하고 각자의 술값을 계산하고 각기 다른 방에서 잠드는 익명화된 만남에 더 익숙한 것이다. 그렇기에 이들은 "서로 할 얘기가 없"다.

그러나 이들은 한편으로는 자기 도취적인 방법으로, 경쟁적으로 자기 존재를 확인하고자 한다.[78] 그렇기에 서로에게는 무의미하지만 각자에게는 의미 있는 이야기들로 침묵을 메워 간다. 그렇게 해서 시작된 "꿈틀거리는 것"에 대한 이야기는 오히려 소통을 방해할 뿐이다. 자신만의 벽을 쌓고 그 안에서 존재를 확인하는 것에 익숙해져 버렸기에 대화의 소통은 난해하기만 한 일이다. 김에게는 "신선한 것"이 안에게는 "음탕한 얘기"가 될 수밖에 없는 것은 이들이 각자의 언어로 사고하기 때문이다. 김의 언어인 "젊은 여자 아랫배의 조용한 움직임"이나 안의 언어인 "데모" 모두가 어떤 '생명력

---

78) 전통적인 사회학에서는 차이화의 논리를 분석의 논리로 삼으며 개성을 "개인이 타인과 구별되고 싶은 욕구"에서 찾아낸다. 그러나 보드리야르에 따르면 소비사회에서의 개성의 개념은 소비를 통해 이해할 수 있는데 결국 소비라는 것도 우선 처음에는 개인적인 욕구를 지닌 개인을 중심으로 질서지어지고, 이어서 이 욕구가 권위 내지 순응의 요청에 따라서 집단의 문맥상에 지수화된다. 실제로는 우선 먼저 차이화의 구조적 논리가 있으며, 이 논리가 개인들을 "개성화된" 존재로 만들지만 이 행위조차도 개개인이 순응하는 일반적인 모델과 코드에 따라서 이루어진다. 개인이라고 하는 항목에 대한 독자성/순응주의의 도식은 본질적인 것이 아니라 체험수준의 문제인 것이다. 근본적인 논리는 코드에 지배된 차이화/개성화의 도식이다. 따라서 개인의 자기 도취는 독자성의 향유가 아니라 집단적 특성의 굴절된 모습이라는 것이다.
결국 동년배 집단의 구성원들은 자신들의 선호를 사회화하고 평가를 교환하며 서로간의 끊임없는 경쟁을 통해 집단의 내적 상호성과 자기 도취적 응집력을 보증하면서 유행의 코드에 의해 여과된 유희적인 추상적 경쟁을 통해 자기들의 집단에 협력한다는 것이다. 이 작품에 등장하는 김과 안은 자기만의 경험을 "경쟁적"으로 내놓는다. 그러나 이들은 비슷한 방식으로 경험을 "소비"하고 있으나 그것이 각자의 "자기 도취"에 함몰되어 있기 때문에 소통의 어려움을 겪고 있다고 볼 수 있다.
장 보드리야르, 앞의 책, pp.124~130.

있는 행동'을 의미하고 있다하더라도 이미 각자 파편화된 세계를 구성하고 있는 이상 그 벽을 뛰어넘기란 수월하지 않다. 그 장벽이 김의 경우, 아직 자신만의 뚜렷한 기준이 서지 않은 모호함에 근거를 둔 무지에서 비롯되었다면 안의 경우엔 이미 "또래", 즉 같은 세대끼리도 소통될 수 없는 "욕망"이 있다는 것을 경험한 데서 파생된 허무 의식 때문이다. 특히 안의 경우에는 공동체적 경험을 통해서 느낀 절망감이니만치 그것을 치유하기는 더욱 힘들어진다. 이미 공동체적 소유의 불가능성을 체득한 안은 '완전히 ~의 소유'에 집착한다. 그 '완전한 소유'만이 "살고 있었"다는 존재성을 확인시켜 주기 때문이다.

"그건 얘기가 됩니다. 그 사실은 완전히 김형의 소유입니다."

우리의 말투는 점점 서로를 존중해가고 있었다. "나는……"하고 우리는 동시에 말을 시작하기도 했다. 그럴 때는 번갈아서 서로 양보했다.

"나는……" 이번에는 그가 말할 차례였다.

"서대문 근처에서 서울역 쪽으로 가는 전차의 도로리가 내 시야 속에서 꼭 다섯 번 파란 불꽃을 튀기는 것을 보았습니다. 그건 오늘 밤 일곱시 이십오분에 거길 지나가는 전차였습니다."

"안형은 오늘 저녁엔 서대문 근처에서 살고 있었군요."

"예, 서대문 근처에서 살고 있었어요"

"난, 종로 이가 쪽입니다. 영보빌딩 안에 있는 변소문의 손잡이 조금 밑에는 약 이센티미터 가량의 손톱자국이 있습니다."

하하하하 하고 그는 소리내어 웃었다.

"그건 김형이 만들어 놓은 자국이겠지요?"

나는 무안했지만 고개를 끄덕이지 않을 수 없었다. 그건 사실이었다.

"어떻게 아세요?" 하고 나는 그에게 물었다.

"나도 그런 경험이 있으니까요." 그가 대답했다.

"그렇지만 별로 기분좋은 기억이 못 되더군요. 역시 우리는 그냥 바라보고 발견하고 비밀히 간직해두는 편이 좋겠어요. 그런 짓을 하고 나서는 뒷맛이 좋지 않더군요."[79]

"기억"을 "그냥 바라보고 발견하고 비밀히 간직해 두는 편이 좋겠"다는 안의 생각은 주체적인 참여에 관한 판단을 대변한다. 어떠한 사실이 산 역사가 되는 것은 우리의 주체적인 참여, 또는 적어도 그 의미의 주체적인 소유를 통해서이다. 그러나 이미 주체로서의 꿈틀거리는 '데모'[80]를 해보았고 그로 인해 패배 의식을 맛본 이상 흔적을 남기는 행동은 하지 않겠다는 뜻이다. 즉, 참여적인 행동에 대한 의사 부재를 내포하는 의미이다. 그러나 그것은 안의 말처럼 그들의 탓만은 아니다.

"그건…… 그렇지만 먼저 물어보고 싶은 게 있는데요. 김형이 추운 밤에 밤거리를 쏘다니는 이유는 무엇입니까?"

"습관은 아닙니다. 나같은 가난뱅이는 호주머니에 돈이 좀 생겨야 밤거리에 나올 수 있으니까요."

"글쎄, 밤거리에 나오는 이유는 뭡니까?"

"하숙방에 들어앉아서 벽이나 쳐다보고 있는 것보다는 나으니까요."

"밤거리에 나오면 뭔가 좀 풍부해지는 느낌이 들지 않습니까?"

---

79) 「서울 1964년 겨울」, pp.208~209.

80) 여기에서의 "데모"란 4·19에 참여한 경험을 은유하고 있는 것으로 보인다. 그러므로 "안"은 그 참여 가운데 절망감을 맛본 인물로 볼 수 있다.

"뭐가요?"

"그 뭔가가. 그러니까 생(生)이라고 해도 좋겠지요. 난 김형이 왜 그런 질문을 하는지 그 이유를 조금은 알 것 같습니다. 내 대답은 이렇습니다. 밤이 됩니다. 난 집에서 거리로 나옵니다. 난 모든 것에서 해방된 것을 느낍니다. 아니 아니 실제로는 그렇지 않을는지 모르지만 그렇게 느낀다는 말입니다. 김형은 그렇게 안 느낍니까?"

"글쎄요. 좀……"

"아니, 어렵다고 말하지 마세요. 이를테면 낮엔 그저 스쳐지나가던 모든 것이 밤이 되면 내 시선 앞에서 자기들의 벌거벗은 몸을 송두리째 드러내놓고 쩔쩔맨단 말입니다. 그런데 그런, 사물을 바라보며 즐거워한다는 일이 말입니다."

"의미요? 그게 무슨 의미가 있습니까? 난 무슨 의미가 있기 때문에 종로 이가에 있는 빌딩들의 벽돌 수를 헤아리는 일을 하는 게 아닙니다. 그냥……"

"그렇죠? 무의미한 겁니다. 아니 사실은 의미가 있는지도 모르지만 난 아직 그걸 모릅니다. 김형도 아직 모르는 모양인데 우리 한번 함께 그거나 찾아볼까요. 일부러 만들어 붙이지는 말고요."

"좀 어리둥절하군요. 그게 안형의 대답입니까 난 좀 어리둥절한데요. 갑자기 의미라는 말이 나오니까."

"아, 참, 미안합니다. 내 대답은 아마 이렇게 될 것 같군요. 그냥 뭔가 뿌듯해지는 느낌이 들기 때문에 밤거리로 나온다고."

그는 이번엔 목소리를 낮추어서 말했다.

"김형과 나는 서로 다른 길을 걸어서 같은 지점에 온 것 같습니다. 만일 이 지점이 잘못된 지점이라고 해도 우리 탓은 아닐 거예요."[81]

주머니에 돈 푼이나 생겨야 거리에 나올 수 있는 시골에서 올라
온 고등학교 출신의 가난뱅이 김이 자본주의 서울에서 느끼는 소
외감이나 "부동산만 해도 대략 삼천만 원쯤" 되는 부잣집 장남이자
대학원생인 안이 느끼는 역사에서의 소외감은 "서로 다른 길을 걸
어서 같은 지점"에 서 있다는 공통분모를 안고 있다. 그리고 그것
을 "우리 탓은 아닐 거예요"라고밖에 위로할 수 없는 자조감 역시
도 그들의 공통분모이다.

자본화된 생활 속에 잃어 가는 것은 공동체적인 삶의 유기적인
기억이다. 기억이 상실되는 것은 우리 생활의 어떤 아름다운 면이
사라지는 것만 뜻하지 않는다. 여기에서 말하는 기억은 다만 과거
에 대한 기계적인 보존이 아니다. 그것은 현재를 풍부하게 하며 개
인으로나 사회로나 주체적인 지속을 보장해 주고 미래를 생각하게
할 수 있는 바탕이다. 기억은 한마디로 인간 존재의 시간적이고 공
간적인 전개의 가장 중요한 계기이다. 여기에서부터 사물의 의미
가 나오고 아름다움이 나온다. 그리고 이런 의미 있는 지속이 사람
의 삶을 가능하게 하는 것이다.[82]

그러나 이들에게는 그 미래를 가능하게 하는 의미 있는 지속이
힘들기만 하다. 이들은 일정한 거리를 둠으로써 상대에 대해 일종
의 분석적 태도를 취하는 복제시대의 수용 태도를 유지하고자 한
다. 그러나 한편으로는 '분위기'가 존재하던 시대의 '기억'을 갈구
하고 있다. 현실에서 받은 상처로 인하여 '분위기'가 존재하는 공
간적이면서도 역사적인 만남을 회피하고자 하지만 그래도 남아 있
는 내면의 자유는 그 공동체적 기억을 갈구한다.

<hr>

81) 「서울 1964년 겨울」, pp.210~211.
82) 김우창, 앞의 글, p.22

밤은 자유를 준다. 이성의 힘으로 규제되는 어떤 억울함은 그 이성이 잠드는 밤에만 자유로이 부유할 수 있다. "사물들의 틈에 끼어서" 억지로라도 다스려야 하는 낮의 질서에서는 허용되지 않던 "모든 것에서 해방"될 수 있는 여유가 밤에는 존재한다. "벌거벗은 몸을 송두리째 드러내 놓"는 "모든 것"속에는 소비 사회에서 물화된 개체가 된 자아도 포함된다. 오히려 억눌렸던 주체의 힘을 발휘해 볼 수 있는 밤이야말로 안에게는 "의미" 있는 시간이다. 만약 그것이 김의 말처럼 "무의미"한 것이라 할지라도 "생(生)"은 "풍부해"질 기회가 된다. 그렇다면 이들에게도 '공동체적 분위기'를 형성해 볼 수 있는 기회가 생기는 것이다. 바로 그 지점을 발견한 안이 "쾌활한 음성"으로 "정식"의 동행을 제안하는 순간, 상황은 돌연 균형을 잃는다. "요컨대 가난뱅이라는 것만은 분명하여 그의 정체를 알고 싶다는 생각은 조금도 나지 않는 서른대여섯 살짜리" 월부 책장수 아저씨의 등장 때문이었다. 아저씨는 아내의 시체와 맞바꾼 "돈을 써버리기로 결심"했기에 김과 안에게 그 돈을 함께 쓸 동안 동행해 줄 것을 제안한다.

그렇지만 그 제안은 처음부터 안과 김의 규칙에 어긋난 것이다. 아저씨가 처음 그들과 동행할 수 있었던 것은 "아저씨 술값만 있다면"의 조건에 부응했기 때문이다. 그러나 돈을 함께 쓰는 것은 유대적 관계를 만들어야 한다는 부담감을 주기에 규칙에서 벗어난 것이 된다. 더군다나 그는 자신의 신상에 대해 털어 놓기 시작하면서 안과 김을 곤란하게 한다.

"아내와 나는 참 재미있게 살았습니다. 아내가 어린애를 낳지 못하기 때문에 시간은 몽땅 우리 두 사람의 것이었습니다. 돈은 넉넉하진 못했습니다만 그래도 돈이 생기면 우리는 어디든지 같이 다니면서 재미있게 지냈습니다. 딸기철엔 수원(水原)에도 가고 포도철엔 안양(安養)에도 가고, 여름엔 대천(大川)에도 가고, 가을엔 경주(慶州)에도 가보고, 밤엔 함께 영화구경, 쇼 구경하러 열심히 극장에 쫓아다니기도 했습니다……"[83]

그에게 아내는 "재미있게" 사는 것을 가능하게 했던 존재였다. 그러나 여기서 유심히 살펴 볼 것은 그 "재미있게" 사는 비결이다. 자본주의 사회에서 "재미있게" 사는 것은 곧 문화를 누린다는 의미와 통한다. 모든 사람의 소박한 의식주와 놀이와 어울림, 그리고 자연 속의 삶은 한편으로는 정치적이고 경제적이며 문화적인 추구를 의미하는 셈이다. 그런데 자본주의 사회에서는 이런 활동을 위해서 '돈'이 필요하다. 가난은 돈의 결핍으로 야기된 궁핍이다.

그러나 아저씨가 부족한 돈으로도 재미난 '기억'을 만들어낼 수 있었던 것은 아내가 함께 했기 때문이다. 그렇기에 아내의 부재는 이제 그에겐 남은 것이 아무것도 없다는 것을 의미한다. 이제 그에겐 돈도 아내도 없다. 애초부터 아이는 없었고 아내의 처갓집도 알 수 없었던 그에겐 의지할 만한 아무것도 남아 있지 않다. 그는 따뜻한 '공동체적 분위기'를 '기억'으로 간직하고 있지만 그것이 남겨 놓은 의미가 만들어낸 공허를 견딜 수가 없는 사람이다. 더군다나 그 공허는 준비할 여력도 없이 "급성"으로 찾아왔기에 그는 어떻게 해서라도 또 다른 '공동체적 기억'을 만들어야만 살아 나갈 수 있다. "다만 누구에게라도 얘기하지 않고서는 견딜 수 없"을 만

---

83) 「서울 1964년 겨울」, p.214.

큼 다급한 외로움을 느끼고 있지만 그 무엇도 '아내의 공백'을 대신할 수는 없다. 가난했던 그에게 '돈'이 생겼으나 삶의 중심이 부재하는 이상 "아무데도 갈 데가 없"고 돈을 어떻게 써야겠다는 욕구도 없다. 더군다나 그 돈은 도시적 삶을 지배하고 있는 교환 원리의 증거물이다. 돈 사천 원과 교환되어 해부실습용으로 해체되는 아내는 '공동체적 기억을 공유했던 인간적 존재'가 아니라 '물화되어 팔려 버린 몸뚱이'에 지나지 않는다. 이 충격적인 교환은 자본주의적 소외 양상을 강력히 상징한다.

또한 이런 사연에조차 무감각하게 대응하는 김과 안은 이미 회복될 수 없는 소통의 부재를 의미하는 인물들이다. 삶의 지향점이 부재하는 김과 안에게는 아저씨를 위로하거나 이끌어갈 수 있는 소통 능력이 없다. 더군다나 이미 공동체적 기억을 소중하게 간직하고 있는 아저씨는 김, 안과는 소통이 부재할 수밖에 없는 다른 세대인 것이다. 결국 견딜 수 없어진 아저씨는 그 돈을 "불" 속에 던져 넣는다. 계속해서 거리를 유지하고 싶었던 김과 안은 그 기회를 이용해 헤어지고자 하나 아저씨는 "나 혼자 있기가 무섭"다며 붙잡는다. 진실로 소외된 인간은 공허를 경험하는 것을 두려워하기 때문에 혼자 있는 것을 거의 견디지 못한다. 남에게 받아들여지고 싶다는 열망이야말로 소외된 인간의 특징적인 느낌이기 때문이다.[84]

아저씨는 어떤 방법으로라도 '안', '김'과의 관계를 지속하기 위해 월부 책값을 받으러 간다. 그러나 그것은 다시 한 번 처절한 가난을 확인하는 절차이며, 더구나 가난하고 외로운 그를 옹호해 줄 수 있는 세상의 인심은 남아 있지 않다는 것을 다시 한 번 처절히

---

84) 에리히 프롬, 김병익 역, 『건전한 사회』, 범우사, 1991, p.147.

느끼게 하는 계기가 될 뿐이다. 이제 그들이 "들어가야 할 곳"은 관계의 단절을 의미하는 "벽으로 나누어진 방"밖에 없다. 그곳은 예정된 죽음으로 통하는 길이기도 했다.

"난 그 사람이 죽으리라는 걸 알고 있었습니다." 안이 말했다.

"난 짐작도 못 했습니다."라고 나는 사실대로 얘기했다.

"난 짐작하고 있었습니다." 그는 코트의 깃을 세우며 말했다. "그렇지만 어떻게 합니까?"

"그렇지요. 할 수 없지요. 난 짐작도 못했는데……" 내가 말했다.

"짐작했다고 하면 어떻게 하겠어요?" 그가 내게 물었다.

"씨팔 것, 어떻게 합니까? 그 양반 우리더러 어떡하라는 건지……"

"그러게 말입니다. 혼자 놓아두면 죽지 않을 줄 알았습니다. 그게 내가 생각해 본 최선의 그리고 유일한 방법이었습니다."

"난 그 양반이 죽으리라고는 짐작도 못했다니까요. 씨팔 것, 약을 호주머니에 넣고 다녔던 모양이군요."

안은 눈을 맞고 있는 어느 앙상한 가로수 밑에서 멈췄다. 나도 그를 따라서 멈췄다.

그가 이상하다는 얼굴로 나에게 물었다.

"김형, 우리는 분명히 스물다섯 살이죠?"

"난 분명히 그렇습니다."

"나두 그건 분명합니다." 그는 고개를 한 번 갸웃했다.

"두려워집니다."

"뭐가요?" 내가 물었다.

"그 뭔가가, 그러니까……" 그가 한숨 같은 음성으로 말했다.

"우리가 너무 늙어버린 것 같지 않습니까?"

"우린 이제 겨우 스물다섯 살입니다." 나는 말했다.[85]

짐작했건 하지 못했건 간에 이들은 아저씨의 죽음을 막지 못했을 것이다. 아저씨의 죽음은 어느 한 개인의 죽음으로만 국한되는 문제가 아니라 '공동체적 분위기'의 조화가 더 이상 불가능해진 현실을 반영하는 죽음이기 때문이다. 해독 불가능한 세상의 난폭함에 어쩔 줄 몰라 하는 김에게 이제 삭제하고 싶은 기억이 하나 더 추가되었다. 이 일은 세상은 미처 준비되기도 전에 구성되어 버렸고 그 안에서 살아남을 방법은 홀로 자기 나름대로 버텨 보는 것이라는 걸 이미 체득해 버린 안에게도 상처로 남을 일이다. 그렇기에 아직 젊은 스물다섯의 청춘들에게는 "두려워"질 수밖에 없는 것이다. 아무리 자초한 일이라 해도 이미 '공동체적 삶'은 상실되었다는 현실은 두려운 것이다.

그러나 작가는 아저씨의 죽음이라는 극단적인 결말로 치달으면서까지 보여주고 싶었던 것은 공동체적 유대감, 인간과 인간의 삶을 이어주는 소통임을 보여주고 있다. 가난했지만 아내와 함께 했기에 행복했던 아저씨를 통해 절망적으로 보이는 현실을 파헤쳐 나갈 수 있는 길은 바로 이런 진정한 유대 관계라는 것을 은유하고 있다. 현실을 무감각한 시선으로 살아가고 있는 안과 김 같은 우리들에게 작가는 이런 충격 요법을 제시함으로써 역설적으로나마 그래도 삶에 대한 기대감을 다시 안아 보게 하는 것, 그것이 바로 김승옥 식의 현실 극복 방안이 아니었을까.

---

85) 「서울 1964년 겨울」, p.224.

3. 환상에서 환멸로

김승옥의 소설이 고향을 떠나 서울로 상경한 이들의 삶을 서사의 기본 추동 양식으로 세우고 있음을 우리는 이미 앞에서 확인한 바 있다. 그렇기에 소설에서 벌어지는 갈등의 초점은 바로 서울살이 적응에 관련된 문제라고 볼 수 있다. 그러나 삶의 꿈을 품고 상경한 이들에게 도시는 그리 만만한 곳이 아니었다. 도시는 모든 욕망의 집결지이다. 따라서 욕망들 사이의 충돌이 불가피하며, 극심한 빈부 격차와 함께 인간에 의한 인간의 물질적 지배가 횡행한다.

김승옥 소설의 주인공들은 이 물질주의와 교환가치로 점철된 근대화의 논리에 대해 이중적인 태도를 취하고 있다. 혐오와 부러움, 폄하와 갈망은 이들을 도시 생활의 부적응자로 내몬다. 그리하여 소설의 주인공들은 떠나왔던 고향을 다시 찾는다. 한 개인에게 있어 고향이란 모든 것이 조화되었던 세계에 대한 향수를 끊임없이 불러일으키는 곳이다. 루카치가 말한 대로 소설의 진행이 "문제적 개인이 자신을 찾아가는 여행"이라 한다면, 귀향 모티프란 부르조아 시대의 서사시를 그려내는 데 가장 적합한 양식이 되는 것이다. 요컨대 귀향 모티프 자체에 이미 개인과 대상의 총체성과의 변증법적 연관을 지향하는 소설의 내적 형식이 담보되어 있는 것이다.[86] 그러므로 우리 소설사에는 탈향의 서사 못지않게 귀향의 서사가 자주 나타나고 있다.

남진우는 60년대 귀향소설의 특징을 도시-입성-도시 체험-좌절-죽음 또는 낙향으로 지적한 바 있다.[87] 그러나 김승옥의 소설에

---

86) 류보선, 「김승옥론 - 개인과 사회의 대립적 인식과 그 의미」, 『문학사상』, 1990. 5, p.152.
87) 남진우, 「도시입성과 도시탈출」, 『바벨탑의 언어』, 문학과지성사, 1989, p.69.

서는 이러한 귀향의 특징이 변주되어 나타난다. 귀향이란 현실 원리를 재확인하는 일이면서 현실에 입사하고자 준비하기 위한 공간 소비이다. 결국 김승옥 소설에서의 귀향은 현실의 혹독함을 확인하는 절차로서 "환상적인 기준"을 만들어 거기에 자기를 맞추다 환멸을 느끼며 죽어가든지 아니면 "심한 부끄러움"을 견뎌내면서 살아내야 하는 양자택일적 상황을 확인하는 노정이다. 이런 가운데 살아 남은 자들에게 남겨진 것은 죄의식이며 이는 '자기 세계'를 만들면서 교부 받게 되는 입장권이다.

1) 환상적 기준의 조건

「환상수첩(幻想手帖)」은 주인공 정우가 서울을 떠나는 것으로부터 시작된다. 청운의 꿈을 품고 상경했던 서울행에서 깨달은 것은 "환상과 현실과의 거리"감이었다.

> 그 해 가을도 깊었을 때 나는 마침내 하향(下鄕)해버리기로 결심했다. 더 견디어내기 어려운 서울이었다. 남쪽으로, 고향이 있는 남해안으로 가면 새로운 생존방법이 있을지도 모른다는 기대로써였다.
> 서울에서 나는 너무나 욕된 생활 속을 좌충우돌하고 있었다. 그리고 슬프게 미쳐버렸다고나 할까, 환상과 현실과의 거리조차 잊어버려서 아무 것도 구별해낼 수가 없게 되었고 사람을 미워하는 법을 배우고 말았다. 아아, 그들을 죽이든지 그렇지 않으면 내가 떠나든지 해야했다.[88]

---

88) 「환상수첩」, 전집 2, p.8.

무기력한 아버지를 넘어서기 위해 성공의 꿈을 이룰 수 있는 원동력으로 기대하고 들어간 대학에서 "상대편을 어떻게 하면 꽈악 눌러버릴 수 있느냐 하는 공격방법"과 같은 자기 방어술만 가르치는 현실은 거리감으로 다가온다. 그리고 정우에게는 그 거리감이 자신의 힘으로는 채울 수 없는 "뻥 뚫린 구멍"으로 느껴진다. 이제 그에겐 서울의 모든 것이 "환멸"이요, "망상"일 뿐이다. "더구나 그 망상을 현실로까지 끌어내려" "자위"하며 살아가고 있는 서울살이에서 그는 "남들처럼" 살아갈 수 있는 어떤 의미를 찾을 수가 없다. 그에겐 서울의 욕망이 꿈꾸게 하는 성공마저도 망상의 일부로 보이기 때문이다.

새학기 등록을 할 때면 학생과에서 신상카드를 내주며 소정란을 기입해서 제출하라고 하는데, 그 카드엔 존경하는 인물을 쓰라는 난이 있었지만 그러나 우리 세대 중에서 존경하는 인물을 간직하고 있는 자가 과연 몇 명이나 될는지. 존경이란 말은 이미 없어진 것이었다. 있다고 하면 부러움의 대상이 있을 뿐이었다. 리즈의 수입, 케네디의 인기, 이브 몽땅의 매력, 슈바이처의 명예 혹은 카뮈의 행운. 이런 것들은 부러움의 대상일 뿐이지 그것 때문에 존경을 받고 있다고는 말할 수 없었다. 존경할 줄 모른다는 것이 다행인지 불행인지도 모르고 있는 것이었다.
　남은 것은 환상뿐이었다.[89]

정우가 남들에게는 동경의 대상이 되는 것이 자신에겐 부러움의 대상이 될 수는 있어도 존경할 수는 없다고 생각하는 것은 그 안에

---

89) 「환상수첩」, p.24.

존재하는 질서의 위악성을 읽어 버렸기 때문이다. 그렇기에 정우가 나름대로 가지고 있는 "환상적인 기준" 속에서는 아무런 의미가 없다. 하나 정우가 가진 기준 역시도 아직까지는 불안하기만 한, 확신이 결여된 "덜렁뱅이 가짜"의 것이다. 그렇기 때문에 그는 인간관계에서마저도 나름의 기준을 세우지 못한다. 자기 나름의 방식을 터득해서 살아가고 있는 서울내기 영빈은 위악적으로 느껴지면서도 배척해 버릴 수는 없는 존재이다. 정우에게 영빈은 동조하지 못하면서도 동조하는 척하며 지내야 할 서울의 축소판과 같은 것이다. 그렇기 때문에 정우는 영빈을 견디며 지낸다. 그리고 진정한 관계의 소통 가능성이 엿보이던 선애마저도 영빈에게 인계해 버리는 것으로 책임을 회피한다.

그 결과 벌어진 선애의 자살은 정우에게 서울살이의 완전한 실패를 의미한다. 몸파는 것보다 낫지 않냐며 야경일을 찾아온 선애에게 과외자리를 소개해 주며 시작된 이 관계는 정우가 건강한 삶으로 나갈 수 있는 유일한 출구였다. 그러나 결국 정우에게 세상의 선행이나 미담을 믿지 않는 선애는 얼마만큼 해낼 수 있는지 그 용기를, 끈기를 시험하기 위해 살고 있는 "경원심을 불러 일으키는" 존재일 뿐이었다. "덜렁뱅이 가짜"인 정우에게는 이런 선애가 이미 자기 나름의 기준이 형성된 "진짜"로 보이기에 두려운 대상이 된다. 선애에 대한 경원심을 그녀의 육체를 비겁하게 정복하는 것으로 은폐해 버리고 급기야는 "찬바람이 뼁 뚫린 구멍"을 호소하는 선애를 종삼창녀와 맞바꾸어 버린다. 정우는 자기 기준이 단단해 보였던 선애에게 자신이 구멍을 내버렸다는 것을 깨닫고는 회피하고 싶어한다. 그렇지만 한편으로는 "사랑을 성욕으로 간주해 버리고 경계하는 여자도 밉지만 성욕을 사랑이라고 믿어 버리고 달라

붙는 여자도 여간 난처한 게 아니야"라며 "제법 잔인한 웃음까지
띄워 가며" 허위를 말하는 자신을 용서할 수도 없다. 결국 선애와
의 관계는 '여대생 염세자살'이란 짤막한 기사 한 토막으로 해체되
어 정우의 서울 상경기를 종결짓는 기폭제가 된다.

그러나 삶에 대한 고민이 근본적으로 해결된 것은 아니기에 고향
으로 낙향한다고 해도 문제는 여전히 진행형일 수밖에 없다. 그렇
기에 "환상과 현실의 거리"는 여전히 같은 간격으로 유지된 채 고
향에서도 정우를 괴롭힌다. 어떻게 살아야 할 것인가에 대한 기준
이 서 있지 않은 채 겪게 되는 모든 일은 혼돈의 연속일 뿐이다.

고향에 가서 나는 어떻게 살아야 하느냐가 문제다. 서울에서 내 행동
의 일체가 악이었다면 그러면 고향에서는 그와 정반대로의 행동을 하고
살면 선이 될 것인가? 그러나 정반대의 행동이란 도대체 어떤 것인가?
그러기 전에 내가 과연 서울에서의 나의 행동 일체를 부정하고 나설 수
있을까?[90]

고향도 어두우리라. 사람이 미워졌고 더구나 사람을 미워하는 방법을
배워버린 내가 어두운 고향에서 또 어떠한 광태(狂態) 속에 휩쓸려버릴
는지, 나는 벌써부터 울고 싶었다. 그러나 울고 싶은 만큼의 반작용이 없
는 것도 아니라고 장담할 수도 있긴 했다. 해내는 거다. 세상이 당연하다
고 내미는 것을 나 역시 당연하다고 생각하며 받아들이도록. 평범한 것
을 흡족하게 생각하며 받아들이도록.[91]

90) 「환상수첩」, p.27.
91) 「환상수첩」, p.30.

"고향도 도시였다", "고향도 어두우리라"는 정우의 말은 "사조(思潮)라는 맘모스"와 "구정물의 시간"을 거스를 수 없는 시대의 생리 속에 따라 변해 버릴 수밖에 없는 현실에 대한 경계를 담고 있다. 그리고 그 예상은 불행히도 적중한다. 순수문학청년이었던 윤수마저 내가 구역질내하며 피해온 영빈의 또 다른 환영이며 "각시" 형기는 이제 고아에 실명한 비관론자가 되어 버렸다. "폐병환자" 수영은 윤수의 표현을 빌자면 "죽여버리고 싶"을 정도로 위악적으로 살아가고 있다. "조화된 고향"을 찾아 내려왔지만 이미 고향에서마저도 그 '조화'가 상실된 이상 아무런 위로가 되지 않는다. 이제 남은 것은 위악적인 질서에 편입하여 살아갈 것을 선택할 수밖에 없다. 만약 그것을 거부하고 그 안에서 자기 기준을 갖는다면 고통스러운 현실을 직시해야 한다는 의무가 뒤따른다.

날이 갈수록 내 도피의 어리석음이 드러났다. 미워하는데서 그치지 말고 반항하는 법을 배웠더라면 나의 괴로움은 진작 서울에서 무마될 수 있었을 것이다. 스스로 목숨을 끊은 결과를 가져왔다고 하더라도 그 편이 훨씬 정직한 것이었으리라.[92]

결국 어디에도 숨을 곳이 없다는 것을 깨달은 정우는 "세상이 내미는 모든 것을 고분고분히 받아 들"여 "저 범속한 사람들 틈에 끼어달라"는 부모의 "요구"를 "실천"에 옮기기 위한 각오를 다질 목적으로 여행을 떠난다. 윤수와 떠난 남도여행에서 만난 서커스 패거리의 이씨는 생활과 죽음의 의미를 깨우쳐 준다. "내가 무서워하

---

92) 「환상수첩」, p.48.

며 들어가기를 망설이고 있던" "저 일상 생활"의 "탈"을 "철봉그네 위에서의 이씨의 표정처럼 위악도 없고 위선도 없는 것이라면" "한 번 둘러써보고 싶"다는 생각하기에 이른다.

그러나 자살로 추정되는 이씨의 죽음은 그 생각이 "역시 망상이었다는 사실"을 입증하고 만다. 이씨처럼 "일생을 걸고 목숨을 걸" 무언가에 매달려 현실 원리에 입사하기를 거부하고 나름의 세계 속에 사는 것이 행복해 보이기도 하지만 그것은 한편으론 곧 현실 부적응을 의미한다. 그렇기에 돌아오는 결과는 죽음일 수밖에 없다는 것을 확인하기도 하지만 여행을 통해 미아를 만나고 그 만남 속에서 새로운 삶의 희망을 회복한 윤수는 "시는 그만두겠어. 이제부터 생활전선이다"라며 "밝은 세계"를 지향한다.

그렇지만 윤수는 수영의 여동생 진영을 윤간한 깡패 패거리에 저항했다가 참담하게 맞아 죽는 것으로 삶을 마감하고 만다. 새롭게 찾았던 자기 기준의 건강성이 "어설픈 미덕"으로 종지부를 찍고 만 것이다. 윤수의 죽음으로 인한 충격은 형기의 죽음으로, 정우의 자살로 이어진다. "정우야, 날 바다로 데려가줘"라며 종용하는 형기의 말에 대해 "나는 순진하여 그 말을 받아들여도 책임이 있을 수 없는 어린애로다. 무구한 어린애로다"라며 의식적으로 관계의 책임을 회피할 것을 '선택'한다. 그리고 자신도 역시 죽음을 '선택'한다. 결국 현실 원리에 적응하여 성인이 될 것을 거부하던 정우는 '죽음'을 '선택'함으로써 성인이 되기를 거부한 것이다.

"환상적인 기준"으로 삶을 운영해 보고자 했던 욕망은 결국 죽음으로 채울 수밖에 없었다. 라캉이 지적했듯이 욕망을 완벽하게 채워 주는 사용가치는 단 하나, 죽음뿐이기 때문이다. 욕망은 환상 속에서 본 대상과 실제로 얻은 대상의 차이에서 생겨나는 것이며 그 차액은 잉여가치로 남게 된다. 따라서 욕망의 주체는 사용가치가 아닌 잉여가치에 의존하게 된다.

정우의 생을 지탱해 주었던 것은 "환상과 현실의 거리"에서 나온 잉여가치였다. "생활"과 "자살"의 양자택일 중 어느 한쪽으로도 기울 수 없었던 정우가 그래도 살아갈 수 있었던 것은 "환멸"을 곱씹으며 "환상"을 추구했기 때문이었다. 그러나 현실은 "생활" 이외의 어떤 것도 허용하지 않았다. "환멸"을 느끼는 현실에 적응하여 "생활"하지 않으면 남는 길은 죽음밖에 없었던 것이다. 이 강요된 선택은 정우에게 "생활" 이외의 가치를 제공하지 않았다. 때문에 정우는 '죽음'을 선택함으로써 현실을 "환멸"할 수 있는 자유를 취득한 것이다. 그렇다면 그 가운데 살아 남은 자에겐 무엇이 남는가.

불가피하게 죄를 짓게 되면 짓는 것이다. 그러나 죄의 기준이란 게 없어진 지금, 죄의 기준을 비단 죄뿐만이 아니라 모든 것의 기준을 일부러 높여서 생각할 필요는 없다고 나는 생각한다. 그는 분명히 환상적인 기준을 만들어두고 거기에 자기를 맞추려고 애썼던 모양인데 참 바보같은 놈이었다. 그가 고통하며 지낸 밤이 길었다면 내가 고통하며 지냈던 밤은 더욱 길었으리라. 산다는 것, 우선 살아내야 한다는 것. 과연 그것이 미덕이라고까지는 얘기하지 않겠다. 그러나 그것은 이제야 출발하는 것이다.[93]

죽은 윤수와 정우의 입장에서는 비난의 대상이었지만 유일하게 살아 남은 수영은 "중요한 것은 어떻게 해서든지 살아내야 한다는

___

93) 「환상수첩」, pp.76~77.

문제일 것이라고 확신한다." 그 확신은 자신으로 인해 벌어진 여동생의 윤간을 "처녀막이 감기에 걸렸나?"라며 "남의 스캔들을 얘기하듯이 줄줄" 읊어낼 수 있을 정도의 위악성이 있어야 가능한 것이다. 그렇지만 그 위악성 역시 죄의식을 숨길 수는 없다. 어떤 방법으로든 "우선 살아내야 한다는 것"은 그만큼 생존의 문제가 절실함을 이야기한다.

가난한 집안 형편 속에 자신의 약값을 감당하기 위해 병든 몸으로 춘화라도 그려 팔아야 하는 현실은 삶이 그리 호락호락하지 않음을 일찌감치 수영에게 가르쳤다. 그러나 급물살을 타고 파고드는 현실의 흐름에 보조를 맞추면서 "우선 살아내야" 하는 이들에게도 부끄러움은 남는다. 수영 역시 "나의 건강이 회복되면 그때는 나도 죄의 기준이란 것을 좀 올려볼 생각"을 품고 있듯이 이런 현실 원리에 입사하는 일은 살아 남은 자들에게도 여전히 괴로운 일로 남을 수밖에 없다는 것을 뜻한다. 이렇게 김승옥이 바라본 현실은 그 모순성을 체감하면서도 적응해야만 하는 억압 그 자체였다. 그리고 이런 현실의 원리는 그 어느 곳을 가도 똑같이 돌고도는 순환의 논리인 것이다. 그렇기에 이미 어느 곳에도 고향은 존재하지 않는다. 고향을 찾는 일은 이제 일상의 원리를 재확인하기 위한 절차일 뿐이다. 이런 논리는 「무진기행」의 귀향 역시 강력하게 지배하고 있다.

2) 소비적 일상으로의 회귀

고향을 향하는 작중인물이 귀향자라기보다는 여행자의 모습을 띤 이상 그 여행은 일상(도시)으로 되돌아감을 전제하는 한에서 의미가 있게 된다. 그들의 원점 회귀를 추동하는 것은 인간의 보편적 이상이나 가치가 아니라 가족과 사회적 지위와 물적 재화이다. "특별한 용무도 없이" 무진으로 여행하는 윤희중 역시 이런 범주에 속한다. 「무진기행(霧津紀行)」은 '무진으로 가는 버스', '밤에 만난 사람들', '바다로 뻗은 긴 방죽', '당신은 무진을 떠나고 있습니다.'의 4부로 구성되어 있다. 여행은 '서울―무진―서울'의 순환으로 이루어져 있는 듯 보이나 서사 전개의 방식은 직선적 시간을 띠고 있다. 그러나 작품 곳곳에 과거로 소급 제시를 함으로써 '무진'이라는 공간이 지닌 의미를 도출해내는 데 주의를 기울인다. 그만큼 이 작품에서는 주인공이 자기 인식을 하는 과정에서 '무진'이라는 공간이 가진 상징성이 크게 작용한다고 볼 수 있겠다.[94]

　윤희중에게 '무진'은 지우고 싶은 곳이면서도 늘 간직해야 하는 곳이다. 이렇게 미묘한 감정들이 실타래처럼 엉켜서 그에게 언제나 "옛날과 똑같은 모습으로" "무진Mujin 10km"라는 이정비처럼 의식적으로 일정한 거리를 유지하는 곳, 그곳이 바로 '무진'이다. 그곳은 "서울에서의 실패로부터 도망해야 할 때거나 하여튼 무언가 새 출발이 필요할 때" 찾게 되는 곳이기도 하다. 그렇다고 해서 '무진'이 그에게 새로운 영감이나 용기를 심어 주는 치료법을 제시해 주는 곳은 아니다. 오히려 무진에서의 그는 "항상 처박혀 있는 상태"였었다. 더러운 옷차림과 누우런 얼굴로 골방 안에서 뒹굴며

---

94) 「무진기행」은 김승옥의 작품 중 가장 널리 알려진 대표작이라 볼 수 있다. 또한 많은 논자들에 의해서 그의 문학적 성격을 대표하는 작품으로 주목되기도 한다. 본고는 「무진기행」을 '무진의 공간적 의미'와 「무진기행」에 나타난 자아 성찰의 특징'이라는 두 가지 관점으로 살펴 보고자 한다.
이 두 가지 관점 중 전자는 여기 "2) 소비적 일상으로의 회귀"에서, 후자는 "3장 2. 1) 부끄러움의 정체성"에서 구체적으로 언급하도록 하겠다.

긴긴 악몽과 신경질과 공상, 불면증, 초조함에 시달리던 청년시절의 어두운 기억이 음습한 안개와 같이 느른하게 깔려 있는 곳이다. "문득 한적이 그리울 때" 생각하는 무진은 "내가 관념 속에 그리고 있는 어느 아늑한 장소일 뿐이지 거기엔 사람들이 살고 있지 않은" 정확히 말하면 그때 상상하는 곳은 무진이 아닌 다른 곳이다. 단지 '무진'은 "어둡던 나의 청년시절"이 그려지는 실상은 왠지 불편한 곳일 뿐이다. 그런 '무진'으로 그는 왜 돌아오고 있는가.

그렇다면 그가 다시 무진행을 결심하는 데는 괴롭지만 뿌리칠 수 없는 그 무언가가 작용하고 있다는 가정이 가능해진다. 이때 그 '무엇'의 정체는 바로 '안개'로 상징된다. 그에게 "무진의 명산물"이라 일컬어지는 것. 그 '안개'로 상징되는 '무진'이 윤희중에게 주는 '그것'이 있기에 그는 또다시 습관처럼 돌아오고 있는 것이다.

무진에 명산물이 없는게 아니다. 나는 그것이 무엇인지 알고 있다. 그것은 안개다. 아침에 잠자리에서 일어나서 밖으로 나오면, 밤사이에 진주해온 적군들처럼 안개가 무진을 뼁 둘러싸고 있는 것이었다. 무진을 둘러싸고 있는 산들도 안개에 의하여 보이지 않는 먼 곳으로 유배당해 버리고 없었다. 안개는 마치 이승에 한(恨)이 있어서 매일 밤 찾아오는 여귀(女鬼)가 뿜어내놓은 입김과도 같았다. 해가 떠오르고, 바람이 바다 쪽에서 방향을 바꾸어 불어오기 전에는 사람들의 힘으로써는 그것을 헤쳐버릴 수가 없었다. 손으로 잡을 수 없으면서도 그것은 뚜렷이 존재했고 사람들을 둘러쌌고 먼 곳에 있는 것으로부터 사람들을 떼어 놓았다. 안개, 무진의 안개, 무진의 아침에 사람들이 만나는 안개, 사람들로 하여금 해를, 바람을 간절히 부르게 하는 무진의 안개, 그것이 무진의 명산물이 아닐 수 있을까![95]

사람들의 힘으로써는 헤쳐 버릴 수 없었다고 술회하는 '그것'의 실체는 실은 안개가 아니다. '그것'은 숨기고 싶었던 '자기 자신의 욕망'이다. "무진에서는 항상 자신을 상실하지 않을 수 없었던 과거의 경험"이라고 핑계대고 있지만 결국은 그것이 자기 자신을 상실해도 좋을 최적의 조건으로 작용하기에 나만이 알고 있는 "무진의 명산물"이 되는 것이다. 이렇듯 「무진기행」의 윤희중은 「환상수첩」의 정우와 수영의 중간쯤 되는 인물이다. 삶에 대한 반성적 고민은 있지만 현실의 기준에 적응하며 살기 위해 그것을 외면하기도 하고 이용하기도 하는 인물이다. 그런 그가 또 한번 현실 원리 안에서 도약하기 위하여 무진으로 찾아왔다. 그는 아내의 영리한 권유로 얻은 여가를 무진에서 보내고 다시 서울의 일상 속으로 못 이기는 척 밀려들어갈 것을 계획하고 있는 것이다.

"자랑스러워 할 틈도 없이" 바쁜 서울은 자본 축적이 이루어지는 생산과 소비의 공간이다. 긴장과 책임이 강제되는 이 공간을 떠날 때, 우리는 휴일의 여가나 관광처럼 질적인 공간을 소비하게 된다. 게다가 "햇빛의 신선한 밝음과 살갗에 탄력을 주는 정도의 공기의 저온, 그리고 해풍에 섞여 있는 정도의 소금기"는 무진을 여가의 공간으로 소비할 수 있게 한다. 그러나 이런 여가는 표면적으로는 공짜인 것처럼 보이지만, 생산의 시간과 노예화된 일상성에 따라다니는 모든 정신적, 실천적 구속을 충실하게 재현한다는 의미에서 구속된 시간이다. 여가에서의 자유라고 하는 허구에도 불구하고 논리적으로 '자유' 시간은 어디에도 존재할 수 없다. 존재하는 것은 구속된 시간뿐이다.[96] 그렇기 때문에 윤희중은 무진에서도 서

---

95) 「무진기행」, 전집 1, p.126.
96) 장 보드리야르, 앞의 책, p.236.

울의 일상으로부터 완전히 자유로울 수는 없다.

그렇지만 감추고 싶은 과거를 인정하기에는 이제 너무 많이 가졌고 높이 올라왔으며 멀리 떠나와 있기에 윤희중은 '무진'과 '서울'을 의식적으로 분리시킨다. '그들'이라 경계지우며 '무진'을 몰아세울 수 있는 것은 이제 자신은 그 영역의 사람이 아니라고 생각하는 의식이 있기에 가능하다. 서울에서의 습관을 따르기 위해 찾아간 신문지국에서 윤희중이 자신의 과거를 수군거리는 그들에게 "안녕히 가십시오"라는 인사말을 기대하는 모습은 서울의 질서를 무진에 와서도 늦추지 않으려는 의식적인 노력이다. 자본화된 서울에서는 소비 능력을 가진 주체에게 하는 '안녕히 가십시오'라는 말쯤은 기본의 매너에 속하는 것이지만, 자신의 벌거벗은 과거가 있는 이 무진에서는 그런 서울의 질서는 통하지 않는다. '서울'에서의 윤희중은 대회생 제약회사의 간사이며 예쁜 아내와 행복한 가정을 꾸리고 있는 현재의 이미지로만 존재한다. 그러나 '무진'에서 그는 아직도 홀어머니의 자식이며 돈 많은 과부와 결혼한 폐병환자이다. 문제는 바로 여기서 시작된다. 윤희중은 서울에서의 이미지로만 스스로를 바라보고 있으며 무진의 '그들'이 수군거리는 또 다른 자아의 정체를 인정하고 싶지 않다.

그렇지만 세상에 의해 보여짐을 모르는 주체는 위험하다. 그것은 성장하지 못한 자아이기에 결국은 사회로부터 고립되고 소외받게 된다. 세상에 의해 보여짐을 의식할 때 주체는 고립과 소외를 벗어나 세상이라는 무대에 당당히 설 수 있는 것이다. 이것이 곧 타자의식이다.[97] 바로 여기에 '서울과의 차이점'이라고 간단하게 줄여서 말할 수만은 없는, 맨 얼굴을 바로 직시하라는 고달픈 유혹이 숨겨져 있다. 그러나 윤희중은 그 유혹을 묵살하기로 작정한다.

그러나 결국 '안녕히 가십시오'는 나오지 않고 말았다. 그것이 서울과
의 차이점이었다. 그들은 이제 점점 수군거림의 소용돌이 속으로 끌려들
어 가고 있으리라, 자기 자신조차 잊어버리면서, 나중에 그 소용돌이 밖
으로 내던져졌을 때 자기들이 느낄 공허감도 모른다는 듯이 그들은 수군
거리고 수군거리고 또 수군거리고 있으리라. 바다가 있는 쪽에서 바람이
불어오고 있었다. 몇 시간 전에 버스에서 내릴 때보다 거리는 많이 번잡
해졌다. 학생들이 학교에서 돌아오고 있었다. 그들은 책가방이 주체스러
운 모양인지 그것을 뱅뱅 돌리기도 하며 어깨 너머로 넘겨들기도 하며
두 손으로 껴안기도 하며 혀 끝에 침으로써 방울을 만들어서 그것을 입
바람으로 훅 불어 날리곤 했다. 학교선생들과 사무소의 직원들도 달그락
거리는 빈 도시락을 들고 축 늘어져서 지나가고 있었다. 그러자 나는 이
모든 것이 장난처럼 생각되었다. 학교에 다닌다는 것, 학생들을 가르친
다는 것, 사무소에 출근했다가 퇴근한다는 이 모든 것이 실없는 장난이
라는 생각이 든 것이다. 사람들이 거기에 매달려서 낑낑댄다는 것이 우
습게 생각되었다.[98]

---

97) 자크 라캉은 주체를 결핍의 개념으로 설명한다. '나는 거짓말을 하고 있다'라는 문장에는
    자신이 거짓말을 하고 있음을 지켜보고 있는 또 하나의 '나'가 있다는 것이다. 이 말을 하
    고 있는 '나'와 언급된 '나', 즉 말하는 주체와 언급당하고 있는 주체는 다르다는 것이다.
    그러므로 '나'라는 주체 속에는 바라봄과 보여짐이라는 두 개의 주체가 있는 것이며 이 보
    여짐을 모르는 주체는 거울단계에서 나아가지 못하고 있는 상태를 뜻한다. 이 '거울단계'
    라는 것은 생후 6개월에서 18개월 사이의 아기가 거울 속에 비친 자신의 모습을 보고 환호
    성을 울리는 것과 같이 타자에 의해 '보여짐'을 모르고 '바라봄'만이 있는 단계를 뜻한다.
    이 '거울단계'에 머물러 있는 것이 위험한 이유는 고착 상태에 머물러 상황과 자신을 구별
    하지 못하는 신경증 환자에 해당되기 때문이다. 이는 나아가 자아가 근본적으로 오인의 구
    조에서 출발한다는 것, 바라봄은 보여짐에 의해 분열된다는 것을 모르는 독선적인 주체,
    타자를 인정치 않는 고립된 주체는 심한 경우 히틀러처럼 역사를 광기로 몰아 넣는다는 것
    이다. 쟈크 라깡, 권택영 외 역, 『욕망이론』, 문예출판사, 2000, pp.15~21.
98) 「무진기행」, 전집 1, p.132.

기억하고 싶지 않은 과거의 상처들로부터 멀어졌다고 자인하는 시점에 그 괴로운 기억이 있는 곳으로 되돌아올 수 있다는 것은 자신감이 있기에 가능한 일이다. 이제 과거와는 다른 존재로 그에 따른 대우를 은연중에 기대했으나 여전히 예전의 위치 그대로임을 확인받는 순간, 윤희중은 그것을 수습하기 위해 '무진'을 무화(無化)시켜 버리고 상처입은 자신감을 스스로 회복하는 길을 택한다. '무진'의 모든 것을 '그들'이라고 몰아부치고 "공허감"과 "실없는 장난"이며 "우습게 생각"하지 않는다면 돌아오는 결과는 자신의 과거에 대한 견딜 수 없는 초라함뿐이라는 것을 체감하고 있기 때문이다.

이렇게 윤희중은 자신이 소외되기 전에 미리 '무진'을 소외시키기로 작정한다. 얄팍한 자신감으로 포장하고 싶었으나 거부할 수 없는 실체를 맞닥뜨렸을 때 나타나는 당혹감의 배타적인 표현이다. 그러나 자신의 실체를 잘 알고 있는 고향 '무진'을 거부하는 것은 그 안에 담겨 있는 자신의 과거를 버리는 셈이다. 그렇기에 결국 여기서 거부하고 있는 대상은 '무진' 자체가 아니라 '무진의 기억 속에 덮어 둔 자기 자신'이 된다.

무진을 다녀오는 동안 일을 모두 처리해 놓겠다는 아내 영과 장인 영감의 권유를 받아들일 때만 해도 윤희중이 기대하던 것은 예전과 같이 '자신을 잘 숨겨 주는' 무진이었다. 그러나 이제 그 방어막이 사라져 버렸음을 눈치챈 이상 그는 서울의 질서를, 현재의 자아를 유지하지 않으면 안 된다. "출세한" 자신이 있는 서울의 질서에서는 조심스럽게 거리를 유지한 채 은폐해 온 자신의 욕망이 마을 사람들의 수군거림을 통해 확인되는 순간 이제는 과거와는 다른 논리를 적용할 수밖에 없음을 깨닫기에 이른 것이다.

이런 생각은 무진에서 만난 이들을 대하는 태도에서 더욱 분명히 드러난다. 윤희중은 사 년 만의 무진행을 "정말 반가워"하면서도 그의 과거를 잘 알기에 한편으로는 걱정해 주는 중학 후배 박을 대하는 자신의 말투를 못마땅해 한다. 그러면서도 그 권위적인 태도를 놓지 않는 것은 예전과 다른 모습을 보여주고자 하는 가식이다. 세무서장이 된 조와 그의 응접실에서 만난 일행에게 적당히 거리를 두고 예의를 차리는 것 역시 그런 노력의 일환이다.

그러나 하인숙을 만나는 순간 그의 이런 결심에는 균열이 일어나기 시작한다. 세무서장이 된 동창생 조의 응접실에서 만난 하인숙이 부르는 '목포의 눈물'에 스며 있는 "무진의 그 냄새"를 느끼며 하인숙이 과거의 자기와 같은 병을 앓고 있음을 직감한다. 하인숙과 윤희중에게 있어 무진은 다른 곳으로 떠날 것을 준비하는 곳이다. 두고 온 다른 꿈이 있는 윤희중이나 하인숙은 세무서장 조나 국어교사 박처럼 무진에 깃들 수는 없다. 정착이란 것은 마음을 내려 놓을 수 있는 곳에서만 가능하기 때문이다.

무진에서 만난 조와 박, 하인숙은 각각 윤희중이 무진에서 살아온 과거와 현재가 투사된 인물이다. 자신의 손금을 파가며 성공을 꿈꾸는 소년의 이야기에 감격했던 세무서장 조는 현재 서울에서의 윤희중을 연상시키는 인물이다. 그는 자신을 현재의 위치보다 더 끌어올리기 위해 결혼마저도 치밀한 계산 속으로 준비하면서 금의환향하여 돌아온 무진에서 자신의 위치를 과시하는 재미로 살고 있다. 반면 "얌전하고 엄숙하고 가난한 문학청년" 박은 윤희중의 청년시절의 순수함을 대변하는 인물이다. 그는 "사범대학 출신들 때문에 교원자격고시합격증 가지고 견디기가 힘들"다는 무진 중학의 국어교사이다. 또한 박은 윤희중의 순수했던 시절을 기억하는 인물이기도 하다. 그가 윤희중을 존경하는 것은 그가 한때 독서광이었던 무진 중학의 선배이기 때문이다.

그러나 하인숙은 "빽 좋고 돈 많은 과부"와 결혼한 윤희중을 공모자로 생각하고 있는 세무서장 조에게 똑똑하지만 집안이 허술하고 "성기(性器) 하나만을 밑천으로 해서 시집가 보겠다는 고 배짱이 괘씸"한 "대표적인 여자"이면서도 박에겐 "속물들 틈에 앉아서 유행가를 부르고 있는" 딱하게 느껴지는 연모의 대상이다. 조가 비난하는 하인숙의 욕망은 윤희중이 성취해낸 결혼을 연상시키면서도 하인숙을 향한 박의 감정은 과거 '희'에 대한 윤희중의 감정과 겹쳐진다. 실직으로 인해 실연까지 당했던 과거의 윤희중은 박이 하인숙에게 서울로 갈 아량이 없는 사나이로 비쳐지듯이 희에게도 능력이 없는 남자로 인식되었을 것이다. 그렇기에 하인숙은 과거 '희'를 연상하게 하는 인물이면서도 과거의 자신과 같은 방황을 하고 있으면서 또 현재의 자신을 투영하는 인물이기도 하다. 이렇게 자신의 분신과도 같은 이미지의 하인숙에게 윤희중이 호감을 느끼는 것은 당연하다고 볼 수 있다. 이는 나아가 이들이 존재하는 '무진' 역시도 일상적 욕망의 발현체라는 것을 증명한다.

하인숙은 한눈에 윤희중의 서울 냄새를 발견하고는 오빠라고 부를 테니 서울에 데려다 달라는 교환 논리로 서울행을 거래한다. 하인숙에게 윤희중이 풍기는 '서울 냄새'는 곧 대도시가 지닌 문화의 매력을 뜻한다. 윤희중을 "오래 전부터 알던 사람"으로 느끼는 것은 자신이 대학 생활을 보냈던 서울이라는 공간에 대한 동경을 자신의 정체성으로 규정하고 싶어하는 소비적인 욕망에서 의도되는 것이다. 책임 있는 자의 바쁜 일상을 과시하는 세무서장 조가 윤희중을 생산의 모델로 삼는다면, 하인숙은 윤희중을 소비의 모델로 삼고 모방하려는 것이다.[99] 그렇기에 세무서장 조에게는 결혼 전까지는 허락할 수 없다던 몸을 유부남인 윤희중에게는 허용한다. 물론 윤희중이 마음에 드는 남자이기도 하지만 무엇보다도 자신을 서울로 데려갈 수 있는 힘을 가진 남자이기 때문이다. 하인숙은 자기 자신을 교환의 논법으로 거래하고 있는 것이다.

여성이 상품의 소비에 민감한 것은 전통적인 사회적, 도덕적 규범의 안정성을 위협하는 근대적 징후로 인식되어 왔는데, 이를 성적 관계의 영역으로 옮기면, 욕망하는 여성의 갈망은 끊임없이 애인의 '소비'로 이어진다. 결국 남성을 자신이 갈구하는 무언가를 얻기 위한 수단으로만 소비하게 되는 것이다.[100] 자신의 몸을 던져서라도 서울에 갈 수만 있다면 상관없다고 생각하는 그녀는 자신의 욕망을 현실화해 줄 대상으로 끊임없이 다른 남성을 찾아 소비하게 될 것이다. 그녀가 계속해서 자신의 욕망을 현실화할 수 있는 힘을 타인에게서 추구한다면 그것은 영원히 이룰 수 없는 꿈으로 남게 된다. 타자화된 욕망은 영원히 채워질 수 없는 공백으로 남기 때문이다.

이런 욕망을 드러내는 장치로서 「무진기행」에는 편지가 자주 등장한다. 윤희중이 더러워진 폐를 씻어내던 바닷가에서 많은 사연을 담아 여기저기로 띄워 보낸 암청색이 서투르게 그려진 엽서와 무진을 떠나면서 하인숙에게 쓰는 편지에는 공통점이 있다. 이때 편지의 기능은 감정을 솔직히 토로할 수 있는 매체라는 공감대를 가진다. 그러나 그가 이 편지를 띄운 후 기대하는 것이 그 누구의

---

99) 황국명, 「여로형소설의 지형학적 논리 연구 – 무진기행을 중심으로」, 『문창어문논집』 제37집, 2000. p.287.
100) 리타 펠스키, 김영찬·심진경 역, 『근대성과 페미니즘』, 거름, 1999, pp.124~130.

공감이라거나 위로가 아니라는 점에서도 공통분모를 가지고 있다. 바닷가의 자신이 쓴 "쓸쓸하다"의 의미를 도시의 내가 받아 보았다는 상상 안에서조차 그 의미는 와해된다. 이렇듯 스스로도 '아니다'라고 결론내린 편지를 여기저기에 띄울 수밖에 없는 상태는 무엇보다도 지독한 외로움에서 기인한다. 그렇기에 세상에서 제일 먼저 편지를 쓴 사람은 "외로운 사람"이라는 데 하인숙과 윤희중은 동의한다.

편지는, 특히 연애편지는 내면적 진정성 혹은 가장 내밀하고 강력한 감정을 드러내는 방법이며 권위에 도전하고 금지된 내용에 관련되는 욕망의 담론이다.[101] 때문에 하인숙에게 자신의 진심을 토로한 편지를 적은 후 읽어 보고 또 읽어 보고 나서 결국 찢어 버릴 수밖에 없다. 그 편지로 하여 그 대상을 얻는다 하여도 욕망은 여전히 남게 되며 결국은 허무함을 가져올 것을 이미 알기에 취할 수밖에 없는 행동이다. 이는 그 어느 누구에게도 가닿을 수 없는 욕망에 대한 제어 장치이다. 또한 이런 내밀한 감정을 풀어 놓을 수 없도록 하는 것이 윤희중이 돌아가 생활해야 할 '전보'로 상징되는 서울의 생리이다. 이 일상의 현실 원리는 전보로 황급히 존재를 드러낸다. 그러나 그것은 갑작스러운 호출이라기보다는 이미 약속된 시간이 다했음을 알리는 예약된 알람 같은 것이다.

요점과 전달할 내용만으로 채워진, 띄어쓰는 여유조차 배제된 전보는 편지와 같이 섬세하고 미묘한 표현을 담을 수 없다. 더군다나 급박한 속도로 핵심 사항만 전달하는 전보는 또 같은 속도로 급히 그 정보에 화답할 것을 요구한다. "자랑스러워할 틈도 없이" 바쁜

---

101) 황국명, 앞의 글, p.294.

"서울에서의 나"로 복귀할 것을 명령하는 것이다. 더불어 이 전보
는 무진에서 그간의 고민을 해소하려는 그를 감시한다. 그리고 단
지 "선입관"때문이라고 규정하라 한다. 그렇지만 이미 마음을 담은
편지를 쓰고자 하는 윤희중이기에 그 전보의 지시에 그대로 수긍
할 수 없으며 그렇기에 타협안을 만들 수밖에 없다.

　이모는 전보 한 통을 내게 건네주었다. 엎드려 누운 채 나는 전보를 펴
보았다. '27일 회의참석 필요, 급상경바람 영.' '27일'은 모레였고 '영'
은 아내였다. 나는 아프도록 쑤시는 이마를 베개에 대었다. 나는 숨을 거
칠게 쉬고 있었다. 나는 내 호흡을 진정시키려고 했다. 아내의 전보가 무
진에 와서 내가 한 모든 행동과 사고를 내게 점점 명료하게 드러내 보여
주었다. 모든 것이 선입관 때문이었다. 결국 아내의 전보는 그렇게 얘기
하고 있었다. 나는 아니라고 고개를 저었다. 모든 것이, 흔히 여행자에게
주어지는 그 자유 때문이라고 아내의 전보는 말하고 있었다. 나는 아니
라고 고개를 저었다. 모든 것이 세월에 의하여 내 마음속에서 잊혀질 수
있다고 전보는 말하고 있었다. 그러나 상처가 남는다고, 나는 고개를 저
었다. 오랫동안 우리는 다투었다. 그래서 전보와 나는 타협안을 만들었
다. 한 번만, 마지막으로 한번만 이 무진을, 안개를, 외롭게 미쳐가는 것
을, 유행가를, 술집 여자의 자살을, 배반을, 무책임을 긍정하기로 하자.
마지막으로 한 번만이다. 꼭 한 번만. 그리고 나는 내게 주어진 한정된
책임 속에서만 살기로 약속한다. 전보여, 새끼 손가락을 내밀어라. 나는
거기에 내 새끼손가락을 걸어서 약속한다. 우리는 약속했다.[102]

---

102) 「무진기행」, 전집 1, pp.151~152.

표면적으로는 아내의 입장에서 하인숙과의 외도를 질책하는 것으로 보이지만, 그 행간에는 되찾은 자아와 서울의 틀을 벗어나지 않으려는 자아가 다투고 있는 것이 보인다. "한 번만, 마지막으로 한번만"이라며 다짐하는 속에는 실은 그것으로 마지막이 될 수 없음을 인정하는 것이며, 이제부터는 "한정된 책임" 아래 서울의 질서대로만 따를 수 없는 자아에 저항하는 것과 같다. 그리고 '바라보는' 자아와 '보여지는' 자아가 손가락을 걸어 약속한다. 일상의 논리는 아내의 시간 속에 존재하는 서울의 질서에 있다는 것을 이미 깨달았기에 하는 약속이다. 내적으로 극복된 자아가 현실과 과거에 순응함으로써 자신의 환경과 상황을 인정하는 모습이기도 하다.

그러나 이미 대상이 허구임을 깨닫고 그 고착에서 벗어나 다시 나아가야 하는 것이 또한 삶이다. 그렇기에 윤희중이 편지를 찢고 또다시 서울로 향하는 것은 그 부조리한 현실에 몸담고 시지프스의 산으로 돌을 밀어 올리듯이 살아갈 수밖에 없는 삶을 인정하는 것이다. 시지프스, 탄탈로스, 프로메테우스 등 '부조리한 자유'의 모든 실존적 신화는 여름 바캉스를 떠나는 사람들의 모습을 상징한다. 그들은 '바캉스'라는 휴가, 비어 있는 상태, 즉 동기 없는 행위, 완전한 박탈, 공허를 흉내내려고 필사적으로 노력하지만, 진정한 바캉스란 자기 자신 및 자기 시간의 상실이며 시간이 결정적으로 객체화된 세계에 살고 있는 그들로서는 절대로 도달할 수 없는 세계일 뿐인 것이다.[103] 그것은 윤희중이 도피를 위해 무진으로 향했으나 무진 역시 서울을 지배하는 논리로부터 자유롭지 못했던

---

103) 장 보드리야르, 앞의 책, pp.234~235 참조.

것처럼 이제 일상의 욕망을 벗어날 수 있는 공간은 더 이상 없다. 그 공간은 외부에서 찾아질 수 있는 것이 아닌 자신의 내면에서 불러일으켜야 한다.

윤희중은 이번 무진행을 통해 그 원리를 깊게 체감했다. 때문에 그가 하인숙에게 쓴 편지를 읽고 또 읽은 후 자신의 손으로 직접 찢는 것은 이제는 타인의 시간에 자기를 은폐시키는 수동적인 태도를 접겠다는 의도로 볼 수 있겠다. 이런 규정지을 수 없는 욕망의 억압로부터 탈출해 본 경험이 있는 이상 그의 삶은 변화를 맞게 될 것이다. 끊임없이 대상에서 욕망에서 벗어나는 반복 없이는 삶은 지속될 수 없다는 것을 깨달았기 때문이다. "당신은 무진읍을 떠나고 있습니다. 안녕히 가십시오"라는 하얀 팻말이 상기시키는 것은 그간 '무진'에서 취해 왔던 수동적인 삶에 대한 자책감이다. 그러기에 그가 느끼는 '심한 부끄러움'은 일상으로 회귀할 수밖에 없는 자본주의적 인간의 괴로움을 담고 있는 자기 성찰이다.

윤희중에게 있어 과거 '무진'은 자기 성찰이 결여된 욕망의 배설구였다. 그러나 이젠 '무진' 역시 서울에서의 삶의 논리가 동일하게 지배하는 자본주의의 터전일 뿐이다. 이미 '고향'이란 이름의 공간은 어디에도 자리하지 않는다. 오히려 무진은 덮어 두려 할수록 명백해지는, 숨길 수 없는 서울의 욕망이 더욱 생명력을 얻는 곳임을 확인하였다.

현대인들은 모두 자기 터전을 잃은 고아들이다. 김승옥 소설에 등장하는 인물들은 아버지를 잃고 스스로 삶을 개척해야 하는 현실 가운데 내던져진 실존자들이다. 그런 와중에 그들은 새로운 질서에 적응하기 위해 애를 쓴다. 방관자적 자세로 바라보거나 외면한다 하더라도 이미 그 자장에서 벗어날 수 없음을 알고 있다. 그렇기에 도시로 떠나 고향으로 돌아온 그들에게도 삶은 여전히 고통스럽고 괴롭기만 한 것이다. 이제 그 상처를 달래 줄 수 있는 고향은 존재하지 않는다. 그래서 그들이 선택한 방법은 자살하거나 타락하는 것이다. 그리고 죽지 않고 살아 남기 위해서는 결국 자기 나름의 기준을 가지고 살아 남기 위해 치열한 투쟁을 하지 않으면 안 된다는 것을 깨닫는다. 그 깨달음을 실천하기 위해 김승옥 소설의 등장인물들은 각기 '자기 세계'를 모색하고자 한다.

　이렇듯 그 전 시대에는 역사의 소용돌이 안에서 살펴볼 겨를이 없는 자아의 문제, 더군다나 다양한 주체를 깨닫는 인식의 포문을 열었다는 점에서 김승옥의 새로움이 있다. 공동체 의식이 깨어진 세계 속에서 지향할 수 있는 이상적인 세계를 잃어 버렸음을 포착해낸 것이 근대화를 바라보는 김승옥의 시선이다. 더구나 우리가 더욱 주목해야 할 점은 이런 그의 소설 세계에 나타나는 현실이 단지 그의 당대에 국한된 문제가 아니라는 점이다. 이는 속물화된 자본의 논리가 존속하는 한 영원히 현재 진행형으로 남을, 바로 지금 우리의 문제라는 점에서 김승옥의 예언자적 안목을 느낄 수 있는 것이다.

분열된 욕망의 통과의례적 자기 찾기

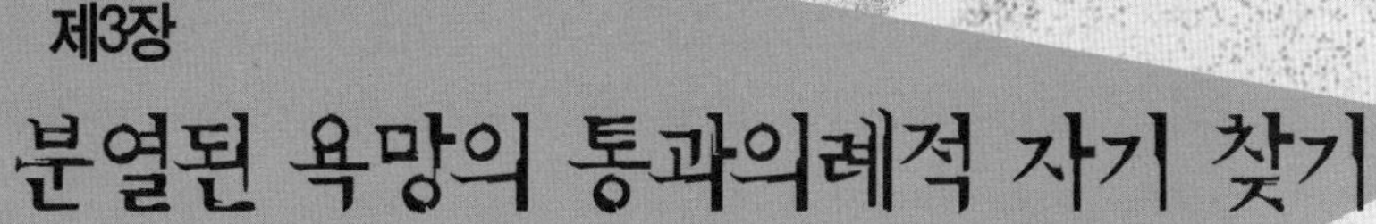

1. 극기로 만든 자기 세계
2. 자기 찾기의 미로
3. 분열된 주체의 위기

분열된 욕망의 통과의례적 자기 찾기

50년대 작가들이 개인의 파멸을 전쟁과 빈곤이라는 사회적 비극으로 밀어냈던 것과는 달리 김승옥은 그 비극을 자신의 병으로 받아들이면서 개체적 자아의 탐구를 시도한 작가로 평가받는다. 또한 이런 점에서 그의 창작은 내적 자아의 형성 또는 개인주의 문학에 새로운 지평을 연 것이며 우리의 정신사에서 처음으로 의식의 주체화에 전망을 비춰 준 것으로 이야기되곤 한다.[1]

이 내적 자아의 형성이라는 의식은 등단작 「생명연습」에서 '자기 세계'로 표현된다. 이 '자기 세계' 형성은 그의 작품 전반을 관통하고 있는 주제이기도 하다. 그런데 여기서 그 '자기 세계'가 '장미꽃이 만발한 세계'가 아닌 '곰팡이와 거미줄이 쉴 새 없이 자라나고' 있는 '지하실'로 상징된다는 것은 자못 의미심장하다. 이는 "'깊은 열등감'과 '허탈감'을 던져 주는 현실"[2]에 적응하기 위해 체득한

---

1) 김병익, 「시대와 삶」, 『상황과 상상력』, 문학과지성사, 1979. p.17.

김승옥 식의 생존 전략이기 때문이다. 결국 김승옥 소설의 등장인
물들은 '지하실'에서 숙달된 '자기 세계'가 있어야만 가능한 현실
앞에 던져진 존재이며 그것은 곧 당대의 현실에 적응하기 필요했
던 김승옥 식의 자기 성찰이기도 했다는 점에서 주목해야 할 것이
다. 이로써 김승옥 소설에 있어 '자기 세계'는 속악한 현실 세계로
진입하는 근대적 개인의 '자기 확인'에 해당된다.[3]

　김승옥 소설에서 이 '자기 세계'에 입실하기 위해 등장인물들이
거치는 통과의례는 그 '자기 세계'의 성격을 보다 분명하게 해준
다. 보통 인간에게 있어 이 통과의례라는 것은 신성한 힘을 매개로
하여 신분을 바꾸는 것, 즉 지금까지와는 다른 사람으로 다시 태어
나는 것을 의미한다. 김승옥 소설에 빈번하게 등장하는 서울 상경
은 새로운 세계로 입사하기 위한 통과의례적 성격을 띠고 있다. 보
통 통과의례에는 희생양이 필요한데 김승옥 소설은 성(性) 모티프
가 이를 대신한다.

　한 작가의 작품 가운데 빈번하게 등장하는 모티프는 그의 작품
세계를 살펴보는 데 중요한 열쇠가 될 수 있는 만큼 김승옥 소설에
나타난 '자기 세계'의 형성과 '성(性)'의 관계에 대해서 면밀히 살
펴 볼 필요가 있다. 특히 지금까지의 연구들은 대체로 김승옥 소설
에서 한 개인이 근대, 혹은 도시, 혹은 성인의 세계로 입사한다는
결과에만 주목하고 그 입사의 과정에서 일어나는 반복적인 모티프
가 갖는 의미를 찾는 작업에는 무심했다. 그의 작품에 등장하는 성

---

2) 김승옥은 4·19의 실패와 5·16에 대한 감정을 이와같이 표현하였다.
　　김승옥, 『내가 만난 하나님』, pp.25~26.
3) 정희모, 「1960년대 소설의 서사적 새로움과 두 경향」, 『1960년대 문학연구』, 깊은샘, 1998,
　　p.60.

모티프는 그 '자기 세계'의 실상을 파헤치는 데 유용한 도구가 되어 줄 것이다. 이는 대개의 연구에서 60년대 작품과는 구분되는 통속소설이라고 평가받는 70년대의 장편소설들의 문제 의식 및 절필 사유를 추적하는 데에도 유용한 단서가 될 것이다.

이 성 모티프는 김승옥 소설에서 대체로 남성 인물과 여성 인물의 관계와 관련하여 나타난다. 김승옥 소설에 등장하는 남성 주체는 자신의 정체성을 재구성하고 자신이 처한 억압적 현실에 영합하기 위해 여성 타자를 필요로 한다. 이런 남성들에게 있어 여성 인물의 범주는 대개 '누이'와 '매춘부' 계열로 대별된다. 이는 여성을 처녀/창녀로 구분하는 오래된 이분법과 일치하나 그 구분이 유동적이며 양가적이라는 특징이 있다. 김승옥 소설에 등장하는 여성들은 대개 죽거나, 자살하거나, 침묵하거나, 강간당하거나, 버려지거나, 몸을 파는 등 훼손되는 양상으로 그려진다. 이는 남성 인물의 심리가 투사되는 핵심표상을 넘어서 김승옥 소설이 한국사회에서의 근대화와 여성이 맺는 함수 관계를 보여주는 것으로 볼 수 있다.[4]

그의 소설에서 여성을 훼손하고 태어난 남성 인물은 위악적인 현실의 세계에서 이미 주체를 상실하고 타락한 방식으로 '자기 세계'를 만들어 간다. 이 과정에 나타나는 성장이란 결국 타락한 세계를 타락한 방법으로 용인하는 것을 의미한다. 그렇기에 '자기 세계'를 유지하기 위한 현실 조응 방식으로 '극기'를 추구할 수밖에 없는 것이다.

---

4) 이와 같은 시각에서 시사점을 제공하는 논문으로는 차미령, 「김승옥 소설의 탈식민주의적 연구」(서울대학교 대학원 석사학위논문, 2002.)가 있다. 관심의 방향에서는 본 논문의 의도와 다르나 여성 인물의 의미에 주목하고 있다는 점에서는 특기할 만하다.

1. 극기로 만든 자기 세계

1) 생명 의식과 현실 원리의 대결

「생명연습(生命演習)」은 김승옥의 등단작이면서 산문시대 동인들과 만나는 데 계기가 된 작품이기도 하다.[5] 특히 이 작품은 이후 작품세계의 원형이 된다는 점에서 주목할 만하다.

「생명연습」은 대학생인 나와 오십이 넘은 한 교수의 대화를 통해 두 가지의 이야기가 교차 구성되면서 진행된다. '극기'라는 주제로 시작된 이야기는 나의 유년시절과 한 교수의 청년시절에 대한 회상을 불러온다. 나의 유년시절은 형의 죽음이 있었던 어두운 과거이고 한 교수의 청년시절은 첫사랑을 저버린 기억이 지배하는 시간이다. 이 두 가지 이야기는 한 쪽의 작품 내적 의미가 포획되려는 순간 다른 에피소드의 삽입으로 중첩되고 있다. 이로 인해 독자는 두 이야기 사이의 연결에 난해함을 느끼며 동시에 각 에피소드들이 가진 작품 내적 의미 파악에 어려움을 느끼게 된다. 이런 서사 전략은 작가가 다루기 힘든 내밀한 주제를 은폐하기에 적합한 방식이다. 이는 작품 해독의 실마리가 될 만한 부분을 수수께끼로 남겨 놓은 채 다른 에피소드로 건너뛰어 연민이나 동정에 빠지는 것을 금지하고 있다.

이 작품에서 전면적으로 부각되는 것은 '자기 세계' 형성이란 문제이다. 그런데 여기서 주목해 볼 부분은 '나'가 느끼는 그 '자기 세계'의 이미지이다. 나에게 있어 '자기 세계'란 왠지 음습하고 어

두운 "지하실" 같은 세계이다.

　'자기 세계'라면 그것을 가지고 있는 사람을 몇 명 나는 알고 있는 셈
이다. '자기 세계'라면 분명히 남의 세계와는 다른 것으로서 마치 함락시
킬 수 없는 성곽과도 같은 것이 아닌가 생각한다. 그 성곽에서 대기는 연
초록빛에 함뿍 물들어 아른대고 그 사이로 장미꽃이 만발한 정원이 있으
리라고 나는 상상을 불러 일으켜보는 것이지만 웬일인지 내가 알고 있는
사람들 중에서 '자기 세계'를 가졌다고 하는 이들은 모두가 그 성곽에서
도 특히 지하실을 차지하고 사는 모양이었다. 그 지하실에는 곰팡이와
거미줄이 쉴 새 없이 자라나고 있었는데 그것이 내게는 모두 그들이 가
진 귀한 재산처럼 생각된다.[6]

　이런 '귀한 재산'처럼 여겨지는 '자기 세계'를 가지기 위해 「생명
연습」에 등장하는 인물들의 노력은 기이하기까지 하다. 자신의 눈
썹을 밀어 버린 학생, 생식기를 잘라 버린 전도사, 밤중에 몰래 수
음하는 선교사, 사랑하는 여자를 짓밟고 유학을 떠나는 한 교수,
비뚤어진 선에 집착하는 만화가 오 선생, 근친상간의 욕망을 짓누
르기 위해 외간 남자를 끌어들이는 어머니, 그런 어머니를 죽이자
고 모의하는 형, 가정을 지키기 위해 거짓된 작문을 쓰는 누나, 형
을 벼랑에서 밀어 버리는 데 동의하는 나 등 이들은 "곰팡이와 거
미줄이 쉴새 없이 자라나고" 있는 "지하실"을 '자기 세계'로 가지
기 위해 무언가를 극기(克己)로 이겨내고 있다. 그 대립에서 승리
하지 못할 경우에는 어머니처럼 미쳐 버리거나 형처럼 자살하는

---

6) 「생명연습」, 전집 1, p.26.

수밖에 없기 때문이다.

하나의 세계가 형성되는 과정이 한마디로 얼마나 기막히다는 것을 나는 잘 알고 있다. 그 과정 속에는 번득이는 철편(鐵片)이 있고 눈뜰 수 없는 현기증이 있고 끈덕진 살의가 있고 그리고 마음을 쥐어짜는 회오(悔悟)와 사랑도 있는 것이다.[7]

이렇게 지독한 과정을 겪어야만 형성될 수 있는 '자기 세계'의 정체성은 위악적인 질서에 편입할 수 있는 '자기 근거'를 마련하는 것이다. 외부 세계의 폭압성에 대한 삶의 방어는 타락한 방식으로 진행되지 않을 수 없다. 자신의 생존을 위해서 남에게 해를 끼치는 행위로부터, 더 근원적으로는 자신이 살아 남기 위해서는 남을 죽이는 행위로부터 온다. 이는 그의 소설에서 타인을 파멸시키려는 욕망은 '자기 세계'로 나타나는데,[8] 이 타락한 방식을 용인하고 받아들이는 과정은 자연히 죄의식을 양산하게 된다.[9] 결국 이 "지하실"로 표현된 '자기 세계'란 죄의식에 대하여 태연할 수 있어야 하며 오히려 그것을 외면하고 삶에 뛰어들 수 있는 위악적 자세를 가

---

7) 「생명연습」, p.30.
8) 정희모는 김승옥의 소설에서 '자기 세계'는 타인을 파멸시키려는 욕망과 동시에 자신을 학대하고 스스로를 파멸로 이끄는 자해 의식의 이중적 행위 속에 성립된다고 보고 있다. 이는 「건」에서 윤희의 윤간이나, 「환상수첩」에서 선애의 죽음 등으로 바로 타인의 파괴를 통해 자신을 파멸하려는 '의식의 조작'을 명쾌하게 보여주고 있다는 것이다. 그러나 타인을 파멸시키려는 욕망이라는 관점에는 동의하나 자신을 학대하고 자해하는 의식이라는 점은 다시 생각해 볼 필요가 있다. 김승옥의 작품에서 이 '자기 세계'를 형성하고 살아가는 인물들은 위악적인 질서에 편입하기 위하여 타인을 파멸시키고 자신은 생존하는 인물로 나타나기 때문이다. 이는 「생명연습」의 '나'나 '한 교수', 「환상수첩」의 수영에게 대표적으로 드러난다. 하지만 「건」에서의 '나'는 아직 그 죄의식의 구체적 의미를 깨닫지 못한 소년이며 「환상수첩」의 '정우'는 결국 자기 세계를 형성하지 못한 채 자살을 했다는 점에서 '자기 파멸'로 보기에는 무리가 있다고 생각된다. 정희모, 앞의 글, p.61.

져야만 형성될 수 있는 세계이다. 그렇기에 '자기 세계'를 지켜 가기 위해서는 끊임없이 "현기증"과 "살의", "회오"와 "사랑"의 양가적인 감정 속에서 죄의식을 유발할 수밖에 없는 쪽을 택해야만 하는 것이다. 이는 "의식 내부의 섬세한 조작"[10]이 있어야만 가능한 세계이며 결국 이런 과정들을 겪어낼 수 있는 극기가 있어야 가능한 것이다. 이렇게 그 극기의 과정을 거쳐야만 형성되는 것이 바로 '자기 세계'이다. 이 세계는 그 안에서 나름의 질서를 확립하고 견고한 성곽을 쌓고 있지만 그러나 그 안에도 균열은 있다.

만화로써 일가(一家)를 이룬 오선생 같은 분도, 좀 이상한 얘기지만 일을 하다가 문득 윤리의 위기 같은 걸 느낄 때가 있다, 라고 내게 말씀하시는 때가 있다. 윤리의 위기라는 거창한 말을 쓰고 있지만, 내가 보기엔 작은 실패담이라고나 할 수밖에 없는 일인데 당사자에겐 퍽 심각한 문제인 모양이다. 이야기인즉, 하얀 켄트지를 펴놓고 먼저 연필로 만화 초(草)를 뜬다. 그리고 나면 펜에 먹물을 찍어 연필 자국을 덮어 그리는데 직선을 그려야 할 경우에 어쩐지 자꾸 손이 떨려서 그만 자를 갖다대고 그려버릴 때가 가끔 있다는 것이다. 그렇게 해서 다 그리고 난 뒤에 작품을 보고 있노라면 어쩐지 자꾸 그 직선 부분에만 눈이 가고, 죄의식

---

9) 류양선은 김승옥 소설에 깊이 잠복되어 있는 이 죄의식을 인간이 지닌 성적 욕망에 관련되어 있다고 보고 있다. 특히 「생명연습」의 한 교수, 영수, 어머니의 '자기 세계'가 성욕과 관계되어 있음을 지적하고 특히 스스로 생식기를 잘라버린 전도사와 수음을 하는 애란인 선교사는 작가가 성적 욕망을 기독교적 원죄의 개념으로 이해하고 있다고 한다. 이는 흥미로운 관점으로 본고에서 '자기 세계' 형성의 특징으로 보는 관점과도 어느 정도 일치한다. 그것이 기독교적 원죄 개념까지 맞닿아 있는가 하는 점에는 회의가 들지만 그러나 어느 정도 파장은 있다고 생각되기 때문이다. 류양선, 「김승옥의 소설 세계 또는 '서울, 1964년 겨울'에 유폐된 영혼」, 『작가연구』 제6호, 1998년 하반기, pp.19~20.
10) 김현, 「구원의 문학과 개인주의」, 『현대한국문학의 이론/사회와 윤리』, 김현 문학전집 2, 문학과지성사, 1991, p.74.

이 꿈틀거린다는 것이다. 그리고 독자들이 이렇게 외치는 소리가 들리는 듯하다고 한다. 그건 당신의 선(線)이 아니다. 그것은 직선이라는 의사 밖에는 가지고 있지 않은 자「尺」의 선이다. 당신은 우리를 속이려 하는 구나, 라고.

형 같은 경우는 아예 비길 수 없이 으리으리하게 확립된 질서 속에서 오선생은 살고 있는 것이지만 긍정이라든지 부정이라든지 하는 따위의 의미를 일체 떠난 순종의 성곽 속에도 밤과 낮이 있는 모양이었다.[11]

'자기 세계'를 가졌으나 불안을 느낄 수밖에 없는 것은 훼손된 양심을 느끼고 있기 때문이다. 오 선생이 느끼는 위기는 독자의 시 선이라 명명된 자기 안의 양심에서 비롯된 것이다. 자를 대고 그려 야만 하는 '자기 세계'는 위선으로 형성된 세계이다. 이는 "직선이 라는 의사밖에 가지고 있지 않은" '자(者)', 즉 어떤 절대적인 윤리 를 가진 존재를 의식하는 나에게 죄의식을 던져 준다. 이는 "긍정 이라든지 부정이라든지 따위의 의미를 일체 떠난" 판단을 인위적 으로 정지한 '자기 세계'에도 균열을 가져오는 무엇이다.

그것은 '나'가 어린시절 훔쳐 보았던 애란인 선교사의 수음 장면 에서 깨달은 '자기 세계'의 이면에 존재하는 어떤 것과도 일치한다. "일요일에 교회에서만 선교사를 대하는 신도들에게는 도대체 상상 될 수 없는" '자기 세계'를 가진 선교사의 수음 장면은 '나'에게는 "고독한 자세"이자 "기나긴 방황"으로 기억된다. 이는 '나'와 '누 나'에게 어떤 절대적인 윤리마저도 포획할 수 없는 인간 내부의 욕 망이 존재하며 그러기에 "사람은 다면체(多面體)"란 사실을 깨닫게

---

11) 「생명연습」, pp.43~44.

했던 일화이기도 하다. 때문에 수음을 하기 전 항상 "바람에 실려오
는 소금기를 냄새맡는" 선교사의 행위는 자신의 '생명'을 확인하는
애처로운 몸짓일 수밖에 없다. 그러나 그 장면은 나에게는 오히려
죄의식을 전혀 포함되지 않는 '생명' 의식의 발현으로 비쳐진다.

우리의 왕국에서는 우리는 그렇게도 항상 땀이 흐르고 기진맥진하였
다. 그러나 한 오라기의 죄도 거기에는 섞여있지 않는 것이었다. 오히려
거기에서 우리는 평안했고 거기에서 우리는 생명을 생각하고 있었다. 낮
에 우리는 가끔 그 선교사가 자동차를 타고 지나다니는 것을 본 적이 있
지만 전연 딴 사람처럼 명랑해 보였다. 명랑하게 달려가는 자동차의 뒤
에서 우리는 늘 미소를 가질 수 있었다. 다시 한번 말하거니와 우리가 꾸
며 놓은 왕국에는 한상 끈끈한 소금기가 있고 사그락대는 나뭇잎이 있고
머리칼을 나부끼는 바람이 있고 때때로 따가운 빛을 쏟는 태양이 떴다.
아니 이러한 것들이 있었다기보다는 우리들이 그것을 의식하려고 애쓰
고 있었다고 하는 게 옳겠다. 그러한 왕국에서는 누구나 정당하게 살고
누구나 정당하게 죽어간다. 피하려고 애쓸 패륜도 아예 없고 그것의 온
상을 만들어 주는 고독도 없는 것이며 전쟁은 더구나 있을 필요가 없다.
누나와 나는 얼마나 안타깝게 어느 화사한 왕국의 신기루를 찾아 헤맸던
것일까![12]

그 "화사한 왕국"은 다만 "신기루"에 지나지 않는 것이었지만
'나'의 기억 속에는 뚜렷이 남아 있다. "끈끈한 소금기"와 "나뭇
잎", "바람"과 "태양"을 의식하고자 애쓰는 것은 인간의 그 모든

---

12) 「생명연습」, p.40.

"다면체"적인 모습이 "생명"에서 근거하는 모순의 결합이라는 것을 확인하고자 하는 의도이다. 성경의 말씀과 수음의 욕망이 선교사라는 하나의 존재를 통해 공존하고 있다는 사실은 "유일한 동맹"이었던 나와 누나가 형과 어머니의 "차디찬 오해"가 첨예하게 만들어내는 비극 안에서도 그 "비밀왕국"에서만은 "평안과 생명"을 느낄 수 있게 하는 힘이다. 그 "화사한 왕국"의 규율엔 "패륜"도 "고독"도 없다. 어떠한 제한도 없이 "생명" 의식만이 자유롭게 싹 틀 수 있는 곳이기에 억지로 '자기 세계'로 다잡아야 하는 모순이 존재하지 않는 것이다. "누구나 정당하게" 자기 몫의 "생명"을 다할 수 있는 세계이지만 그것은 현실에서는 존재할 수 없는 "신기루"의 "화사한 왕국"일 뿐이란 것을 어린 남매는 깨달은 것이다.

"성령을 받고" 자신의 생식기를 절단해 버린 전도사의 행위는 신앙과 믿음을 증명하기 보다는 오히려 신을 잃은 근대적 인간의 불안을 상징한다. 그가 '거세'를 통해 증명하는 것은 '우리들'의 신(神)이 아니라 다만 자신만이 만든 신일 뿐이다. 따라서 그것 역시도 '극기'의 일종이 되는 것이다. 따라서 '나'가 '전도사'를 통해 본 것은 성령의 재림이 아닌 이념을 상실한 고독한 존재의 극단적 몸부림이다.[13]

이렇게 '자기 세계'라는 상징계 진입을 위해서는 무의식적 욕망을 대상화하여 승화[14]시켜야 한다. 그러나 이 승화 후에 얻게 된 것들은 모두 결국 하나씩의 기표를 갖고는 있지만 전도사, 선교사, 교수 등 오히려 그 안에서 주체는 소외되고 왜소해지는 결과를 초래하게 되는 것이다. 그렇게 왜소해진 주체를 달래기 위해, 상징계

---

13) 이와 같은 관점으로는 박은태, 『자기 세계의 구조와 성장의 의미 – 김승옥론』, 『문창어문논집』 제38집, 2001. 12, p.235 참조.

의 기표에 함몰되어 살아가는 삶을 유지하기 위해 한밤중에 몰래 수음을 하고, 자신의 성기를 잘라내며 '극기'해야만 하는 것이다.

「생명연습」의 성(性)은 자기 확인의 의미를 띠고 있다. 그러나 이 작품에 등장하는 인물들은 생명의 원초적인 욕망에 대해 죄의식을 가지거나 혹은 욕구 자체를 억제함으로써 '자기 세계'를 형성하는 데 성공한다. 그 욕망을 표면으로 드러내 치열하게 고민하는 인물들은 오히려 그로 인해 정상적인 삶에 적응하는 데 실패한다. 아버지를 닮은 외간 남자를 끌어들이는 것으로 욕구를 해소하는 어머니를 형은 단죄하려 한다.[15] 형은 "이 세상에 있지 않은" "다락방"

---

14) 프로이트는 특정한 대상에 대한 성적 충동의 시도를 지연시키거나 대상 자체를 교체함으로써, 성적 좌절이 초래할 수 있는 병적인 요인의 영향력에 과감하게 맞설 수 있다고 보고 있다. 이는 개인의 충동을 사회적으로 용납된 생각이나 행동으로 전환함으로써 대상의 결핍으로 인한 병의 발생을 저지하는 심적 과정의 일환으로 문화적이고 사회적인 성격을 띤 이 과정을 '승화'라고 일컫고 있다.
프로이트, 임홍빈·홍혜경 역, 「발달과 퇴행의 관점들 – 병인론」, 『정신분석강의』, 2003, pp.464~467.

15) 자본주의와 가부장제의 물질적 기반을 이루는 현재의 가족제도는 가족을 유지하는 데 도움이 되지 않는 성을 배제한다. 특히 남성의 성은 본래적이고 충동적이고 자제할 수 없을 만큼 강하고, 여성은 선천적으로 성에 대한 관심이나 욕구가 없다는 성차별적인 신화가 보편적 담론이다. 그런 가운데 성을 생식을 위한 성과 쾌락을 위한 성으로 이원화하는 것이 보통이다. 그러나 여성의 성이 가족의 생계 유지라는 어쩔 수 없는 현실 아래 쾌락의 도구가 되는 것은 오히려 순애보가 되어 왔다. 일제 시대 농민극의 '딸 팔기' 모티프나 전후문학에 자주 등장하는 '양공주' 모티프, 혹은 70년대 대중소설의 한 축을 이루었던 호스테스 문학 등이 그것이다.
그런데 「생명연습」의 어머니는 경제적인 이유라기보다는 자신의 욕구에 의해 외도를 하는 것으로 형에게 비쳐진다. 그리고 그것은 형이 동생들에게 어머니를 죽이자고 말하는 데 정당성을 부여한다. 또한 그에게 "스스로 성자의 지위"를 갖는 것을 가능하게 한다. 그러나 사실 어머니의 이런 행위는 아버지를 닮은 형에 대한 근친상간적 욕구에서 기인하는 것을 볼 수 있다. 대체 가장을 찾기 위한 것도, 생계를 해결하기 위한 것도 아닌 어머니의 부정(不貞)은 자신의 욕망을 은폐하려는 몸짓이다. 따라서 그 욕구를 자제하려는 '극기'의 일종으로 외도를 하고 있는 것이라 할 수 있겠다. 관계된 예문은 다음과 같다.
"왜 어머니가 사내를 집안으로 끌어들였는지 그리고 우리에게 아무런 인사도 시키지 않았고 말도 못 건네게 하였는지 그때는 아무래도 이해할 수가 없었다. 풍족하진 못했지만 돈이 없다고 짜증을 부리거나 불만을 가진 사람은 집안에 아무도 없었다. 그렇다고 사내를 우리들에게 아버지처럼 행세시키려 드는 눈치도 아주 없었다." 「생명연습」, 전집 1, p.36.

에서 "지옥을 지키는 마귀"가 되어 "전쟁"을 계획한다. 그러나 결국은 이 역시 패배할 수밖에 없는 아버지의 윤리에서 비롯된 것이었다. 아버지의 윤리는 "이 세상에 있지 않은 다락방"처럼 이미 부재하는 것이다. 누나와 나는 이미 그 윤리가 부재함을 알고 있기에 어머니를 선택한다. 그리고 어머니의 외도를 가족이라는 틀을 유지하기 위한 몸짓으로 이해하며 '극기'를 시도하는 누나와 나는 형에게 공감하면서도 그를 '배반'할 수밖에 없다. 그로 인해 형은 자살을 택하고 그 "전쟁"의 공모자였던 어머니는 미쳐 버리는 것으로 막을 내린다.

형과 어머니의 "차디찬 오해"는 이렇게 결국 같은 지향점을 가진 것이었다. 형은 아버지를 대신하는 역할로서, 어머니는 끊임없이 아버지를 추구하는 자세로써 사실은 공감을 나누고 있었다. "형에게 얻어맞을 때" 보였던 어머니의 "영원한 복종과 야릇한 환희"는 "어떤 의사이전(意思以前)의 절대적 지시"인 아버지의 윤리를 인정하는 모습이었던 것이다.

결국은 어머니의 세계와 아버지의 세계가 대립할 수밖에 없는 것이며 그 과정에서 어머니의 세계를 짓밟지 않으면 이 성 인식은 통과할 수 없는 것이다. 특히 어머니의 세계를 극복하기 위해 어머니의 부정과 대면해야 한다는 점에서 편모슬하가 뜻하는 결핍은 젊은이로 하여금 괴로운 자의식에 빠져들게 하고, 허영과 모험을 무릅쓰게 하는 모든 욕망의 원류와 다를 바가 없다.[16] 생명이 분출되는 곳은 아버지의 눈을 피해 숨은 지하실이어야만 하며 그 지하실에서 진짜 주체의 생명이 숨쉴 공간이 생긴다. 이성의 눈을 피해

---

16) 황종연, 「성장소설의 한 맥락」, 『문학과사회』 34, 1996. 여름, p.706.

거미줄과 곰팡이로 오랫동안 꺼내올 수 없이 묵혀 두어야 하는 비밀스런 공간, 그런 원초적인 생명이 꿈틀대는 곳에서만 새로운 자유와 변혁이 있을 수 있다. 그러나 그것은 교회, 학교로 상징되는 당대의 이데올로기로서는 감당되지 않는 윤리의 위기로밖에 표출될 수 없는 것이다. 그 윤리 의식을 탈선한다는 것, 비뚤어진 선을 긋는다는 것은 아버지의 세계에서 살 수 없다는 위기 의식을 불러일으키는 것이기도 하다.

형의 자살로 확인된 아버지의 부재는 대상화할 수 있는 가치의 부재를 의미한다. 대상화할 가치가 없다는 것은 더 이상 강요되는 선택의 기준이 없음을 의미한다. 선택의 기준이 이미 존재할 때의 선택은 강요된 것이기 마련이다. 이미 선택해야 할 것이 제시되어 있으므로 선택의 자유는 억압되기 때문이다. 그러나 선택이 기준이 되는 가치가 부재한다는 것은 스스로 선택할 수 있는 자유를 주는 한편, 그 선택에 대한 책임도 막중한 것이다.

근대적 자유의 개념에 기반한 시민사회의 성립 가능성을 제시해 주었던 4·19와 경제적 근대화를 기치로 한 5·16은 이 작품이 쓰여질 당시를 대표하는 이념이다. 역사적 현실 안에서 이 두 가지 이념은 상호배타적인 선택의 문제를 야기했다. 그러나 자유로운 생명 의식을 갈구하는 표현이 오히려 죄의식이 되는 상황은 당대의 현실을 은유한다. '성'으로 상징되는 4·19의 '자유'와 '생명' 의식은 5·16이 만든 시장의 논리에 의해 속악화된 현실에 의해 희생된다. 생명이 우선시되는 욕망을 발견하고 처단하는 것은 '자기 세계'의 주인 기표가 되어 버린 속악화된 현실로 가기 위한 통과의례이기도 하다. 때문에 본래적 자아의 욕망을 상징계의 질서에 통합하기 위해 통과의례를 거쳐야 하고 그 의식을 거친 이들이 가진 것이 '나'에게는 '자기 세계'로 읽힌다.

'나'에게 '자기 세계'를 가진 인물로 보이는 한 교수의 이야기는 그 자기 세계를 형성하는 과정이 얼마나 위악적일 수밖에 없는가를 보여준다. 한 교수는 자신이 꿈꾸는 도시로 유학을 가기 전 갈등상황에 놓인다. 사랑하는 정순과의 결혼과 런던 유학은 양쪽 모두 어느 한 쪽의 선택만을 강요하는 대립항이다. 이런 한 교수에게 정순은 "자기의 운명을 만들어낼 수 있는 것은 반드시 자기만은 아니라는 걸 적어도 알고" 있으며 "설령 그것이 당시 인습의 강요로 얻은 사고방식이라 할지라도 곁에서 보기에 아슬아슬하다거나 하는 느낌은 전연 가질 수 없도록 무어랄까 확신을 가지고 있는 듯"한 자기 정체성이 분명한 "한마디로 총명한 여자였다." 그런 정순은 한 교수를 "리얼"하고 "적극적"이며 "가슴이 타도록" 사랑하면서도 "배암과 같은 이기심을 발휘하여" 한 교수에게 유학을 포기하고 결혼할 것을 종용한다.

정순은 자기 욕망에 충실하며 자기 목소리가 살아 있는 존재이다. 그에 비해 한 교수는 학우들 간에 "국화(菊花), 단(但), 남성(男性)"이란 별명을 가지고 있는 그야말로 남성다운 인물로 그려진다. 그러나 이미 앞서 살펴보았듯이 김승옥의 작품에 등장하는 남성은 건강한 생명 의식을 상실한 존재이다. 따라서 이 작품의 여성 인물과 남성 인물이 각각 가지는 특징적인 차이점은 성의 대립을 나타내고자 하는 의도가 아닌 이를 통해 상징되고 있는 '자기 세계'의 길항 관계로 보아야 할 것이다.

선택의 기로에서 한 교수는 정순을 희생시키고 학업 성취를 위해 런던으로 떠날 것을 결심한다. 이미 런던행을 결정한 한 교수에게 정순은 삭제해야 할 조건부가 된다. 세계의 질서에 편입하여 무엇인가를 성취하려면 이제 사랑과 같은 순수의 산물은 불필요한 잉여물이기 때문이다. 그 잉여물을 처리하기 위한 방법으로 한 교수는 대상을 억압하는 방식을 택한다. "말똥말똥한 의식의 지휘 아래" 그의 사랑이 '식어질 수' 있도록 하기 위하여 정순의 육체를 범해 버린다. 한 교수는 정순의 육체를 이성적인 의식의 지배 아래 희생시키며 누구라도 취할 수 있는 창녀로 끌어내림으로써 그 대상을 소유하겠다는 집착에서 벗어나고자 한 의도라 볼 수 있다. 이는 순결한 여성을 소유할 수 없다면 아예 대상을 타락시키고 그 타락한 여성을 대상으로 삼아 자기도 마음껏 타락해 버리려는 의도를 담고 있다. 사랑하는 여자와의 관계에서 보이는 행동이 아니라 결별을 위해 일종의 폭행에 가까운 행동으로 정순의 육체와 활기 넘치는 생명을 희생시킨다.

그러나 그 폭행에 대한 정순의 입장은 삭제된 채, 시간이 흐른 후 이미 죽은 자의 부음으로만 재등장한다. 한 교수의 '자기 세계' 입사를 위한 통과의례에서 정순의 활기찬 생명력이 희생양이 된 것이다. 한 교수가 유학을 통해 얻게 된 '합리주의와 개인주의'는 "감상(感傷)과 인사와 웃음"을 지불해야만 얻을 수 있는 서구적 질서이면서 '자기 세계'를 유지하기 위한 전제이다. 그렇기에 자연히 '자기 세계'를 성공리에 체득한 인간은 "냉혈동물"이 될 수밖에 없는 조건에 놓이게 된다.

김승옥 소설에서 이런 위악적인 질서로의 야합 과정에는 여성 인물의 처녀성 상실이 상례적으로 등장한다. 그러나 그 과정에서 상실된 것은 여성 인물이 표상하는 어떤 세계와의 단절을 의도하는 것으로 보인다. 이렇게 의도적으로 훼손되는 여성 인물들이 표상하는 것은 무엇인지 다음 항에서 살펴 보기로 한다.

2) 누이의 세계 배반하기

김승옥의 소설은 앞서 살펴보았듯이 '성장소설'적인 특징을 띤다. 그의 소설에 등장하는 인물들을 나이에 따라 열거해 보면 그대로 하나의 성장소설적 계보가 그려진다. 「건」과 「생명연습」, 「염소는 힘이 세다」는 유년시절을, 「누이를 이해하기 위하여」, 「환상수첩」, 「내가 훔친 여름」 등은 대학생 정도의 연령을, 그리고 「무진기행」, 「다산성」, 「60년대식」, 「야행」 등은 그보다 조금 더 성장한 성인의 자기 찾기의 문제를 다룬다.[17] 그렇다면 김승옥 소설에서 지속되는 주제란 자기 성찰이라는 요약이 가능하다. 그러나 성인 인물들조차도 여전히 '성장'에 집착하고 있다는 점은 근본적으로 이들의 성장을 불가능하게 하는 어떤 요소가 존재함을 의미한다. 일반적인 의미에서의 성장이란 미성숙한 세계를 벗어나 기존의 세계가 가진 가치를 내면화하는 것을 의미하기 때문이다.

김승옥의 소설에 지속적으로 등장하는 '자기 세계' 형성이란 이미 성숙한 성장이 불가능하도록 만들어진 어떤 특수한 조건에 대한 탐구를 의미하게 된다. 김승옥 소설에 있어 '성장'은 자본주의 사회를 향한 의식의 순례이다.[18] 자본주의의 현실 원리에 적합한 '자기 세계'에 입사하기 위해서 주인공들은 기존에 몸담고 있던 세계와의 결별을 감수해야만 한다. 한 세계와 결별하고 몸담게 되는

---

17) 이에 대해서 김명석은 "김승옥의 각개 작품에 등장하는 주인공을 하나의 인물로 가정하고 이를 나이에 맞춰 재배열하면 한편의 성장소설로 엮어낼 수 있다"고 보았다. 그러면서 이니세이션을 유년에서 성인사회로의 입문뿐만 아니라 범위를 확대하여 시골 청년의 서울 입문기를 다룬 「역사」와 「서울 1964년 겨울」까지도 포함시키고 있다. 김명석, 「김승옥 소설 연구」, 연세대학교 대학원 박사학위논문, 2000. p.37.

18) 정희모, 앞의 글, p.60.

'자기 세계' 입사 과정에서 희생양으로써의 반복적으로 나타나는 처녀성 상실은 그 통과의례가 가지는 의미를 상징적으로 나타낸다. 특히 김승옥 소설의 대부분이 아버지 없는 아들들의 성장기록이라는 점을 고려해 볼 때 이 입사 이전의 세계에 등장하는 여성 인물과의 관계는 각별한 의미가 있다고 볼 수 있다.

김승옥 소설에서 여성 인물들은 크게 '누이'와 '매춘부'의 이미지로 등장한다. 이는 여성을 처녀/창녀로 이분화하는 오래된 방식을 답습하고 있으나 특이할 만한 점이라면 남성 인물의 상황에 따라 여성 인물은 이 두 가지 이미지를 넘나든다는 점이다. 「생명연습」에서 한 교수가 "지극히 사랑하는" 정순은 "총명하고" "적극적"인 여자였다. 그러나 그는 유학 쪽을 선택하기 위해 "정순의 육체를 범해버리고" 그 "사랑은 식어질 수 있었다"고 회고한다. 또 「환상수첩」의 정우는 자기 스스로 인생을 개척해 보고자 하는 선애에 대한 "경원심"을 "육체적으로 정복"하는 것으로 해소한다. 그리고 선애에게 "순전히 성욕" 때문이었다고 변명하며 자신의 아이를 임신했을지도 모르는 선애를 영빈이 데리고 놀던 창녀와 맞교환해 버리기까지 한다.[19] 「다산성」의 '나'는 하숙집 딸 숙이를 "천사"라고 부르면서도 "그 여자가 탐이 난다"고 생각한다.

이렇게 여성 인물에 대한 양가적인 감정은 '선택'과 '책임'이라는 문제와 연결되며 '성장'과 밀접한 관련을 띤다. 상대를 원하면서도 그 관계에 대해 책임지기를 두려워하는 이들은 성인이지만 자아 정체성을 획득했다고는 볼 수 없는 인물들이다. 그 갈등은 「다산성」에 직접적으로 드러난다. '나'는 숙이에게 밖에서 만나자

---

19) 이로써 선애는 자기 주체를 가진 여성(경원심을 불러일으키는 성녀)에서 교환 가능한 물화된 대체물(성욕만을 해결하기 위한 창녀)로 전락한다.

는 쪽지를 주고는 혼란에 휩싸인다.

'세상 돌아가는 얘기나 해보았으면.' 배꼽 빠질 이유였다. 그 여자는 죽을지도 모른다는 생각도 우습기 짝이 없는 이유가 된다. 그런 생각 속에 숨어 있는 엄청난 기만, 교활, 위선을 과연 스스로 감당해 낼 자신이 있다는 얘기인지. 차라리 '그 여자가 탐이 난다'라고 말해보자. '탐', 그것을 우선 그 여자의 하반신을 나의 하반신에 밀착시키는 것이라고 생각해 보자. 그러면 이유는 훌륭하다. 그러나 그것만으로써 끝나버린 상태는 상상할 수가 없었다. '탐'의 대상도 선택되어진 것이니까 라고 생각하면 그 '탐' 속으로 자기를 무작정 몰아넣을 수는 있다. 그러나 선택 이후의 사태에 대한 책임을 지는 것은 지금의 내가 아니라 나중의 나이다. 책임지기가 싫어진다면 혹시 모르지만 만일 책임지고 싶어지고 그런데 그건 잘 안 되고 할 때는? 나중의 나로 하여금 갈팡질팡하도록 일을 만들어 놓는다는 건 그녀에겐 미안스러운 일이다. 제각기 인생은 제각기의 것이다. 참 옳은 말씀이다. 왜 쪽지를 썼던가. 혹시 나는, 한 인생과 다른 인생이 접합점을 가졌을 때엔 이 인생도, 저 인생도 동시에 좋은 방향으로 달라지리라고 상상하고 있었던 것일까? 여자, 그것은 스물다섯 살짜리 사내에겐 생활을 구입하는 많은 방법 중의 하나가 될 수 있으니까?

천사같은 여자, 그것은 나의 종교노릇을 할지도 모르니까? 하반신을 밀착시키고 싶다는 탐이 거짓된 이유인가? 그 여자는 죽을 지도 모른다는 추측이 거짓된 이유인가?[20]

헤겔에 따르면 사랑은 분리된 두 남녀가 불완전한 인간임을 깨닫

---

20) 「다산성」, 전집 2, pp.83~84.

고 '합일의 감정'을 획득하는 과정이다. 사랑은 불완전한 독립체로 자신을 인식하는 분리의 단계와 타인과의 합일의 감정을 이루는 통일의 단계를 연속적으로 경험하기에 '모순의 동기인 동시에 모순의 해소'라 할 수 있다. 또 그런 까닭에 사랑은 인간이 스스로를 이해하고 스스로를 규정하는 매개체, 즉 개인의 실존을 비추는 거울이 된다.[21] 사랑을 확인하는 두 인격체의 관계는 서로간의 개방성과 민감성, 그리고 신뢰와 권력의 균형이 바탕이 되어야 한다는 것이다. 따라서 사랑은 수동적인 감정이 아니라 능동적인 활동이다.[22]

그러나 '나'는 숙이와의 관계에서 펼쳐질 미래에 대한 어떠한 확신도 가지고 있지 못하다. '지금의 나'와 '나중의 나'를 분리하는 구분부터가 그 선택의 책임을 회피하려는 가정에서 비롯된 욕망이다. 이는 새롭게 펼쳐질지도 모르는 관계에 대한 진지한 사색 후의 선택이었다기보다는 행동 후에 자신조차도 의문을 갖는 그저 충동적인 '탐'에 지나지 않았다는 고백이다. 이런 '나'의 행동은 「환상수첩」에서는 영빈의 빈정거림에 "핀잔"을 받고 싶지 않다는 오기로 "울멍거리는" 심정을 감추고 선애를 영빈에게 양도한다. 그리고 그 일은 선애의 자살을 유발하지만 그에 대해서도 정우는 회피로 일관한다.

유리창에 뿌옇게 서렸던 입김은 어느새 사라져 버렸다. 나는 다시 입김을 내뿜어서 뿌옇게 만들었다. 그리고 손가락으로 거기에 '선애'라고 써보았다. '미안하다'라고도 써보았다. 미안하다니? 얼마나 무책임한 언

---

21) 르네 지라르, 김치수, 송의경 역, 『낭만적 거짓과 소설적 진실』, 한길사, 2002, p.232.
22) 에리히 프롬, 정정호 역, 『사랑의 기술』, 범우사, 1999, p.41.

어인가? 그렇다고 무엇이 책임있는 말이고 무엇이 책임없는 얘기인지도 구별할 수 없었다.[23]

'책임'과 '무책임'의 경계조차 구분할 수 없는 정우의 모호한 의식 상태는 치밀한 계산으로 정순을 범하는 「생명연습」의 한 교수와 다를 게 없는 인간적인 관계 회복의 가능성이 남아 있지 않은 상태이다. 실존주의적 모럴에서 모든 주체는 투기(投企)를 통하여 구체적으로 자기를 초월자로 내세운다. 그는 다른 자유를 향해 끊임없이 자기를 초월함으로써 자기의 자유를 완성한다. 무한정 열려 있는 미래를 향해 성장, 발전하는 것만이 눈앞의 실존을 정당화하는 길이다. 초월이 내재로 떨어질 때마다 실존은 즉자 존재로 타락하고 자유는 사실성으로 타락한다.[24] 그러므로 자신조차 통합할 수 있는 능력조차 갖추지 못한 불완전한 주체는 당연히 타자와의 관계에서 역시 합일을 기대할 수 없다. 이에 비해 그런 남성 인물에게 희생되는 여성 인물들은 자기 정체성이 분명한 주체로서 남성 인물들의 현재 위치하고 있는 의식의 실제를 비추고 의식하게 하는 거울 역할을 하고 있다. 또한 대부분의 작품에서 여성 인물들은 희생양이 됨으로써 그 역할을 더욱 확고히 해낸다.

「생명연습」에서 정순의 강간에 가까운 겁탈, 「건」의 윤희의 윤간, 「염소는 힘이 세다」의 누이의 강간, 「환상수첩」의 선애의 자살과 진영의 윤간 , 「누이를 이해하기 위하여」의 누이의 이 년간의 침묵 등 김승옥의 작품에 등장하는 처녀성의 훼손은 성(性)의 불모성을 드러내는 동시에 세계의 폭력성을 상징한다. 주인공인 남성 인

---

23) 「환상수첩」, 전집 2, pp.21~22.
24) 시몬느 드 보부아르, 강명희 역, 『제2의 性』, 하서, 2004, p.31.

물들의 순수했던 시절을 독려했던, 가장 따뜻한 후견인이었던 그
녀들은 바로 그 남성 인물들의 '자기 세계' 입사에 바쳐진 희생양
이 된다.

이 여성 인물들은 아직은 어리고 순수한 남성 인물들의 글쓰기와
그림 그리기, 바다와 동물로 상징되는 생명과 순수의 세계를 독려
하는 순결한 '누이'로 등장한다. 어린 자아가 희구하는 것은 생명
이 자라는 세계이다. 그 세계에서는 돼지가 자라고(「생명연습」) 토
끼가 뛰놀며(「환상수첩」) 염소가 힘이 세다(「염소는 힘이 세다」). 꽃이
만발하고 하얀 파도가 부서지는 바다가 존재하며(「생명연습」) 그림
과 글쓰기의 자기 표현 욕망이 가능한 평안한 공간(「생명연습」, 「건」)
이다. 이는 언어 이전의 침묵이 존재하는 세계, 상징계 이전의 상
상계적 세계이기도 하다. 보통 육체적 자장에서 정신적 자장의 변
이는 자연적 삶으로부터 차츰 인위적 질서가 지배하는 세계로의
인식 변화를 강요하게 된다. 이때 성장하는 아이는 일대 혼란에 빠
져 엄청난 갈등과 고통을 감내하며 차츰 생명의 근원이요, 모태요,
요람인 모성의 둥우리를 박차고 아버지의 자장으로 넘어가는 길을
택한다.[25] 김승옥의 소설에서도 모성의 역할을 하고 있는 누이의
세계는 '성장'을 담보로 지양되어야 할 세계로 부정된다.

누이의 세계가 가지고 있는 위로와 평안은 등단작 「생명연습」에
서부터 등장한다. "어머니는 영혼을 사러 다니는 마녀와 같다고 형
은 경계하고 있었고 한편, 형은 빈틈을 쉬지 않고 노리는 어떤 악
한 세력이라고 어머니는 생각하고" 있는 "아버지의 사망" 후에 비
롯된 서로간의 "차디찬 오해"는 전형적인 오이디푸스적인 상황이

---

25) 주종연, 『한독민담비교연구』, 집문당, 1999, p.23.

다. 어머니와 형 사이에 가로놓인 오해는 "상상의 바다를 설정해 놓고 그곳을 굳이 피하려고 하는 뱃사람들처럼" 간단하게 해결될 수 없는 "운명적인 요구"에 얽힌 끈끈한 욕망에서 비롯된 것이다. 그 관계를 개선해 보려는 의도로 누나가 쓴 작문은 "거의 완전한 허구였"지만 "그러나 최후의 노력"일 수밖에 없다. 그렇지만 형은 그 작문을 "일종의 극기"로 규정하고 "남들에게는 지극히 평범하고 세속적인 관계일 수밖에 없는 것이 내게는 왜 이렇게 험악한 벽으로 생각되는지, 나는 참 불행한 놈이다"며 "어떻게 대처해야 할지 모르겠다"고 솔직히 호소한다. 이는 외면하고 덮어 두려던 가족의 비밀을 누설한 셈이 되는 것이다. 이렇게 된 이상 나와 누나는 미래를 눈감아 버릴 수 없기에 '선택'을 해야 했다. 그래서 나와 누나는 형을 '배반'하고 결국 "등대가 있는 낭떠러지에서 밤 파도가 으르릉대는 해변으로 형을 떠밀었다." 그 바다는 "어린 가슴에 평안을" 느끼게 해주었던 바다였고 애란인 선교사가 수음 전에 '생명'을 부여받던 바다였다. 그 바다로 절망의 근원인 형[26]을 떠밀고 "우리는 성장하고 만 것이다." 그것은 "누나의 나에 대한 최대의 애정 표시"였던 조용한 음성으로 작문을 읽어 주던 시간과도, 뒤꼍의 돼지를 길러내던 시간과도 결별해야 함을 의미한다. 이렇게 생명이 넘치던 시간은 '성장'을 기점으로 상실된다.

---

26) 이 작품에서 '생명의 에너지'를 상징하는 바다가 형에게는 '죽음'을 의미한다. '나'가 형을 따라 산책나간 바닷가에서 본 풍경은 형의 폐병과 어머니와의 갈등을 예감하게 하고 결국 형은 "등대가 있는 그 낭떠러지에서 스스로 몸을 던져 죽은 것"으로 마감되기 때문이다. "바닷물은 빠지고 있었고 바위들은 금방이라도 벌떡 일어서서 나를 둘러싸고 기분 나쁘게 웃어댈 듯이 시커멓게 웅크리고 잠들어 있었다. […중략…] 그때 바다 저편에서 들려오듯이 아득한 형의 노래가 들려온 것이었다. 바닷속으로 바닷속으로 비스듬히 가라앉아 가는 듯한 환상 속에서 나는 형의 폐병을 예감했을 것이었다. 아니다. 그 이상의 것을 -형을, 동시에 어머니를, 알았을 것이었다." 「생명연습」, p.32.

「생명연습」의 누나는 「건」에서는 그림에 재능이 있는 소년인
'나'를 격려해 주는 미영이와 윤희 누나로 등장한다. 미영은 '나'에
게 크레용을 가져다 주고 윤희 누나는 심이 굵은 4B 도화연필을
줌으로써 '나'의 그림 그리기를 독려하는 데 반해 형은 조소한다.[27]
미영이와 윤희 누나는 '나'의 정체성을 인정해 주는 후원자이고 위
로를 주는 보호자인 동시에 연인이다.[28] 그러나 「건」의 현재 시점
의 서사는 미영이는 이사를 갔고 윤희 누나가 준 4B연필은 "도둑
맞았다"로 시작된다. 이 시작부터가 여성 인물의 상실과 훼손을 암
시한다.[29] 그리고 빨치산의 시체를 치우는 장면을 목격하며 현기증
을 느낀 '나'는 무전여행 계획이 틀어진 형 일당의 윤희를 먹어치
우자는 "무서운 음모"에 "간단한 말을 전해 주는 그런 책임이 희박
한 행위로써 가담하는 것이" 아니라 적극적으로 협조한다. 그것도

---

27) 형의 무전여행 계획을 묻는 '나'에게 형은 "그럼. 청년의 꿈은 어디든지 여행할 수 있는 거
다. 그렇지만 너 같은 빼빼는 아무리 자라도 이런 일을 못한다. 저 방에 가서 염소 그림이
나 그리고 엎드려 있어. 어서 가."(「건」, 전집 1, p.49)라고 '나'를 몰아내 버린다. 형에게
있어 그림 그리기는 약하고 어린 존재나 하는 놀이에 불과한 것으로 취급된다. 그러나 이
에 반해 여성 인물인 미영과 윤희 누나는 '나'의 그림 그리기를 재능으로 인정해 주는, 즉
'나'의 정체성에 대해 인식해 주고 존중해 주는 존재라는 점에서 남성 인물인 형과 대비된
다.
28) '나'가 잊을 수 없는 놀이 공간이 방위대 본부의 '지하실'이라는 점은 「생명연습」의 '자기
세계'의 이미지인 '지하실'과 겹쳐 생각할 만하다. 「건」의 '나'는 "하루종일 그 지하실에
틀어박혀 우리들은 얼마나 가슴 뛰는 놀이를 하였던가."라고 회상한다. 그 가슴 뛰는 놀이
란 아이들의 찬사를 들으며 그림을 그리는 것이었는데 '나'는 어느 날 "자신도 알지 못하
는 사이에 미영이를 불쑥 안아버린다"거나 미영이가 빈 집으로 돌아올 것을 기대하는 것으
로 애정을 표현한다. 또 빨치산 시체를 치우는 것을 목격한 후 "나의 피로를 윤희누나만은
풀어 줄 수 있을 것 같았다"는 생각으로 윤희누나가 "나의 뜨거운 이마에 손을 얹어 주었으
면" 하고 위로받기를 원하는 것으로 나타난다.
29) 미영이가 하얀 벽에 하얀 크레용으로 그림을 그릴 것을 요구했던 회상이나 빨치산 습격 다
음 날 만난 윤희 누나가 "쓸쓸하도록 갑자기 찾아온 가을 속에서 윤희 누나가 그 한복차림
때문에 물이 증발하듯이 어디론가 스르르 날아가 버릴 것만 같은 느낌이 자꾸 들어서" 어
깨가 움츠러드는 '나'의 기분은 결과를 예감하는 복선이다. "쓸쓸하도록 갑자기 찾아온 가
을"은 '나'의 갑작스런 통과의례를 뜻하며 그 결과 미영이와 윤희 누나는 상실될 것임을 암
시한다.

미영이의 빈 집에서 감행될 일이라는 점에서 그 음모 가담은 순수한 소년의 세계를 벗어나는 일종의 통과의례적 성격을 띤다. '성장'은 희구하던 세계를 '배반'할 것을 '선택'해야만 가능한 것이다.

> 너의 빈집이 내게는 용궁처럼 신비스러운 곳이었다. 나는 온갖 화려한 상을 그 곳에서 끄집어 낼 수 있었다. 그런데 자, 미영아, 나는 이제 몇 분 안으로 이러한 모든 것 위에 먹칠을 해버리려고 하는 것이다.
>
> 아아, 모든 것이 항상 그렇지 않았더냐. 하나를 따르기 위해서 다른 여러 개 위에 먹칠을 해버리려 할 때, 그것이 옳고 그르고를 따지기보다 훨씬 앞서 맛보는 섭섭함. 하기야 그것이 '자라난다'는 것인지도 모른다.[30]

어린 '나'는 "그것이 옳고 그르고를 따지기보다" "완전한 협조"를 하겠다는 "선택"을 먼저 해버린다. 이는 「환상수첩」의 정우가 '책임'과 '무책임'의 구분에 대해 모호하게 생각하는 선상의 인식이다. 정우 역시 담임선생님으로부터 "사내애가 기껏 그림 그리기나 좋아하고 토끼 사육장에나 드나들고……"라는 "대단한 염려"를 듣고 사육장 출입 금지를 받던 어린 시절이 있었다. 대신 "악착스레 축구도 하고 열심히 싸움도" 했지만 대학생이 되어서도 '환상'과 '환멸' 사이에서 방황하고 있다. 담임선생님의 금지에 반항도 하지 못한 채 "토끼울의 나무 칸 살에 이마를 대고 소리 죽여 울어 버렸었"던 정우에게 "귀여운 토끼"는 "푸른 하늘"과 "사랑"의 세계였다. 그 세계를 어른의 권위로 인위적으로 떠나 보낸 정우는 스스로 '성장'을 '선택'하지 못했기에 아직도 「건」의 '나'와 같은 방황

을 하고 있는 것이다. 오히려 스스로 '성장'을 '선택해 버린' 소년 들은 '선택하지 못했던' 청년들에 비해 '자기 세계'로의 입사 진통 을 그 자신은 몸소 겪지 않는다.[31] 대신 그것을 자신이 가장 소중하 게 생각했던 여성 인물을 잃어버리는 것으로 대신함으로써 성인의 세계에 가담하고 있다. 이는 「염소는 힘이 세다」에서도 반복된다.

어느 날, 우리 집에서 유일하게 힘이 세다고 믿었던 염소는 생사 탕집 주인에게 맞아 죽는다. 그 결과 '꽃장사'를 하던 우리 집은 죽 은 염소를 밑천으로 '정력보강 염소탕'집이 된다. "힘센 것은 모두 우리 집의 밖에 있"었으나 그 힘센 염소탕으로 인해 "우락부락하게 생긴 사람"들이 우리 집으로 들어온다. 이는 '꽃장사'를 하던 어머 니가 깨끗하고 예쁜 "좋은 사람들"과 "단골손님"으로 유대 관계를 가졌던 것과는 대조적인 모습이다. 이 힘센 염소탕은 결국 누나가 정거장 남자에게 염소 우리에서 강간을 당하게 한다.[32] 그리고 정 거장 남자를 권총으로 쏘아 죽이고 싶어했던 누나가 "놀랍게도 웃 는 얼굴로 그놈"과 대화를 나누는 것을 목격하고 "더러워"라고 말 하는 '나'에게 "아무것도 아냐. 나도 취직할 수 있을 뿐인걸"이라 고까지 말하게 한다. 꽃장사와 염소만으로 지탱될 수 없었던 현실 원리는 결국 "지옥" 같은 "뱀"의 현실에 의해 '나'를 '성장'하게 만 든다. 누나를 힐난하던 '나'는 버스차장이 된 누나를 구경하는 것

---

31) 「건」에서는 윤희의 윤간으로 마무리된 성인식이지만 「환상수첩」에서는 끝내 정우 자신의 자살로 마무리된다. 정우는 '환상'과 '환멸' 사이에서 방황하며 속악한 현실의 논리를 '선 택'을 하지 못했기에 자살한 것이다. 이런 정우가 만약 자살하지 않고 계속 살아 남았다면 아마 '연두색의 백치'로 불리는 자신의 아버지처럼 화초들에 골몰하며 "환희와 비애" 사이 에서 방황하며 "생활력은 조금치도 없"는 존재가 되었을 것으로 보인다.
32) 누나가 강간을 당하는 장소가 염소 우리였던 헛간이라는 점에서 '나'는 염소와 누나를 함 께 잃어버린 셈이다. 이는 「건」에서 윤희 누나가 미영이의 집에서 윤간을 당하게 되는 것과 일맥선상에 있는 것으로 볼 수 있다.

으로 현실을 인정한다. 그리고 "어쨌든" 누나가 힘이 세졌다고 생각하는 한편으로는 그 속악한 현실에 편승한 자신에게 부끄러움을 느낀다.

> 누나가 타고 있는 합승의 번호가 거리의 저쪽에 나타났다. 내 가슴은 갑자기 뛰기 시작했다. 얼굴이 아무리 그러지 않으려고 해도 뜨겁게 달아 올랐다. 나는 길가에 서 있기가 힘들었다.[33]

현실을 인정하고 받아들인 후 '나'가 느끼는 이 '부끄러움'에는 이중적인 의미가 담겨 있다. 아저씨의 돼지 기름 냄새를 싫어하면서도 그 "고기 기름에 대한 혐오감 속에는 그것에 대한 부러움도 섞여" 있었다는 것을 잘 알고 있었고 그 부러움은 "고기 기름을 먹을 수 있으면 힘이 세어질지도 모른다는 생각이 늘 내 머릿속 한구석에 있기 때문"이라는 것까지도 이미 알고 있는 '나'이기에 가능한 이중적인 인식이다. 그 고기 기름 냄새는 곧 우리 집 밖에 있는 '힘센' 것들의 집합이며 "서울엔 고기 기름 냄새가 나는 거리가 너무나 많다는" 것을 어린 '나'는 이미 체득하고 있었다.

소음과 먼지를 견디다 못해 "깨끗하고 조용한 곳"으로 이사하기를 희망하는 누나와 어머니를 그런 곳으로 보내드리고 싶지만 기껏해야 "깨끗하고 조용한 곳"으로 "우리 학급 반장네 집의 변소"밖에 모르고 "이사를 어떻게 하는지도 모르"는 '나'가 염소 고깃국에서 나는 돼지 기름보다 더 고약한 냄새가 좋지도 싫지도 않을 수 있는 것도 현실을 지배하는 원리가 무엇인지를 깨달았기에 가능한

____

33) 「염소는 힘이 세다」, 전집 1, p.259.

일이다. 결국 현실의 원리에 충실한 '성장'을 하려면 그 이전의 세계를 '배반'해야 하는 것이다. 따라서 김승옥 소설의 '성장'은 '배반'을 통해 속악한 현실의 원리가 지배하는 '자기 세계'로 입사하는 것을 뜻한다. 그렇기에 수반되는 '죄의식'을 '극기'로써 지탱해야만 '자기 세계'의 유지가 가능한 것이다. 그러므로 「염소는 힘이 세다」의 어린 '나'가 느끼는 부끄러움은 「무진기행」의 윤희중이 느끼는 부끄러움의 정체성에 맞닿아 있다.

어린 나이에 이미 어른의 세계를 깨달아 버린 아이들의 성 인식은 생명과 존중을 의미하는 누이의 세계를 '배반'하고 그 누이를 희생양으로 바치는 것으로 마무리된다. 그리고 「염소는 힘이 세다」에서는 그 누이마저도 현실의 원리를 받아들이는 것으로 변질되어 버린다. '누이의 세계'가 표상하고 있는 것은 현실의 원리에 길들여지지 않은 순수의 세계이자 주인공들의 염원의 세계이고 생명력이 넘치는 세계이다. 그렇지만 그것은 현실에 입사하기 위해서는 벗어나야만 하는 세계이다.

그러나 김승옥 소설에 나오는 남성 인물들은 그 세계를 훼손할 것을 선택함으로써 '자기 세계'에 진입한다. 이것은 현실 원리가 작동하는 '자기 세계'가 얼마나 폭력적인 공격으로 점철된 것인가를 상징적으로 보여주는 것과 동시에 세계의 폭력성을 함께 보여주는 것이다. 이런 공격과 투쟁, 정복은 남성의 원리이자 현실의 원리, 도시의 원리이다.[34] 근대화된 문명의 현실로 진입한다는 것은 곧 생명과 자기 표현 욕망을 거세해야 가능한 것이며 그 결과 아이러니하게도 남성 인물들은 더 이상 성장하지 못하고 남성성을

---

34) 황도경, 「김승옥 소설에 나타난 남(男) – 성(性)의 부재」, 『이화어문논총』 17, 1990. 10, p.144.

잃어 버리게 된다. '성장'하기 위해 '선택'한 것들에 대해 '책임'을 회피하는 성인은 더 이상 성장하지 못하는 몸만 자란 '속물'이거나 '백치'[35]일 뿐이다.

이 '속물'과 '백치'는 5·16이 야기한 근대화의 파행적 질서에 부합하는 인물이다. 4·19의 자유 의지와 생명 의지를 던져 버리고 5·16의 폭력적인 근대화 논리에 보조를 맞출 수 있는 '속물'과 '백치'가 되는 길은 순수와 사랑과 생명의 세계를 억압적인 방법을 통해 인위적으로 배반할 수밖에는 없다는 인식, 이것이 김승옥 식의 현실 인식이다. 그리고 역사적인 폭력이 개인의 의식에 어떻게 침잠해 들어갔는지를 여성 인물의 희생을 통해 극명하게 드러난다.

보통 통과의례에서 '전이의 시기' 혹은 '주변적 상태'(marginal state)에 있던 인물은 세속적, 일상적, 자연적 시간과 질서가 단절되는 가운데 성스럽고 비일상적이며 초자연적인, 한마디로 '실재의 새로운 질서'를 체험하게 된다. 김승옥 소설에서 유년의 '나'가 경험하는 통과의례는 순수했던 자기의 상징적인 죽음인 누이의 훼손을 통해 전통적인 지위와 정체성과 단절하게 되고, 이것은 즉 낡은 가치와 새 가치의 충돌로 볼 수 있다. 원래 이같은 '접경'(liminality)의 체험은 본래 미래지향적이고 새로운 공동체적인 비전의 획득으로 종결되어야 하는 것이다.[36] 그러나 김승옥 작품에서 '자기 세계'의 완성은 오히려 자신의 안위 보존을 위한 '배반'의 성격을 띠고

---

35) 「환상수첩」에서 애가 태어나면 어떻게 길렀으면 좋겠냐는 정우의 말에 선애는 "바보 비슷한 아이를 낳았으면 해요"라고 대답한다. "고뇌가 무엇인지도 모르고 그저 영화나 보고 좋아하고 당구나 치고 만족할 수 있고 야구 구경이나 하며 시간을 보내고도 후회하지 않는 아주 속물로 만들고 싶어요"라고 하자 정우는 "애가 백치가 아니고서야 그럴 수 있을까"라고 반문한다. 여기서의 "백치"는 현실에 함몰하여 반성적 성찰을 하지 않고 살아가는 자아를 의미한다.

있다는 데 그 특징이 있다.

　또한 이 성 모티프를 통해 김승옥은 자본주의적 환상을 지속하기 위한 속악적인 현실 원리가 만들어낸 위악적인 질서의 모순을 보여주고 있다. 이 모순은 마침내 누이의 순수한 세계마저도 변형시키는 양상을 띤다. 결국 생명의 성은 「60년대식」의 애경이나 「서울의 달빛 0장」의 한영숙처럼 쾌락의 도구로, 사고파는 상품으로 전락해 버리고 만다. 이것은 이미 불모의 성이요, 생명력이 없는 성이다. 이렇게 인위적으로 진입한 '자기 세계'의 순환은 온전히 완성될 수 없는 것이다. 그리고 그 간극에 대해 김승옥은 이후 작품에서 여성 인물들의 정체성 찾기를 통해 보여주고자 한다.

2. 자기 찾기의 미로

　보통 입문에 대한 전통적인 의식에서 선악에 대한 유아기 환상을 떨치고, 희망과 공포에서 놓여나 평화롭게 존재의 계시를 이해하고 우주법칙을 엄숙하게 경험하는 세계로 들어갈 수 있도록 입문자를 인도하는 역할을 맡는 것이 아버지이다.[37] 그러나 이미 아버지가 부재하거나 거세된 상황에서 '나'의 성인식은 스스로 치러야할 통과의례가 된다. 김승옥 소설에서의 '자기 세계' 취득은 자기 인간성을 모두 박탈당하고, 비개인적인 우주적 힘을 대표하는 사

---

36) Arnold Van Gennep, *The rites of Passage*(Chicago: The University of Chicago Press, 1960); Victor W. Turner, *The Ritual Process*(London: Routledge & Kegan Paul, 1969), 강인철, 「한국전쟁과 사회의식 및 문화의 변화」, 한국정신문화연구원 편, 『한국전쟁과 사회구조의 변화』, 백산서당, 1999, pp.291~292 재인용.
37) 조셉 캠벨, 이윤기 역, 『천의 얼굴을 가진 영웅』, 민음사, 2001, p.178.

람[38]이 되기 위해 거듭나는 과정이다.

원시 사회 생활에서 엄청나게 중요한 위치를 차지하는 통과의례는 이런 단계의 마음가짐이나, 애착이나, 생활 패턴으로부터 심적으로 단절된다는 의미에서 형식상으로 특이하고 극히 가혹한 단절의 체험이 되는 경우가 보통이다. 한 차례의 통과의례가 있은 다음에는 다소 느슨한 휴지기간이 뒤따르는데, 이 기간에는 인생을 살아갈 당사자를 위한 새로운 시대의 형식과 적절한 감정 상태로 유도하는 절차가 있다. 그래서 마침내 정상적인 생활로 되돌아올 즈음이 되었을 때 입문자를 거듭날 수 있도록 하는 것이다.

그러나 현실 원리에 입사하는 것으로 성장한 '나'가 느끼는 부끄러움은 성인이 되어서도 현실과 팽팽한 대결로 긴장하게 만든다. 그렇기에 확고한 자기 확인을 위하여 또 한번의 통과의례가 절실해지게 되는 것이다. '자기 세계'라는 괴물에게 희생양을 바치고 성인이 된 '나'가 치루는 또 한번의 통과의례는 다이달로스의 미궁 이야기에 견줄 만하다. 영웅 테세우스가 괴물 미노타우로스를 물리치고 살아 나오기 힘들다는 다이달로스의 미궁을 무사히 빠져나올 수 있었던 것은 아리아드네의 실타래가 있었기 때문이다. 적국의 공주였지만 테세우스 왕자에게 한눈에 반해 버린 아리아드네의 지략은 그의 영웅 신화를 완성시킬 수 있게 하였던 이니세이터였던 것이다.

김승옥 소설에서 성인이 된 '나'의 통과의례를 이끌어 주는 이니세이터는 바로 이성의 손이다. 그들은 '나'와 다른 이해 관계에 있거나 혹은 폭력적인 방법을 감행하기도 하지만 결국은 '나'의 통과

---

38) 조셉 캠벨, 위의 책, p.178.

의례를 이끌어 주는 존재이다. 이는 「무진기행」에서는 윤희중의 손을 잡아 주던 하인숙의 손으로 등장한다. 또한 현실 원리에 변질되어 버린 누나가 등장한 「염소는 힘이 세다」 이후의 작품에서는 「夜行」의 현주처럼 여성 인물이 직접 자신의 정체성을 찾아 나서게 되는데 이 작품에서 통과의례로 이끌어 주는 것도 다름 아닌 익명의 '손'이다.

1) 부끄러움의 정체성

소설의 내적 형식으로 파악되어 온 소설의 본질은 문제적 개인이 자신을 찾아가는 여행이다. 개인에게는 아무런 의미가 없이 존재하고만 있는 현실 속에 침울하게 갇혀져 있는 상태로부터 명백한 자기 인식으로 나아가는 길이다. 또한 소설이 시작하고 끝나는 바로 그 지점을 통해 중심 문제를 규정하는 삶의 본질적인 노정을 보여주게 되는 것이다. 그러므로 결국 소설은 "길은 시작되었는데도 여행은 완결된" 형식으로 존재한다.[39] 김승옥의 「무진기행」은 제목에서부터 여행의 형식을 빌리고 있음을 명시하고 있다. 「무진기행」이 차용하고 있는 여행기는 한국소설에서 일반적으로 나타나는 '여로 형식' 혹은 '길'의 모티프에 속한다.[40] 서사문학에서 이와 같은 여로형 소설은 가장 보편적, 고전적 형식에 속한다고 볼 수 있다. 특히 근대적 맥락에서는 자신의 본질을 발견하려는 영혼의 모험으로 표상된다는 점에서 이 소설 역시 통과의례적 자기 찾기의

---

39) 루카치, 반성완 역, 『소설의 이론』, 심설당, 1993, pp.92~106 참조.
40) 김영택, 「김승옥의 「무진기행」 연구」, 『인문과학』 9, 목원대학교 인문과학연구소, 2000, p.34.

형태를 띠고 있다고 볼 수 있다.

그런데 「무진기행」에 나타나는 통과의례의 형태는 앞서 살펴본 작품들과 성격을 달리한다. 유년시절의 '나'가 등장하는 작품에서의 '성장'은 위악적인 세계로 진입하기 위한 일련의 과정으로써 통과의례를 수반하며 그 가운데 누이로 대표되는 여성 인물들의 희생이 있었다. 그런데 반해 「무진기행」의 윤희중은 이미 그 '자기세계'를 가지고 있으며 현실 원리에 적응하여 '출세한' 인물로 등장한다. 그의 지금을 가져다 준 돈 많은 과부와의 결혼은 스스로 '선택'한 것이었다. 그렇지만 그에게도 의식의 한 곳을 짓누르고 있는 부담감은 존재하고 있다. 그것은 「생명연습」의 만화가 오선생이 느꼈던 죄 의식과 같은 위기 의식이다. 이 '죄 의식'을 회고하게 만드는 '무진'은 그렇기에 그에게 그리 유쾌한 장소는 아니다. 이는 "무진에서는 항상 자신을 상실하지 않을 수 없었던 과거의 경험"이 있었기 때문이기도 하다. 그렇지만 그는 또다시 위악적인 현실에 편승하기 위한 재충전의 장소로 무진을 택한다. 그리고 그곳에서 만난 하인숙과의 관계를 통해 또 다른 국면으로 접어들게 된다.

세무서장이 된 동창생 조의 응접실에서 만난 하인숙은 졸업 연주회 때 "나비부인" 중에서 "어떤 개인 날"을 부른, 서울에서 대학을 나온 무진중학의 음악 선생이다. 그녀는 윤희중과 첫 대면을 하는 자리에서 주위 권유로 인해 억지로 "목포의 눈물"을 부른다. 그 "목포의 눈물"에 스며 있는 "무진의 그 냄새"를 느끼며 하인숙이 과거의 자신과 같은 병을 앓고 있음을 직감하게 된다.

　　여선생은 〈목포의 눈물〉을 부르고 있었다. 어떤 개인 날과 목포의 눈물

사이에는 얼마큼의 유사성이 있을까? 그 여자가 부르는 목포의 눈물에는
작부들이 부르는 그것에서 들을 수 있는 것과 같은 꺾임이 없었고, 대체
로 유행가를 살려주는 목소리의 갈라짐이 없었고 흔히 유행가가 내용으
로 하는 청승맞음이 없었다. 그 여자의 목포의 눈물은 이미 유행가가 아
니었다. 그렇다고 나비부인 중의 아리아는 더욱 아니었다. 그것은 이전
에는 없었던 새로운 양식의 노래였다. 그 양식은 유행가가 내용으로 하
는 청승맞음과는 다른, 좀더 무자비한 청승맞음을 포함하고 있었고, 「어
떤 개인날」의 그 절규보다도 훨씬 높은 옥타브의 절규를 포함하고 있었
고, 그 양식에는 머리를 풀어헤친 광녀(狂女)의 냉소가 스며 있었고 무
엇보다도 시체가 썩어가는 듯한 무진의 그 냄새가 스며 있었다.[41]

하인숙과 윤희중에게 무진은 숨어 있기 좋은 곳이며 다른 곳으로
떠날 것을 준비하는 곳이다. 두고 온 다른 꿈이 있는 윤희중이나
하인숙은 세무서장 조나 국어교사 박처럼 무진에 깃들 수는 없다.
정착이란 것은 마음을 내려 놓을 수 있는 곳에서만 가능하기 때문
이다. 윤희중과 하인숙은 무진이 아닌 다른 곳에서 삶의 의미를 찾
고 있기에 그들에게 '무진'은 잠시 머물다 갈 수밖에 없는 곳이다.
하인숙은 정체성이 확인되지 않는 곳으로 무진을 규정한다. 고향
보다는 낮고 서울보다는 괴로운 "책임도 무책임도 없는" 무진에서
하인숙은 떠돌고 있다. 한눈에 윤희중의 서울 냄새를 발견해 버린
그녀는 오빠라고 부를 테니 서울에 데려다 달라며 교환 논리로 서
울행을 거래한다. 자기의 몸을 던짐으로써 서울에 갈 수만 있다면
상관없다고 생각하는 그녀에게서 윤희중은 과거 자신의 그림자를

---

41) 「무진기행」, 전집 1, p.137.

발견한다. 그녀는 무진을 벗어나기만 하면 자기 존재를 규정할 수 있을 것이라는 열망에 시달리지만 그것도 결국은 헛된 꿈이다.

사실 하인숙이 벗어나고 싶은 것은 무진이라기보다는 "허술한 자기 집안"이며 현재의 상황이다. 서울로 가서도 아무런 야심찬 계획이 없는 그녀는 윤희중에게 '서울'에 대한 막연한 기대와 희망을 걸어 보지만 결국엔 '서울'을 뜻하는 그에게서조차 자기와 별반 다르지 않은 쓸쓸한 그림자가 어려 있음을 깨닫는다. 자기가 진 짐이 서울에 가도 해소되지 않을 것을 직감한 이상 이제 그녀에게 서울은 의미 없는 곳이다. 윤희중에게 서울은 '책임'만이 존재하는 곳이고 하인숙에게 있어 서울은 대학시절의 '낭만'만이 있는 곳이다.

그러나 이제 그녀에게 있어 그런 낭만은 파고들 틈이 없으며 고달픈 현실 역시 여유를 주지 않는다. "서울에 가고 싶어요. 단지 그거뿐예요"라던 기대는 그의 외로운 그림자를 확인한 후 "자기 자신이 싫어지는 것을 경험한 적 있느냐"는 반성을 거쳐 결국 "서울에 가고 싶지 않아요"로 귀결된다. 하지만 한편으로 "선생님께서 여기 계시는 일주일 동안만 멋있는 연애를 할 계획"이라는 하인숙의 말에는 처음과는 달리 서울의 무의미함과 윤희중에 대한 연민이 포함되어 있다. "이젠 어딜 가도 대학시절과는 다를 거"라는 윤희중의 말처럼 하인숙에게 서울 역시 이제는 도달할 수 없는 꿈을 재확인하는 공간이 될 뿐이다.

그러나 여기서 눈여겨보아야 할 것은 무진에서 만난 하인숙을 향해 윤희중이 취하는 시선의 변화이다. "타인은 모두 속물"이며 "타인이 하는 모든 행위는 무위(無爲)와 똑같은 무게밖에 가지고 있지 않은 장난이라고" 읊조리던 그가 하인숙을 통해 다른 경험을 체험한다.

"조금만 바래다 주세요. 이 길은 너무 조용해서 무서워요." 여자가 조금 떨리는 목소리로 말했다. 나는 다시 여자와 나란히 서서 걸었다. 나는 갑자기 이 여자와 친해진 것 같았다. 다리가 끝나는 바로 거기에서부터, 그 여자가 정말 무서워서 떠는 듯한 목소리로 내게 바래다 주기를 청했던 바로 그 때부터 나는 그 여자가 내 생애 속에 끼어든 것을 느꼈다. 내 모든 친구들처럼, 이제는 모른다고 할 수 없는, 때로는 내가 그들을 훼손하기도 했지만 그러나 더욱 많이 그들이 나를 훼손시켰던 내 모든 친구들처럼.[42]

타인을 "속물"이라 지칭하던 태도에서 갑자기 "이제는 모른다고 할 수 없는" "내 모든 친구"로 옮겨온 이 갑작스런 인식의 변화를 무엇이라 설명해야 할까. 그것이 만약 하인숙에게서 비롯된 감정이라면 그 원인을 파헤쳐 볼 필요가 있다. 하인숙에 대한 윤희중의 관심은 프로이트가 지적한 사랑에 빠진 신경증 환자와 같은 면이 있기 때문이다.

프로이트가 제시한 바에 따르면 이 경우 "여자는 결혼이나 약혼을 한 상태는 아니나 반드시 상처받는 제 삼자가 있어야 하며, 필시 매춘부 같아야 한다. 또 남자가 그녀에게 높은 가치를 부여할 수 있어야 하고, 질투심을 유발하여야 하며, 남자가 그 여자를 사랑하는 것은 곧 그녀를 구원하기 위함이라는 생각을 해야 하는 등"의 조건을 가져야 한다.[43] 그런데 윤희중이 하인숙에게 느끼는 감정은 교묘하게도 이 공식에 잘 들어맞는다. 하지만 보통 이런 감정들이 유아기 때 고착된 어머니에 대한 감정에서 비롯된다고 지적

---

42) 「무진기행」, p.139.
43) 프로이트, 「남자들의 대상 선택 중 특이한 한 유형」, 앞의 책, pp.210~211.

한 프로이트의 말을 상기한다면 윤희중이 하인숙에게 느끼는 감정
의 원류는 어머니 콤플렉스에서 연유한다고 볼 수 있다.

「무진기행」에 등장하는 홀어머니는 안위를 위해서 군대와 전쟁
에 나가지 못하도록 윤희중을 '골방'에 가둬 둔다. 군대는 대표적
인 '남성집단'이고 그 남성집단은 의식의 탄생 장소, 더욱 높은 남
성다움의 형성 장소일 뿐만 아니라 개별의식, 영웅 의식의 탄생 장
소라고 일컬어진다.[44] 원형적인 의미에서의 성장이 일대 혼란에 빠
져 엄청난 갈등과 고통을 감내하며 모성의 둥우리를 박차고 아버
지의 자장으로 넘어가는 길을 택하는 것이라고 보았을 때[45] 결과적
으로 윤희중의 성장은 어머니로 인해 억압당한 것이라고 볼 수 있
다.

"읍 광장에 서 있는 추럭들"을 타고 남성적인 세계인 전쟁의 "일
선으로" 떠나는 것을 저지당한 윤희중이 머무는 곳은 골방이다. 광
장과 골방으로 대립된 두 세계 가운데 그는 골방에 있다. 이 골방
은 자궁의 변주이다. 우리의 심상이 기억해내는 어머니의 이미지
가 항상 자비로운 것만은 아니다. 신화에서 여신은 자궁이며, 무덤
이며, 제 새끼를 먹는 돼지로 나타난다. 이렇게 해서 여신은, 개인
적인 어머니는 물론 우주적 어머니에 이르기까지, 어머니의 두 유
형을 드러내면서 '선'과 '악'을 통합한다.[46] 「생명연습」에서처럼 존
재하는 것만으로도 위험한 욕망을 일으키게 하는 어머니(오이디푸

---

44) E. Neumannn, *The Origins and History of Consciousnes*, Princeton University
　　Press, 1973, p.144.
　　정상균, 「김승옥 문학 연구」, 『전농어문연구』 제20집, 서울시립대학교 국어국문학과,
　　1995.2, p.20 재인용.
45) 주종연, 앞의 책, p.23 재인용.
46) 조셉 캠벨, 앞의 책, pp.148~152.

스 콤플렉스)도 있고 자기에게 묶어 두기 위해 아이의 성장을 싫어하는 「무진기행」의 어머니도 있다. 그럼으로써 윤희중의 입사는 퇴행했던 셈이다.

「생명연습」에서 '자기 세계'를 '지하실'이라고 한 설정은 설화와 민담에서 탐색 공간이 한결같이 어둡고 음습한 곳으로 나타나며 이는 원초적 공간인 대지의 자궁을 상징했다는 것과 일치한다. 사실 '자기 세계'는 이 혼돈과 어둠이 지배하는 모체의 자장으로부터 멀리 있는 것이 아니다. 자기가 분출되었던 공간 속으로 다시 들어가고자 하는 의식, 그것이 생명의식이다. 그렇기에 그 생명의식을 북돋워 주는 이들은 한결같이 여성 인물일 수밖에 없다. 「무진기행」에 등장하는 여성 인물은 앞서 살펴 보았던 작품에 등장하는 것과 같은 생명 의식을 일깨워 주지만 희생양이 되는 누이들과는 다른 부분을 가지고 있다.[47]

한편으로 어머니의 억압은 윤희중에게는 '자기 세계'로 입사할 수 있는 방어막이 되어 주었다. 어머니의 만류 때문이라지만 분명히 그는 전장으로 향하지 않고 "서울에서 무진까지의 천여 리 길을 발가락이 몇 번이고 불어터지도록 걸어서 내려왔"으며 "모두가 전쟁터로 몰려갈 때" "골방 안에서 "수음을 하"면서 자신의 살아 있음을 확인했다. 그 시간 속에 "오욕"과 "모멸"로 미쳐 버릴 것 같았지만 결국은 온전히 살아서 대회생제약의 전무가 되기 위해 기다리고 있다. 그는 "'빽이 좋고 돈 많은 과부'를 만난 것을 반드시 바랐던 것은 아니지만 결과적으로 잘되었다고 생각하고 있는 사람"

---

47) 「무진기행」에 등장하는 여성 인물은 어머니와 아내를 비롯하여 무진에서 만난 하인숙 외에도, 광주역에서 만난 미친 여자, 자살한 술집 여자, 실연을 안겨 줬던 희, 이모 등이다. 이 여성 인물들은 모두 각각의 의미를 가지고 작품 안에서 윤희중과 관계 맺고 있다.

이다. 결국 어머니가 막무가내로 몰아서 골방에 숨어 있었다는 것
은 자신을 보호하기 위한 합리화에 지나지 않는다. 그렇기에 실상
"모멸하고" 있는 대상은 '어머니의 욕망'이라고 이름 붙여진 뒤에
숨겨진 '자신의 욕망'이다. 그 대면에서 궁여지책으로 마련한 합의
점은 남아 있는 양심과 다투며 비겁한 "스스로를 모멸"하는 길밖에
없다.

이렇게 그 상황이 타의에 의해 주어져 버린 것이라고 치부할 수
있었기에 나름대로 그럭저럭 자신에게 허용할 수 있었던 셈이다.
이번 무진행 역시 '아내의 욕망' 때문이라고 변명하고 있지만 결국
은 윤희중 '자신의 욕망'이다. 그렇기에 이번 역시 일이 진행되는
동안에 '무진'에서 그 시간들을 견디기만 하면 된다는 것까지를 계
산해 두었고 이를 권한 아내와 장인 영감을 "퍽 영리한 권유"라며
수긍하고 있는 것이다.

그간 윤희중은 어머니에서 아내로 이어지는, 타인의 욕망과 타협
하며 살아왔다. 그 안에서 그는 지금껏 자신의 욕망을 타자의 욕망
과 일치시키는 데 길들여져 있었던 것이다. 그리고 한편으로는 그
것을 기준삼아 '자기 세계'를 가지고 성장했다. 그렇지만 이런 욕
망의 굴절은 그의 의식 속에 어느 정도 후유증을 남기고 있다. 타
자의 욕망에 따라 금지되었고 그 시간들 안에서 감췄던 죄의식은
마음속에 흔적을 남겼다.[48] 그랬기에 "나의 어둡던 세월"로 명명하
고 무진을 무의식의 수면 아래로 처박아 두었던 것이다. "어둡던
세월이 지나가 버린 지금은 나는 거의 항상 무진을 잊고 있었던 편

---

48) 프로이트는 인간이 유아기를 지나 사회적인 존재로 영입되면서 사회가 금기하는 욕망은
무의식에 저장한다고 주장한다. 이런 욕망들은 깨끗이 사라져 버리지 않고 억압되어서 무
의식으로 남아 의식에 영향을 주게 된다.

이다"라던 회고는 이른 아침 역 구내에서 본 미친 여자가 그 어두운 기억들을 홱 끌어 당겨서 그 앞에 던져 주는 그 순간 다시 실감나게 각인되기 시작한다. 무진을 오는 도중 갑작스레 들이닥친 "공부를 너무 많이 해서", "남자한테 채여서" 미쳐 버린 여자가 내지르는 비명이 과거를 퍼득 떠올리게 하는 것은 과거 윤희중 자신의 정신적 외상을 닮아서이다. 잊고 싶었던 상처를 갑작스럽게 목격한 후 덜컹거리는 버스 안에서 무진의 바람을 느끼며 반수면상태로 접어드는 것[49]은 그 과거의 기억을 다시 무의식의 수면 아래로 감춰 두려는 노력이다.

그렇지만 버스가 무진으로 접어 들면서 만난 풍경들은 아무것도 걸치지 않은 그의 모습을 요구한다. 빨가벗은 어린 아이가 있고 눈부신 햇살의 정적 속에서 개 두 마리가 혀를 빼물고 교미하고 있는 풍경은 무진의 음험한 안개 밖으로 나와 밝은 햇볕에서도 본능을, 속살을 그대로 드러내라는 협박이다. 이제 더 이상 무진은 무언가를 감춰 주기만 하는 공간이 아니다. 어머니의 욕망으로 기억되는 무진을 이제 윤희중은 제 몫의 공간으로 만들어야 한다. 이제 윤희중이 파괴해야 할 것은 바로 어머니의 자궁처럼 은신처가 되어 주었던 무진의 이미지이다. "여귀가 뿜어내 놓은 입김과 같"은 "안개"가 있는 무진은 "바다가 가까이 있"는 고장이다.

김승옥의 소설에 바다는 자주 등장한다.[50] 바다가 있는 고향에서 서울로 상경한 주인공이 자주 등장한다는 설정을 생각해 볼 때, 그

---

49) 신경증 환자는 어릴 적에 받은 상처가 흔적으로 남아 반복되는 증상으로 나타나고, 분석자는 환자가 억압하고 있는 욕망이 무엇인가를 밝히기 위해 의식의 고리를 헐겁게 만든다. 최면을 걸거나 꿈 이야기를 듣고 원인을 찾아내는 것이다. 이런 의미에서 윤희중이 무진으로 들어올 때 반수면의 상태를 취하는 것은 의미 있는 행동이 된다.

바다는 어린 가슴에 평안을 주는 곳이고(「생명연습」), 이상한 마력
으로써 우리의 마음을 한없이 설레게 하는 물결 높은 곳이며(「환상
수첩」), '쓸쓸하다'라는 편지를 띠운 곳이다.(「무진기행」) 또한 손수
생식기를 잘라 버린 전도사의 부흥회가 무르익어 가다 고요한 침
묵의 시간이 생기면 못 견디게 그리워지는 곳이며 애란인 선교사
가 몰래 수음을 하기 전 생명의 자유로움을 공급받는 곳(「생명연
습」)이다.

'바다'는 어머니의 자궁 속 양수와 같은 물의 공간이다. 근원이
자 원천으로서, 모든 존재 가능성의 저장소이다. 이런 의미에서 물
의 상징은 죽음과 재생을 모두 내포하고 있다. 물과의 접촉은 항상
새로운 탄생을 함축하는 재생을 의미한다. 형태를 해체, 소멸시키
고, 정화와 재생 기능을 가지며 종교적 의미로는 죄를 씻어 준다.
결국 새로운 창조, 새로운 생명, 새로운 인간을 만들어내는 것이
다.[51] 윤희중이 안개와 바다가 있는 물의 공간인 무진을 여행한다
는 것은 그 자체로 새로운 탄생, 재생을 기원하는 통과의례이다.

보통 아이가 누구의 도움도 없이 자력으로 자기 생명이 배출되고
발육된 원초적 공간을 매몰차게 스스로 부수는 행위는 살모 콤플
렉스의 상징적 표출로도 해석될 수 있다. 성장하는 아이는 이때 비
로소 모성의 자장으로부터 벗어남을 의미한다. 그러나 그가 막상

50) 김승옥의 작품 중 「환상수첩」, 「무진기행」, 「누이를 이해하기 위하여」, 「내가 훔친 여름」 등
에 바다가 자주 등장한다.
　　김윤식은 「환상수첩」과 「누이를 이해하기 위하여」에서 되풀이되는 바다와 죽음(침묵)의
이미지는 도시를 향한 환상적 그리움이라고 규정하고 있다. 김윤식, 「60년대 문학의 특
질」, 『김윤식 선집』 4, 솔, 1996, p.181.
51) 엘리아데에 따르면 홍수는 세례에 비교되며 또한 세례에 의한 통과의례적 죽음에 해당된
다고 한다. 이런 맥락에서 살핀다면 「염소는 힘이 세다」에서 '나'가 홍수에 관한 꿈을 반복
해서 꾼다는 것은 상당히 흥미로운 암시이다. 미르치아 엘리아데, 이재실 역, 『이미지와 상
징』, 까치, 2002, pp.165~175.

힘겹게 도달한 아버지의 세계에는 아버지가 없다. 규범과 질서가 통하는 로고스의 세계에서는 부성이란 추상적으로 존재하는 이념이며 궁극적으로는 자아 속에서 형성되어 가는 아버지의 환영을 찾아야 한다. 말하자면 이는 그가 찾는 대상을 타지나 먼 곳에서가 아니라 자기 속에서 찾아낸다는 놀라운 결구이다.[52] 윤희중이 통과의례를 통하여 성취해야 할 것은 타인의 욕망으로 길들여져 있던 본연의 자아와 화해하고 인간으로서 새로운 길을 모색하는 일이다. 그리고 이 통과의례는 과거 수동적이었던 삶의 자세를 새롭게 하기 위해 윤희중 스스로 성취해야 한다는 숙제를 안고 있다.

　언젠가 여름 밤, 멀고 가까운 논에서 들려오는 개구리들의 울음소리를, 마치 수많은 비단조개껍질을 한꺼번에 맞부빌 때 나는 듯한 소리를 듣고 있을 때 나는 그 개구리 울음소리들이 나의 감각 속에서 반짝이고 있는 수없이 많은 별들로 바뀌어져 있는 것을 느끼곤 했었다. 청각의 이미지가 시각의 이미지로 바뀌어지는 이상한 현상이 나의 감각 속에서 일어나곤 했었던 것이다. …(중략)… 별들을 보고 있으면 나는 나와 어느 별과 그리고 그 별과 또 다른 별들 사이의 안타까운 거리가, 과학책에서 배운 바로써가 아니라, 마치 나의 눈이 점점 정확해져가고 있는 듯이 나의 시력에 뚜렷이 보여오는 것이었다. 나는 그 도달할 길 없는 거리를 보는 데 홀려서 멍하니 서 있다가 그 순간 속에서 그대로 가슴이 터져버리는 것 같았었다. 왜 그렇게 못 견디어 했을까. 별이 무수히 반짝이는 밤하늘을 보고 있던 옛날 나는 왜 그렇게 분해서 못 견디어 했을까.[53]

---

52) 주종연, 앞의 책, pp.18~19.
53) 「무진기행」, 앞의 책, p.140.

언젠가 여름밤에 들었던 개구리 울음소리의 기억이 가져다 준 것
은 잊고 있던 열망이다. 언제나 상처 입고 굶주렸던 시간 속에서만
무진을 찾았던 그에게는 보이지 않았던 것이 밤하늘의 별이 되어
"나와 어느 별과 그리고 그 별과 또 다른 별들 사이의 안타까운 거
리"의 표상으로 자리잡고 있었던 것이다. 그렇기에 "그 도달할 길
없는 거리"에 "그대로 가슴이 터져 버리는 것" 같았고 "분해서" 견
딜 수 없었던 시절이 있었다. 그 "안타까운 거리" 사이에 존재하는
것은 무진에서 벗어나기만 하면 다다를 수 있을 것 같던 저 멀리 달
아나 버린 꿈이며 젊은 날의 약속이다. 이런 잊혀졌던 열망을 하인
숙과 걷는 들길에서 떠올린다는 것은 하인숙이 윤희중의 통과제의
에 결정적인 이니세이터가 되어 준다는 암시로 볼 수 있다.

하인숙과의 첫 만남 후 "모든 사물이 모든 사고가" 흡수되어 갈
것 같은 "사이렌 소리"를 들으며 잠들지 못하는 밤을 보내고 찾아
간 어머니 산소에서 윤희중은 자신을 전무로 만들기 위해 애쓰고
있을 장인 영감의 "호걸웃음"을 떠올리며 "묘 속으로 들어가고픈
충동"을 느낀다. 그의 충동은 장인이 만들어 줄 현실 원리에 적응
하기 전에 느끼는 양심과의 괴리감을 또다시 어머니의 욕망으로
방어하고 싶어하는 퇴행 심리의 일종이면서도 그간 자기가 탐내던
욕망에 대해 타인의 시간이라 치부하며 수동적으로 수긍하던 태도
와는 달리 미묘한 변화를 맞고 있는 증거일 수도 있다. 그간 자기
가 꿈꿔왔던 욕망에 대해 객관적으로 '바라보는' 자의 시선을 갖기
시작하면서 생이 처음 시작된 어머니의 품 속으로 돌아가 재탄생
하고 싶어하는 의미를 지닌 것이다.

이번 무진행에서 그는 미친 여자와의 만남에서 자신의 정신적 외
상을 떠올리고 그것을 하인숙을 통해 다시 한 번 확인했었다. 그의

이런 의식은 자살한 여자의 시체와 마주치면서 더욱 확장된다. "초여름이 되면 반드시 몇 명씩" 죽지만 "독살스러워서" 죽지 않을 것 같았던 술집 여자마저도 "별 수 없는 사람"이기에 죽음이 피해 갈 수 없었음을 목격한다. 자살한 여자의 시체를 두고 "아프긴 하지만 아끼지 않으면 안 될 내 몸의 일부처럼" 느끼는 것은 자신이 그토록 애써 지키고자 했던 '자기 세계'가 가둥을 극단으로 읽히기 때문이다. 그가 위악적인 현실 원리에 살아남을 수 있는 것은 "독살스러"울 수 있었기 때문이다. 이는 죽음을 통해 위협을 느끼고 또한 자신도 "별 수 없는 사람"임을 깨닫는 계기이다. 갑자기 마주친 죽음이 어떤 일정치 않은 시점에서 한번 일어날 사건이 아닌 현재의 순간 자신 속에 이미 내포되어 있는 구성 요소로 이해된 것이다.[54] 이렇게 그저 지나칠 수 없는 타인의 죽음, 그것이 어쩌면 나의 죽음일 수도 있다는 가정은 인간을 성숙하게 한다.

시몬느 바이엔느에 따르면 문화마다 통과제의를 이해하는 방식은 다르지만 대체로 다음의 세 가지 양상으로 총괄할 수 있다고 한다. 즉, 죽음의 제의, 태아 상태로의 귀환, 지옥으로의 하강과 또는 천국으로의 상승이다. 사실상 이 항목은 세 가지 형태의 통과의례적 죽음을 의미한다.[55] "내 몸의 일부"처럼 느껴지는 술집 여자의 자살은 윤희중의 죽음의 제의를 대신한다. 이 제의를 통해 그가 깨달은 것은 욕망의 실체이다. 무언가를 잡으려 할수록 그 대상은 신기루처럼 잡는 순간 저만큼 물러난다. 결국 대상은 욕망을 완전히 충족시킬 수 없기에 인간은 대상을 향해 가고 또 가게 되는 것이다.

---

54) 블노브, 최동희 역, 『실존철학이란 무엇인가』, 서문당, 1996, p.140.
55) 시몬느 비에른느, 이재실 역, 『통과제의와 문학』, 문학동네, 1996. pp.19~33.

이런 욕망을 충족시킬 수 있는 유일한 대상은 죽음밖에는 없다는 것을 그는 체득해 가고 있는 것이다. 그리고 "나는 문득, 내가 간밤에 잠을 이루지 못하고 뒤척거리고 있었던 게 이 여자의 임종을 지켜주기 위해서가 아니었을까"라며 자기 스스로의 모습을 '바라보기' 시작한다. 그는 자살한 여자의 시체를 보고 오히려 "이상스레 정욕이 끓어오르"는 원초적 본능의 에너지를 경험하기에 이른다. 이는 새 삶에 대한 열망으로까지 나갈 수 있는 본격적인 의욕이기도 하다. 자신이 애써 지키고 있던 욕망의 실체는 결국은 무의미한 것일 수 있으며 오히려 억눌러 왔던 감정들에 정직해지는 것이 오로지 자신의 의지로 일구어 갈 수 있는 삶이란 것을 깨닫게 된 것이다. 그리고 그 깨달음은 하인숙에게 쓰는 편지를 통해 확인된다.

사랑하고 있습니다. 왜냐하면 당신은 제 자신이기 때문에 적어도 제가 어렴풋이나마 사랑하고 있는 옛날의 저의 모습이기 때문입니다. 저는 옛날의 저를 오늘의 저로 끌어다 놓기 위하여 갖은 노력을 다하였듯이 당신을 햇볕 속으로 끌어놓기 위하여 있는 힘을 다할 작정입니다. 저를 믿어 주십시오.[56]

결국 윤희중이 사랑하고 있는 것은 하인숙이 아니라 하인숙을 통해 상기되는 과거의 자신이다. "미칠 것 같아요. 금방 미칠 것 같아요"라고 토로하는 하인숙은 윤희중의 닮은 꼴이다.[57] 그러기에 윤희중이 하인숙에 대해 가지는 감정은 곧 자기 연민의 연장선상이다. 연민이란 고통받는 사람과 하나가 되게 하는 감정이다. 따라서

---

56) 「무진기행」, p.152.

하인숙을 받아들이는 것은 괴롭게 묻어 놓았던 과거에 악수를 청하는 일이다.

그렇지만 이미 서울의 질서를 체감한 윤희중은 "그것도 일단 무진을 떠나기만 하면 내 심장 위에서 지워지리라"라 다짐하면서 하인숙에 대한 감정을 억누른다. 그리고 "감상과 연민으로써 세상을 향하고 서는 나이도 지났음"을 인식하고 있으면서도 "사실 자기 자신도 알 수 없는 끌림"을 느낀다는 것은 늘 타협이 되지 않았고, 의식적으로 억눌러 왔던 과거 자신의 욕망과 대면하고 있는 것이다. 지금의 자신으로 끌어오기 위해 무시해 버리고 가두어 버렸던, 그래서 "어렴풋이나마" 남아 있지만 닫아 왔던 인식의 포문을 이제 막 확 열어 버릴 참이다.

또 한편으로 이것은 진지한 반성이기도 하다. 덮어 버리고 싶었던 과거를 사랑할 수 있게까지 되는 것은 단순한 자만감이나 얄팍한 자신에서 할 수 있는 일이 아니다. 과거를 인정한다는 것은 잘못된 자신의 일부를 받아들이겠다는 뜻을 함의하고 있다. 바라보는 자의 시선으로 보여지는 자신을 느끼고 있다는 뜻이다. 왜곡된 욕망에 대한 집착에서 벗어나 스스로도 어쩔 수 없는 오인의 구조를 지니고 있다는 것을 깨달은 셈이다. 이런 반성은 또다시 같은 과오를 되풀이하지 않겠다는 다짐을 불러올 수 있다는 점에서 의미심장하다. 이러한 긍정은 과거의 자기상황을 수동적인 것으로 받아들이지 않고 오히려 그것을 극복하려는 모습의 표출이라고 할

---

57) 최혜실은 하인숙을 윤희중의 무의식에 존재하는 아니마로 보고 있다. 그렇기에 윤희중이 하인숙에 대해 느끼는 사랑의 감정이 공감을 가져올 수 있는 것이라고 주장하며 더불어 무진이 주인공의 무의식의 공간이기 때문에 그 사랑이 가능해진다고 설명한다.
최혜실, 「「무진기행」에 나타나는 귀향과 귀경의 구조」, 『한국현대소설의 이론』, 국학자료원, 1994, p.264.

수 있다. 또한 자기의 상황이 주는 억압을 인정하고 그대로 부서지지는 않겠다는 의지가 내포되어 있는 것이다. 그러기에 그간 이기주의로 뭉쳐 있던 자아의 틀을 허물고 타자와의 연대까지도 가능하게 하는 의식으로 나갈 수 있는 시작이기도 한 것이다. 이 연대의 가능성은 맞잡은 손으로 형상화된다.

> 그 여자는 어린 아이처럼 나를 따라오고 있었다. 나는 나의 한 손으로 그 여자의 한 손을 잡았다. 그 여자는 놀란 듯 했다. 나는 얼른 손을 놓았다. 잠시 후에 나는 다시 손을 잡았다. 그 여자는 이번엔 놀라지 않았다. 우리가 잡고 있는 손바닥과 손바닥 틈을 희미한 바람이 새어나가고 있었다.[58]

「생명연습」에서 누나와 '나'가 손을 맞잡고 땀을 흘리며 애란인 선교사의 수음 장면을 목격할 때 깨우쳤던 생명의 자유로움과 「환상수첩」에서 '나'가 "각시" 형기의 손을 잡고 깨달았던 책임의 의미[59]는 「무진기행」에서 '윤희중'과 하인숙의 손으로 되살아난다. 바닷가에서 '쓸쓸하다'는 의미의 편지를 하인숙과 함께 되뇌이고, 그 옛날 어머니의 골방에 갇혀 있었던 것처럼 폐병을 앓으며 묵었던 방에서 하인숙과 정사를 나누고, 바닷가에서 '어떤 개인 날'을

---

58) 「무진기행」, p.147.
59) "바람도 퍽 쌀쌀하게 불어서 나는 형기의 손을 잡고 일어섰다.
　　이미 나는 형기와 나와의 관계를 깨닫고 있었다. 형기를 사랑할 수 있는 것도 반대로 학대할 수 있는 것도 세상에서는 나뿐이었다. 내가 그의 곁에 있는 한 그는 살아갈 것이다. 오직 내개 그의 곁에 있다는 사실만으로써도, 그리고 그것은 내 하향에 부여된 하나의 의미이기도 한 것이었다. 나는 그와 잡은 나의 손에 힘을 주었다. 얼마 후에 그의 손에서도 연인끼리의 그것처럼 조심스러운 반응이 왔다."
　　「환상수첩」, 전집 2, p.38.

듣던 시간들은 그저 "바닷가에서 아직 돌아오지 않"은 채로 윤희중에게 남는다.

변화를 요구하는 그 시간들은 그에게 "불안"으로 나타난다. 무진에 들어올 때 "반수면 상태"였던 그에게 그간의 일들은 꿈꾸기의 시간이었다. 현실 원리와는 다른 방향을 향하고 있는 자신에 대한 "이유를 집어낼 수 없이 가슴이 두근거"리는 "불안"을 느끼고 있는 것이다. 키에르 케고르는 불안을 "자유에서 오는 현기증"이라고 표현한다. 윤희중이 느끼는 불안의 실체는 여행자로서 자유를 찾고자 하는 자신과 일상적인 삶의 원리 사이에 대응하는 공백을 느끼는데서 오는 것이다. 그가 느끼고 있는 공백은 아내의 전보에 의해 확인된다.

늦은 아침, 그는 이모에 의해 잠을 깬다.[60] 그러나 사실 그를 깨운 것은 서울에서 온 아내의 전보이다. 아내의 전보는 그에게 현실 원리의 욕망을 환기시킨다. 그리고 그 욕망은 하인숙에게 쓴 편지를 찢게 한다. 편지를 쓰고 찢는 행위는 구원의 환상을 현실화하려는 욕망과 현실을 제압하고 있는 욕망 사이의 갈등이다. 그러나 그는 결국 현실 원리의 욕망을 수긍한다. 그렇지만 이 선택의 의미는 단순한 배반이 아니다. 자신이 욕망하는 환상 그 자체를 걷어내야만 그 대상을 얻을 수 있다는 자기 보존 의지에 따른 것이다. 편지를 찢어버림으로써 자신의 투영이랄 수 있는 하인숙에 대한 미련

---

60) 최혜실은 「무진기행」을 "꿈의 구조"로 분석하고 있다. 작품의 시작이 꿈꾸기와 동일시되었다면 그 끝은 서울에서 온 전보라는 자극으로 맺고 있으며 이로써 서울이 현실 세계라면 무진은 꿈의 세계라고 정리하고 있다. 그러므로 소설의 끝에서 그가 느끼는 부끄러움을 완전히 무의식의 세계를 탈출하여 이성의 통제를 받기 시작한 것으로 풀이한다. 이 작품이 꿈의 구조를 가진다는 의견엔 일견 타당한 면도 있으나 무진을 그저 꿈으로만 본다면 윤희중이 느끼는 부끄러움의 의미를 명밀하게 읽어내기엔 다소 미흡하다고 생각된다.
최혜실, 앞의 책, pp.264~269.

을 던지고 자신의 과거를 얽매고 있던 타자의 욕망에서 벗어나 이제 주체적으로 자기 삶을 꾸려 나가겠다는 의지인 것이다. 그렇기에 주체적인 의지는 결국 부끄러움을 동반할 수밖에 없다. 현실에 대해, 자신의 실체에 대해 객관화해서 볼 수 있는 시선이란 항상 자기 성찰을 통한 반성을 야기하기 때문이다. 이제 자신의 실제를 구성하고 있었던 것은 결국 자신이 속물이라며 거부했던 것에 뿌리를 두고 있다는 것을 깨달은 자의 인식인 것이다. 무진에서는 그래라며 수동적으로 생각해 왔던 욕망은 결국 자기 존재의 실체였던 것이다.

전보와 편지의 대비로 상징되는 이성과 감성의 분리, 현실의 엄격함과 열정과 유혹의 분열이 위선적임을 의식하고 있다는 점에서 윤희중은 자기 반성적인 인물이다. 그가 느끼는 '부끄러움'은 바로 이런 의식에서 발생한다. 그의 이 '부끄러움'은 죄의식에 맞닿아 있다. 정신분석이론에서는 전이하거나 투사함으로써 자신의 책임감을 제거하는 방식을 제시한다. 그러나 지젝은 오히려 죄의식을 떠맡는 바로 그 행위를 진정한 외상성으로부터의 탈출이라고 말한다. 죄의식 속으로 탈출하여 거기서 도피처를 구한다는 것이다.[61] 따라서 윤희중의 '부끄러움'은 자기 구원으로 작동한다고 볼 수 있다. 그리고 일상의 현실 원리를 순환할 수 있는 원동력이 되는 것이다.

그러나 그 부끄러움이 자유를 포기한 사회적 성공의 모순적 성격을 암시할 수는 있으나 자본주의 사회의 생산적 인간으로 복귀하는 사실을 무화시키지는 못한다. 결국 맞잡은 손의 의미가 유대와

---

61) 슬라보예 지젝, 주은우 역, 『당신의 징후를 즐겨라』, 한나래, 1997, pp.85~92.

연대로 나갈 수 있는 희망은 불발에 그치고 말았다. 그렇지만 그 희망이 결여된 이유가 윤희중 만의 문제는 아니다. 하인숙이 품고 있는 서울에 대한 열망 자체가 현실성을 잃은 환상에 뿌리를 두고 있다는 점도 함께 보아야 할 것이다. 서울은 "주어진 한정된 책임"만이 존재하는 공간이다. 하인숙에게 무진은 "책임도 무책임도 없는" 곳이었다.

그러나 사실 무진에서 나름의 야망을 키우고 있는 조와 같은 인물에겐 분명 "책임"이 존재하는 곳이다. 그것은 결국 무진 자체가 가진 문제점이 아니라 하인숙 자신이 가지고 있던 고착이라고 볼 수 있을 것이다. 윤희중이 '자기 세계'로 입사하기 전 결행하지 못했던 통과의례는 하인숙과의 관계를 통해 성취되었다. 그리고 하인숙 역시도 서울에 대한 막연한 환상이 허무함을 윤희중을 통해 엿보게 되었고 결국은 그에게 서울에 가지 않겠다고 말하게 된다. 그런 의미에서 윤희중의 통과의례에서 하인숙은 희생양이 된 것이 아니라 자기 존재의 현실성을 찾기 시작한 또 다른 출발을 시작했다고 볼 수 있겠다. 하인숙의 변화가 윤희중의 통과의례보다는 감상적으로 그려져 있으나, 전기 작품들에서 여성 인물들이 자기의 욕망을 드러내지 않은 채 삭제되었던 것에 비해 일종의 변화를 꾀하고 있다고 볼 수 있다. 더군다나 하인숙은 윤희중보다 훨씬 더 자신의 욕망이 무엇인지 정확히 알고 적극적으로 표현하는 인물이다. 이는 남성 인물들에게 생명을 상징했던 누이의 세계보다 더 근대화된 모습이라고 볼 수 있다. 이런 변화는 이후 「야행」 등에서는 여성 인물이 직접 자기의 욕망을 관철시키고 정체성을 찾아나서는 모습으로 확대된다.

그동안 「무진기행」 연구에서 배제되어 왔던 여성 인물들의 의미는 윤희중의 통과의례를 통해 보다 명확하게 규정된다. 어머니와 아내로 대리되고 있는 현실의 원리는 주인공을 보호하는 방어막이 되는 동시에 '자기 세계'의 욕망으로 나타난다. 이런 이중적인 성격을 인식하고 있지 못하던 윤희중은 자신의 정신적 외상을 상징하는 미친 여자와 통과의례의 희생양이 되어 준 술집 여자의 자살을 통해 스스로 '책임'을 '선택'할 수 있는 인물로 변화되었다. 그리고 그 '변화'는 자신의 분신과도 같은 하인숙과의 관계를 통해 보다 확실한 자기 정체성을 확인하게 되는 것이다.

2) 맞잡은 손의 의미

「야행(夜行)」은 한 사회의 이데올로기가 개인을 얼마만큼 억압하고 있는가를 인식하기 시작한 은행원 현주를 통해 주체적인 자각에 대해 다루고 있다. 이 작품에서 나타나는 주인공 현주의 일탈은 정체성 찾기를 위한 입사적 성격을 띠고 있다. 그러나 그 자각마저도 일상의 한 부분으로 매너리즘이 될 수 있다는 가능성까지 함께 지적하고 있다는 점에서 김승옥 특유의 현실 인식을 엿볼 수 있다.

이 작품의 표면적인 서사는 어느 여름 대낮 우연하게 당한 강간으로 인해 현주가 섹슈얼리티에 눈뜨는 것으로 진행된다. 그러나 이때의 섹슈얼리티란 보편적인 의미에서의 한 개인의 성적 각성을 야기하거나 그와 연관된 행위 및 경향을 가리키는 것만이 아니며 또한 비단 성적 욕망에 따른 육체적인 관계만을 의미하지는 않는다.[62] 더욱이 그 자각이 '강간'이라는 형식으로 각성된다는 것은 사

---

62) 조셉 브리스토우, 이연정, 공선회 역, 『섹슈얼리티』, 한나래, 2000, pp.17~30.

뭇 파격적이다.

앞서 살펴보았던 김승옥의 전기 소설들에서 '강간'은 폭력적인 현실을 상징하는 기표로 사용되어 왔다. 더군다나 성윤리가 상대적으로 자유로워진 요즘에도 강간은 육체와 정신 모두를 침해하는 치명적인 폭력이다. 그 상처의 아주 사적인 측면과 그 내밀하고 비밀스러운 부분, 개인의 육체를 침해함으로써 가장 비육체적인 부분을 침해하는[63] 범죄이기 때문이다. 보통 강간은 개인의 삶과 정체성을 위태롭게 한다는 것을 드러냄으로써 그 폐해는 보다 결정적이다. 그리고 대개 강간이란 물리적, 도덕적인 면에서는 피해자에게 더욱 치욕적인 사건이기 마련이다.

그러나 강간 피해자인 현주는 그 사건을 계기로 새로운 인식을 시작한다. 게다가 이 작품에서의 '강간'은 "해도 긴 8월의 오후 세 시경" "대낮"에 은행원 제복이 아닌 "꽃무니 원피스"를 입고 휴가를 마치고 돌아가던 중 "감옥에 가는 걸 무서워하지 않"는 '익명'의 사내에게 당한 사건이라는 점에 주목할 필요가 있다. 휴가는 꽉 짜인 일상에서 벗어날 수 있는 하나의 여백이고 공백이다. 사회인으로서, 상징계의 기표가 되는 증거인 제복을 벗고 일상을 벗어나 자신의 삶을 관조할 수 있는 시간이기도 하다. 그러나 한편으로는 일상의 원리로부터 벗어날 것을 끊임없이 의식하고 있지만 결국 되돌아갈 수밖에 없음을 다시 한 번 확인하는 시간이기도 하다. 이 잉여의 시간에 현주는 문득 자기가 추구해 왔던 세계에 대한 의문을 느낀다. 문득 육교 계단을 올라가던 자신의 발을 바라보며 자아에 대한 의문을 품기 시작한 것이다.

---

63) 조르쥬 비가렐로, 『강간의 역사』, 이상해 역, 당대, 2002, p.9.

번잡한 육교의 계단을 올라가면서 그 여자는 샌들의 가죽끈 밖으로 가지런히 내밀어져 있는 자기의 발가락을 내려다보고 있었다. 그것들은 땀과 흙먼지로써 남보기에 창피할 만큼 더럽혀져 있었다. 그 부분만은 그 여자의 것이 아닌 것 같았다. 아니 그 부분만이 참으로 자기의 소유인 것 같다고 그 여자는 느끼고 있었다.[64]

현주는 같은 직장에 다니는 남편과의 관계를 숨기고 있다. 현주가 남편과의 사실혼 관계를 숨기고자 하는 것은 처음엔 남편의 수입만으로는 생활이 주는 평범한 행복을 얻어낼 수 없을 것 같다는 불안과 저축을 늘리고 싶다는 욕구에서 비롯된 것이었다. 위선적인 방법으로라도 충족하고 싶은 자본주의적 욕망은 "불안한 습관"이 되어 버린 연극을 충분히 보상해 줄 수 있는 "즐거운 꿈"이 될 수 있을 것이란 기대 때문이었다.

그러던 현주가 자본주의적 욕망으로 지어진 '자기 세계'에 균열을 느끼기 시작한다. "더럽혀"져 있는 부분과 그렇지 않은 부분에 대한 구분이 모호하게 느끼는 것은 위선적인 연극으로 지키고 있는 '자기 세계'의 당위성과 관계된 의문이다. 이런 자각은 익명의 남자로부터 갑작스럽게 당한 강간으로 인해 확연해진다. 억센 익명의 사내의 손에 이끌려 경험한 급작스러운 체험은 그녀 안에 잠자고 있던 실존을 놀라게 했다. 한계 상황의 경험에서 비로소 실존의 완전하고 구체적인 개념이 드러나듯이 현주는 이 경험으로써 내면의 본질과 만나게 된다.[65] 이는 강간의 폭력적 상황에 대치된 현주의 태도에서 흥미롭게 제시된다.

---

64) 「야행」, 전집 1, p.267.
65) 블노브, 앞의 책, pp.103~109.

사내 손의 섬세한 조작이 그 여자의 마음에 들었다. 공포 속의 안심이
라고나 할까, 그 여자는 그런 걸 느꼈다. 그 여자는 손목을 빼내기를 단
념하였다. 그러자 그 고리가 점점 오므라들어 움직이기를 멈춘 여자의
손목을 아프지 않은 한계 안에서 조이는 것이었다. 그 여자는 문득 자기
의 손과 사내 손의 그 땀에 젖어 미끄러운 틈으로부터 생명의 거친 숨소
리가 들려오는 것을 의식하였다. 그것은 북소리처럼 둔중했고 생선 아가
미처럼 가빴다. 사내의 생명도 자기의 생명도 아닌 전연 낯선 생명이 지
금 마악 땀에 젖은 손과 손의 틈바구니에서 태어난 것 같았다. 그러자 그
여자의 공포와 혼란은 더욱 말할 수 없는 힘으로 그 여자를 흔들어놓기
시작했다.[66]

익명의 사내가 하는 손의 조작은 수음[67]을 연상시킨다. 이 행위
를 느끼는 현주의 감정은 복합적이다. 사내의 동물성, 생명력에 매
료당하면서도 결혼한 여자로서 혼외 정사, 그것도 강간에 매혹되
고 있는 자신에 대해 두려움과 혼란을 느끼고 있다. 금기를 넘어서
는 욕망이 지금 현주의 내부에서 발현되고 있는 것이다. 지금 현주
의 이 한계 상황은 이성으로 설명되지 않는 것이다. 한계 상황이란
조화로우며 완결된 세계상에 만족하려는 모든 경향에 대립하는 것
이기 때문에 인간의 현 존재가 지니고 있는 모든 불안성과 불안정
성을 절실히 보여주는[68] 역할을 담당한다. 물론 인간은 한계 상황

<hr>

66) 「야행」, 앞의 책, p.271.
67) 김승옥의 작품에 '수음'은 자주 등장한다. 「생명연습」에서는 애란인 선교사의 '수음'과 그
　　장면을 엿보고 있는 누나와 내가 잡고 있는 손도 '수음'을 연상시킨다. 「무진기행」에서는
　　전선에 나가지 못한 윤희중은 골방에 갇혀 '수음'을 한다. 이렇듯 김승옥 작품 속의 수음은
　　존재의 살아 있음, 즉 실존을 확인하는 행위로 등장하곤 한다.
68) 블노브, 위의 책, pp.107~108.

앞에서 또다시 도피하여 일상으로 돌아갈 수도 있다.

그러나 현주는 강간의 '책임'을 "자기와 자기의 남편"이 져야 할 몫이라고 의식하게 된다. 그날의 일은 "죄의식"과 "더러움"으로 만들어진 '자기 세계'인 "이곳"에서 떠나고 싶은 욕구에서 비롯되었음을 깨닫는다는 점에서 오히려 통과의례가 된 셈이다. 이 통과의례를 통해 현주는 주체적인 자각을 시작하게 된다. 바타이유는 에로티즘을 "죽음까지 파고드는 삶"이며 이는 섹스가 단순한 생식 행위가 아니라 인간을 인간이게끔 하는 '인간의 내적 삶'의 한 양상이며, 나아가 덧없이 소멸하는 우연한 개체로서의 운명을 넘어서려는 필사적인 행위라고 본다. 때문에 현주는 강력한 폭력이기도 한 강간을 통해서 오히려 자신의 내적 삶에 대해 고민하기 시작한 것이다.

최근에 와서 그 여자의 욕구는 비틀거렸다. 그 여자는 자기의 욕구가 지나치게 무모하고 비상식적이고 반사회적이라는 걸 그 욕구의 싹이 자기의 내부를 자극하기 시작하던 처음부터 깨닫고 있기는 했다. 그러나 그 여자로 하여금 그러한 욕구를 갖도록 해준 어떤 경험이 그리고 인간이 지니고 있는 욕구는 그것이 어떠한 것이든지 그 속에 한줄기 강렬한 빛을 발하고 있다는 자각이 그 여자로 하여금 그 무모하고 비상식적이고 반사회적이라고 생각되는 울타리를 감히 넌지시 넘도록 한 것이었다. 어느 시간, 어느 장소, 어느 사람들 사이에서는 그것은 결코 무모하지도 않으며 비상식적인 것도 아니며 반사회적인 것도 아닐 수 있으리라. 가령, 그 여자는 포로수용소를 탈출하고 싶어하는 포로를 상상한다. 그는 철조망의 한 곳이 허술한 것을 우연히 발견한다. 그것을 발견하자 그는 자기가 이 수용소로부터 탈출하고 싶어했다는 걸 비로소 깨달은 것이다. 그는 계획을 세우고 준비한다. 그리고 예정했던, 어느 달 없는 밤에 그는 철조망을 넘어선다. 어느 입장에서 보면 그의 행위는 분명히 무모하고 비상식적이고 반사회적이다. 그렇다고 하여 그의 욕구가 완전히 부정되어야 할 것인가.[69]

바타이유는 금기를 인간의 태도를 이해하는 데 없어서는 안 되는 결정적인 열쇠로 본다. 그는 금기는 밖에서 주어진 것이 아니라고 주장한다. 금기를 범할 때, 특히 금기가 우리의 마음을 옭아매고 있는데도 불구하고 충동에 무릎을 꿇을 때, 우리는 진실이 무엇인지를 비로소 번뇌와 함께 깨닫게 된다는 것이다. 금기를 준수하고, 금기에 복종하면, 우리는 더 이상 그것을 의식할 수 없으며 그러나 그것을 범하는 순간 우리는 고뇌를 느끼며, 고뇌와 함께 금기가 의식되고, 죄의식을 체험하게 된다. 이러한 고뇌와 죄의식 끝에 우리는 위반을 완수하고, 성공시키게 된다.

그런데 역설적인 것은 우리의 의식이 그 위반을 즐기기 위해 금기를 지속시킨다는 것이다. 금기를 어기려는 충동과, 금기의 밑바닥에 깔려 있는 고뇌를 동시에 느낄 때 비로소 에로티즘의 내적 체험은 가능한 것이다. 욕망과 두려움, 짙은 쾌락과 고뇌를 긴밀히 연결짓는 그것은 종교적 감정과도 다르지 않을 정도로 숭고한 체험이라는 것이다.[70] 이렇듯 현주가 느끼는 감정의 혼돈은 사회적 규율로 금기된 영역과 인간 내부에 은밀하게 숨겨진 자연의 욕망의 대립에서 오는 것이다.

자연의 충동을 거부하는 인간은 역사 위에 인간의 영역을 구축해

---

69) 「야행」, p.266.
70) 조르쥬 바타이유, 조한경 역, 『에로티즘』, 민음사, 2004, pp.40~41.

났다. 도덕, 사회, 경제, 정치적 측면에서의 인간 세계가 동물과 인간을 구분하게 하는 외적인 규율이다. 그러지만 주체는 언제나 과정 중에 있는 주체, 교란받는 주체, 경계선에 있는 복수화된 주체가 되며 시적 충동은 상징계를 가로 질러 기호계로, 어머니로 돌아가려는 코라의 충동적 힘과 같다.[71] 강간 체험은 오히려 현주에게 육체 안의 본능들과 심리적 충동들의 자각을 불러일으킨다. 자연의 충동을 느끼고 이제 직접 그 명령들을 감행하기 위해 스스로 밤거리를 배회하기에 이른 것이다.

근대성 담론 중 개인의 욕망을 문제삼는 대부분의 논의에서는 전통사회로부터 이어져 오는 당위보다 개인의 욕망을 우선시하는 것을 근대인의 한 특성으로 본다. 그렇다면 현주의 이 배회는 일탈이라기보다는 실존적인 정체성 찾기의 시작이라고 볼 수 있다. 이런 시도는 자신이 문화, 사회 국가 장치에 의해 '호명된' 주체이기를 거부하고 자기를 호명하는 지식, 권력, 이데올로기들을 인식, 검색하며 그것을 전복시킬 수 있는 전략을 가지기 시작하려는 것이다. 주체가 사회, 문화, 이데올로기적인 허구적 구축 위에 놓인 것임을 의식하고 그 주체화 과정을 인식, 탐색, 탈구축하려는 노력을 시도하는 것이기 때문이다.

특히 기든스의 주장처럼 재생산 없는 섹슈얼리티와 섹슈얼리티

---

71) 코라(khora)는 플라톤의 『티마이우스』에서 크리스테바가 빌려온 것으로서 신의 조화가 질서가 개입하기 전의 무정형으로 무한한, 감각적 속성이 담기기 이전의 수용체적 물적 에너지 그 자체를 뜻한다. 코라의 속성은 기본적으로 운동적이며 프로이트가 일차 과정이라 부른 생체 에너지의 충동 그 자체인, 인간의 생물적 심적 실재 그 자체와 같은 것이다. 자아 분화, 대상 문화, 언어 습득 이전의 단계가 기호계이며 그것은 상징계에의 진입으로 주체 정립 이후에도 이성을 전복시키려는 쾌락의 소음들이나, 웃음, 시들의 소음, 리듬들로 나타나며 육체 안의 본능들과 심리적 충동들이 흘러다니는 공간을 코라로 본다. 김승희, 『이상 시 연구』, 보고사, 1998. pp.25~29.

 제3장 분열된 욕망의 통과의례적 자기 찾기

없는 재생산이 가능해진 현대사회에서 성은 이미 주어진 것이 아니라 인간이 선택하고 결정하는 문제라고 본다면[72] 현주의 행위는 일탈이라기보다는 금기의 영역을 뛰어넘은 순간 느꼈던 자유로운 주체의 선택이랄 수 있다. 그러나 이런 현주의 실천은 결국 판타지 찾기로 귀결되고 만다. 결국은 욕망의 대상은 존재하지 않으며 희구하는 대상은 끔찍한 실체라는 것을 마주하고 말았기 때문이다.

그리고 그 여자는 새삼스럽게 깨달았다. 자기의 욕구는 반드시 사내들이 자기네의 욕구를 과감히 실천할 때 함께 성취될 수 있음을. 그렇다, 사내가 그 여자의 내부에 공포와 혼란을 일으켜 놓지 않는다면 그 여자는 어떻게 자기의 더러움을 자백할 수 있을 것인가![73]

현주가 느끼는 '더러움'의 정체는 자신의 이중적 욕망에 대한 죄의식이다. 연극으로써 생활을 유지하고 "즐거운 꿈"을 채워 가고 있는 자신의 일상이 가진 거짓과 위선, 그리고 그런 방식으로밖에 유지할 수 없게 만드는 사회의 규율에 대한 자각이다. 현주의 연극 계략을 가부장적 '자존심'으로 거부하면서도 암묵적으로 협조하고 있는 남편의 자세는 위선적인 가부장 이데올로기와 자본주의적 욕망에 점철된 현실을 상징적으로 보여준다.

현주에게 그 자각이 더욱 뚜렷해진 계기는 자신의 일상을 낯설게 보기 시작하면서이다. 깨어난 실존에게 늘 다니던 은행의 이웃거리는 차창을 통해 낯설게 보이기 시작한다. 이것은 자신의 삶에 대

---

72) 앤소니 기든스, 배은경, 황정미 역, 『현대 사회의 성, 사랑, 에로티시즘』, 새물결, 2003, pp.55~76.
73) 「야행」, p.277.

해 거리를 두고 보기 시작하는 인식이라고 할 수 있다. 그리고 그 안에서 자신과 같은 ‘더러움’을 가진 사람들을 목격한다. 술에 만취해 구토하고 있는 사내들은 “이곳”을 떠날 의사도 없으면서 “조건부”의 욕구를 달래기 위해 “자의식 없는 깡패”처럼 거리를 배회하는 사람들일 뿐이다. 자신의 의지가 아닌 누군가에 의해 감행되기를 기대하는 의식에는 한계가 있다. 이는 자신의 상황을 자각하고 반성할 수 있는 의식은 있으나 그것을 실천할 수 있는 용기에 대해서는 무능력함을 의미한다.

이는 변화란 다른 누군가에 의해 ‘선택’되어졌을 때만이 가능하다고 전제하는 소극적인 책임의식이다.[74] 실은 그녀의 탈출 욕구역시도 사내들의 욕구와 마찬가지로 조건부이기에 “울타리 안에서울타리를 만지작거리며 생각만 한없이 되풀이하고 있는 것”일 수밖에 없다. 현실 원리의 세계의 파장에서 완전히 벗어날 수 없는 일상을 생활해야 하기 때문이다.

그렇기에 현주가 “자기 몫의 허술한 울타리를 경험”했던 그날 느꼈던 사내의 강력한 힘은 이런 일상인들에게는 불가능한 것으로볼 수 있다. “감옥을 무서워”하지 않는 사내가 금기를 위반할 수 있는 힘은 어쩌면 여관 안에 들어갈 때까지 “한번도 자기의 얼굴을돌아보지 않았”기에 죄 의식을 잠깐 잊었던 현주의 동조에서 온 것

---

74) 김현은 구원의 문학과 개인주의에서 “65년대 작가들의 주인공들은 그 상황을 뚜렷이 인식함으로써 그 상황을 극복해 내는 것이다.”라고 적고 있다. 이는 55년대 작가들과 구분하기위한 노력의 일환으로 읽히는데 김현은 이 구분의 틀을 실존주의에서 빌리고 있음을 명시하고 있다. 그러나 사실 “상황을 극복해 내는 것”이라고까지 보기에는 무리가 따른다. 하지만 김승옥의 인물들은 자신이 처해 있는 상황을 분석할 수 있다는 점에서는 분명히 전 시대의 수동적 인간형과는 구분되는 점이 있다. 이렇게 자신의 상황을 객관화할 수 있는 의식이야말은 분명 전후문학과 김승옥이 변별되는 점이다.
김현, 「구원의 문학과 개인주의」, 앞의 책, p.383.

일 수도 있다. 그렇다면 그날 현주는 끌려간 것이 아니라 오히려 "그 사람의 손목을 붙잡고" 일상 속의 "이곳"을 벗어나 달라고 "애원"을 하는 것으로 함께 행동했던 것이 된다.

이제 맞잡았던 손의 혼란은 정리되었다. 결국 현실의 변화는 협력을 통해서만 가능한 것이다. "감옥"으로 얽혀 있는 이 사회의 틀은 강력한 위반이 아니라면 성취될 수 없는 것임을 작가는 시사하고 있다. 결국 이 작품에서의 강간은 무기력하고 모순된 사회의 실체를 깨닫게 하는 하나의 계기를 상징적으로 드러낸 것으로 볼 수 있다. 이렇듯 금기의 영역을 뛰어넘을 수 있는 힘은 결국 맞잡은 손을 통해서만 수반해야 한다.

이따금 그 여자는 그 공포와 혼란이 없이도 사내의 손에 이끌려 갈 수 있는 게 아닌가하고 생각해보곤 하였다. 창녀들처럼, 아니 절실하게 기도해야 할 것이 별로 없음에도 불구하고 미사에 참석하는 신자들처럼.

그러나 그 여자가 가장 두려워하는 것은 자기의 욕구를 그러한 의식(儀式)으로써 포장하게 될까봐 하는 것이었다. 막연하나마 그 여자는 만약 자기에게 공포와 혼란이 없이 그것을 한다면 마침내 의식만이 남게 될 뿐이며 그리고 그것은 파멸이라는 걸 알고 있었다. 그 여자가 바라는 것은, 그렇다, 파멸이 아니라 구원이었다. 속임수로부터의 해방이었다.

그럼에도 불구하고 욕구의 자리에 의식을 대신 들어 앉히려는 유혹은 그 여자의 서성거림이 잦아질수록 증가하는 것이었다. 그 유혹을 그 여자가 겁내는 까닭은 그것이 그 여자의 내부에서 오기 때문이었다.[75]

---

75) 「야행」, p.278~279.

금기를 뛰어 넘어 자유로움을 찾고자 하는 행위마저도 습관화된 일상이 된다면 그것은 이미 의미 없는 탈출이 되어 버린다. 금기가 주는 억압을 넘어서서 자율성을 체득하려는 시도가 매너리즘이 되어 버린다면 그것은 쾌락의 일부가 될 뿐이다. 바로 이런 나태함을 경계하는 것이야말로 생활인이 취해야 할 양심의 자세이다. 그럼에도 그것이 "베트남 전선으로 가는 군인"을 보았을 때 느꼈던 "안타까움"과 "쓸쓸한 기분"을 해소하기 위한 의식(儀式)으로 다가온다는 것은 어쩔 수 없는 세계에 대한 절망감을 드러낸 것이다.[76] 이는 인간 삶의 한 근원인 성(性)이 사회적, 역사적 정열의 중요한 동력으로 읽히는 지점이다.

나아가 김승옥이 느끼는 현실의 모순은 이렇게 개인의 일상으로까지 침투한 이데올로기와 현실의 지배원리로 존재한다. 그것은 어쩔 수 없이 반복되고 계속될 문제일 수밖에 없다. 작품의 끝이 작품의 시작에서처럼 또다시 "이곳"을 벗어날 수 없는 "조건부" 욕구를 지닌 어떤 사내의 출현으로 마무리되었다는 것은 그 일상의 한계를 뚜렷이 부각시켜 준다. 이 일상의 한계는 이후의 작품에서 자기 정체성 찾기의 장애물로 작용한다.

---

76) 김승옥은 이 작품의 창작 배경에 대하여 "모티브는 무엇이었는지 뚜렷한 기억이 없으나 아마도 메모 상자를 뒤적여 몇 개의 메모를 조립하여 구상하기 시작했던 것 같다. 나로서는 항상 여러 앵글에 의하여 여러 의미가 추출될 수 있는 소설을 쓰는 것이 작품 쓸 때마다의 포부인데, 이 작품 역시 월남 참전에 대한 우리 국민의 태도에 대하여 야유를 한다는 보물찾기 쪽지를 숨겨 놓고 소설 언어의 살을 입힌 것이지만 지나치게 형상화되어 버린 탓인지 모두들 단순한 풍속소설 또는 여성 심리소설로만 보고 있는 것 같다"고 술회하고 있다.
김승옥, 「자작해설」, 『뜬세상 살기에』, 지식산업사, 1977, p.174.

3. 분열된 주체의 위기

「야행」을 기점으로 부각되는 여성 인물의 정체성 찾기 문제는 이후 장편소설에서도 중점적으로 다루어지는 주제이다. 특히 이는 통속소설 혹은 대중소설로 분류[77]되어 대부분의 논자들에게 외면되어 왔던 1969년 작 「보통여자」나 1977년 작 「강변부인」에서도 특징적으로 나타난다. 이 두 작품이 그간의 작품에서 보여줬던 김승옥 특유의 감수성과 소설적 구성이 실종되고 비판 의식이 없는 채로 독자의 관음증을 자극하는 '포르노 소설' 수준에 머물렀다는 대개의 혹평들에 전혀 근거가 없지는 아니하다.

유독 그의 작품 가운데 혹평받는 이 두 작품이 발표되었던 시기는 작품성 저하에 따른 의문을 풀어가는 데 해명의 실마리가 되지 않을까 싶다. 이 작품들이 발표된 시기는 1970년대의 상업주의 문학이 주류를 이루고 있던 시점이었다. 한국사회에서 1970년대 성과 육체의 담론은 산업화와 더불어 진행되면서, 성과 육체의 상품화와 그것에 대한 비판의 논의가 동시에 진행된다. 그러면서 매춘과 관련된 소설이 대거 등장하고 1970년대 대중소설은 흔히 창녀소설 내지 호스티스 소설이라고 명명된다.[78] 분명 이러한 작품군이

---

77) 사실 대중소설, 통속소설에 대한 용어 정리가 활성화되기 시작한 것도 얼마되지 않은 일이다. 우선 그 용어 자체가 갖는 모호함이 큰 이유가 되지 않았을까 싶다. 그간 대중소설, 통속소설, 잡/순 통속소설, 상업주의 소설, 신문(연재)소설, 신문세태소설, 신문소설 등으로 불려 왔던 용어의 다양성은 당연히 이런 다양한 명칭에서 의도되는 의미를 규정하는 정의 또한 만만치 않은 일이었음을 함의한다. 그러나 대개 '대중'이라는 용어 자체는 많은 사람들이 좋아하는 것, 고급문화와 대비되는 의미로서 대중적인 것, 민중들이 스스로를 위해 만든 것, 상업적 이윤에 의해 관리되는 것 등으로 정리되고 있다. 그러나 이와 같은 관점의 정리에도 역시 몇 가지 문제점이 또다시 제기된다. (이에 대해서는 김현주, 「1970년대 대중소설 연구」, 연세대학교 대학원 박사학위논문, 2003, pp.15~29 참조.)

등장하게 된 까닭은 시대적인 조건과 필연적인 관련을 맺고 있었다.

그간 서구의 물질과 한국의 정신, 전통을 강조하는 구도 속에 인정된 것은 대체로 남성의 서구성이었고, 여성적 서구 체험은 억압당하고 주변화되어 왔었다. 그러나 산업화를 통한 '조국 근대화' 과정에서 기술과 자본 없이 저임금 노동력으로 산업화를 이룩해야 하는 상황은 여성을 기계 소리나는 현장에 가세해 땀흘리는 노동의 도구로 변화시켰다. 그리고 다시 자본주의의 성 상품화와 맞물리면서 근대의 지점에서 다시 섹슈얼한 육체로 변모돼 갔다.

특히 산업화가 본격적인 궤도를 밟기 시작하는 70년대에 접어들면 여성도 어느새 근대의 시공으로 진입하게 되는데, 그 진입은 자본주의 발전 초기에 부족한 노동력을 메우기 위해 농촌 인구를 도시로 유입하는 속에서 이루어진 것이었을 뿐, 여성을 주체적인 근대적 인간형으로 변화시키는 차원은 아니었다. 그렇기 때문에 근대 사회로 진출한 여성은 더욱 심한 억압의 가중에 눌리게 되어 기존의 성적 억압에 새롭게 자본주의하의 노동의 억압을 경험하게 된다. 이는 「영자의 전성시대」와 같은 작품에 전형적으로 드러난다. 이러한 이미지는 중산층 이상의 여성들에게는 다소 다른 방식으로 전개되는데, 이들은 중산층 남성의 가부장적, 남성중심적인 성적 지배로부터의 도피를 꿈꾸기도 하고, 남성들에게 끝없는 자기 희생으로 승화되도록 동원되기도 한다.[79]

그렇기 때문에 이런 시대적인 토양 속에 결국 여성의 성이 다루

---

78) 김현주, 위의 글, pp.66~67.
79) 문현아, 「박정희시대 영화를 통해 구현된 여성이미지 되짚어 보기」, 한국정신문화연구원 편, 『박정희시대 연구』, 백산서당, 2002 참조.

어지는 방식에서 주목해야 할 부분은 그것이 자기 정체성이나 인격적 자율성과 어떻게 결합하느냐 하는 문제이다. 이 점에 주목해야 하는 까닭은 특히 김승옥의 작품들에서 성이 '자기 세계' 입사와 관련하여 중요한 모티프가 되어 왔기 때문이다.

1969년 작 「보통여자」의 수정은 약혼을 앞둔 명훈에게 다른 여자가 있음을 확인한 후 명훈과의 성관계를 통해 사랑을 확인하고자 한다. 그러나 청순하고 너무나 "깔끔한 성미"를 가져 과연 연애를 잘할 수 있을까를 걱정하게까지 하는 수정의 변화에 어떤 개연성이 떨어진다는 점은 분명 이 작품이 가진 약점이 된다. 하지만 여성 인물이 단순한 성욕을 넘어서는 자신의 섹슈얼리티를 재인식하기 시작했다는 점 자체가 정체성의 변모와 긴밀하게 연관되어 있다는 것, 또한 그것이 필연적으로 가부장제를 문제삼고 있다는 점을 생각해 본다면 여성 섹슈얼리티가 가부장제 하에서 여성의 실존적 조건일 수 있으며 또한 여성적 서사를 작동시키는 단초일 수 있다는 소설적 발견으로 접근할 수 있을 것이다.

이 작품에서 수정을 포위하고 있는 것은 가부장적 이데올로기이다. 이 가부장 이데올로기는 아버지의 부재로 인해 오히려 더 막강한 권력을 갖고 등장한다. 일찍 혼자가 된 어머니 김씨는 자식들을 온실 속의 화초처럼 키우는 것으로 아버지의 공백을 메우고자 한다.

여자에게서 깨끗한 것, 아름다운 것, 질서를 지키려는 본능, 조화를 유지하려는 욕망을 빼어버린다면 도대체 무엇이 남을 것인가. 그런 것이 닳아져 버린 여자를 어느 남자가 사랑해 줄 것인가? 남자에게서 사랑받을 수 없는 여자보다 더 비참한 것은 없다. 가령 남자란 사랑하지 않는 여자를 위해서는 한 푼도 쓰려 하지 않는다. 제 몸을 아끼고 여자를 돌보는데 등한해 버린다.

그러다보면 그 여자는 목구멍으로 밥조차 넘길 수 없는 처지가 돼버리기도 하는 것이다. 말하자면 소박하게 밥 문제만 두고 생각해보더라도, 남자에게서 사랑받지 못하는 여자의 신세란 이런 것이다. 적어도 김씨는 그런 생각을 하며 자식들을 아름답게 깨끗하게 키우려는 결심을 새삼스럽게 다지곤 한다. 그리고 여태까지는 잘해 왔다고 스스로 자신하는 것이다.[80]

가장을 잃고 생계를 위해 돈놀이를 하면서 세상의 산전수전을 겪은 후 이젠 '차돌이'란 별명까지 가지게 된 김씨는 "누군가와 한바탕 싸워서 머리가 헝클어지면 반드시 미장원에 들렀다가 집으로 가"고 혹여 "상스러운 말투로 걸려온 전화들을 자식들이 받게" 될까 봐 "전화받는 일까지도 식모인 순이에게만 맡기고 있"는 인물이다. 김씨는 가장을 대신하는 자신의 생활력에 대하여 자부심을 가지기보다는 자식들에게 숨기고 싶은 "때"라고 생각한다. 그렇기에 "직장생활"은 "거세지고 여자다운 맛이 달라져 버"리게 하는 일이므로 수정을 취업시켜 주겠다는 제의를 단호히 거절한다. 이런 김씨가 수정의 짝으로 명훈을 고른 이유는 자신의 사업 확장을 도와줄 수 있는 능력과 집안, 외모 등의 조건을 겸비했기 때문이다. 그렇기에 어머니 김씨는 이 결혼이 성사되기를 그 누구보다도 간절히 바라고 있다.

이와 같은 김씨의 비호는 수정을 자신감이 결여된 나약한 성인

---

80) 「보통여자」, 전집 4, pp.33~34.

아닌 성인으로 키워 놓았다. 버젓이 대학을 졸업했으면서도 수정은 자신이 취직하지 않은 이유로 필요가 없어서 안 하기도 했지만 그보다는 할 능력이 모자라서 할 수도 없었다고 생각한다. 그녀는 자신보다 능력이 떨어졌던 친구들이 번듯한 직장인이 되어 있는 모습을 보면서도 그들에게는 자기가 모를 다른 능력이 있을 것이라고 치부해 버릴 만큼 연약한 존재이다. 그렇기 때문에 명훈에게 다른 여자가 있을지도 모른다는 짐작에 주눅부터 들어 버리고 그 사실 여부를 확인하기도 전에 "경련"과 "공포"에 휩싸인다. 이 작품에서는 이 과정의 묘사에 대해 상당히 노력을 기울이고 있다.

바로 이런 요소가 이 작품을 논자들 간에 통속소설로 치부되게 만든 점이기도 하다. 보통 통속성을 구성하는 소설 내적 요소는 장식적 요소의 과잉이다. 장식적 요소는 텍스트의 상당 부분을 차지하면서도 전체 서사 구조에서는 부차적인 요소에 불과하다. 그러나 이런 요소들은 독자들의 공감을 적극적으로 확보하기 위한 전략적 장치로 작용한다.[81] 일상의 세세한 묘사나 육체의 선정적인 묘사를 통해 독자들의 관음증을 자극하는 것이다. 「보통여자」에서는 수정의 순결성을 강조함으로써 명훈의 사소한 행동에도 감각적으로 반응하는 수정의 행동을 세세히 묘사한다. 이는 결국 통속소설에서 독자를 이야기 자체에 몰입시키려는 전략적인 장치와 맥을 같이한다.

그렇지만 통속소설이 부정적 현실을 은폐하고 기존의 체제를 온존시키는 보수성에 이바지한다면 이 소설은 분명 그와는 다른 점을 포함하고 있다. 보통 도덕적 갈등으로 요약되는 멜로드라마의

---

81) 곽승미, 「「순애보」에 나타난 관계의 미학으로서의 통속성」, 한국현대소설학회, 『현대소설연구』 제22호, 2004. 6, p.161.

중심적 구성 원칙은 세계 질서가 본질적으로 정당하다는 것을 나타내는 도덕적 환상을 원칙으로 하고 있다. 이는 선행은 보상받고 악행은 응징한다는 식의 정의 실현으로 해피엔드로 결말짓는 것이 보통이다. 그것은 멜로드라마의 양식이 자아와 세계의 갈등보다는 자아와 세계의 화합을 지향하는 소시민적 지향성을 드러내기 때문이다.[82]

그런데 이 작품은 오히려 단일화된 지배 이데올로기의 모순을 강조하기 위해 우연성마저도 감수한다. 우연성이 자주 등장한다는 점은 이 작품이 가진 또 하나의 약점으로 볼 수 있다. 특히 그것이 극대화되고 있는 경우가 수정과 선배 경숙의 우연한 만남이다. 수정이 명훈의 강압적인 태도에 놀라 도망나온 후 자살을 결심하고 거리를 배회하다가 우연히 들어간 종로의 약국에서 여고시절 절친했던 선배 경숙을 3년 만에 만난다. 이는 그 전 다른 작품에서 보여주었던 김승옥 특유의 섬세하고 치밀한 플롯과는 상당히 차이를 보이는 점이다.

경숙은 결혼 후 남편의 외도로 골머리를 썩혀 본 경험이 있는 인물로 등장하여 수정에게 조언을 한다. 그런데 그런 사건을 겪은 경숙마저도 "아냐, 남자들 탓할 것 뭐 있니! 여자들이 죽어야 돼. 여자들이 너무 많아서 천해지니까 남자들이 바람을 피우고 지랄들이란 말야. 그저 여자들이 싸악 죽어야지 그렇지 않으면 남자들 바람을 무슨 수로 막니?"라고 말한다. 결혼 생활에서 느꼈을 절망감의 원인을 불특정 다수의 여자들에게서 찾으려는 생각은 분명 모순을 안고 있다. 그런 경숙은 "아직까지 우리나라에서는 한번 이혼했던

---

82) 최미진, 「1960년대 대중소설의 서사전략 연구」, 부산대학교 대학원 박사학위논문, 2003, p.22.

여자치고 이혼 전보다 더 행복했던 여자란 없거든"이라며 불합리하더라도 결혼을 유지하기 위해서 버릇을 고쳐야 한다고 주장한다. 수정에게 현장을 급습하여 유리한 고지를 취하라고 종용한다. 그러나 그녀의 해결법은 상대방의 인격을 억압한 채 자신이 우위를 차지해야만 가능한 것이다.

이처럼 수정을 둘러싼 인물들은 모두 여자의 타자성을 설파하는 인물뿐이다. 이는 시몬느 보부아르의 말처럼 남자들이 여자를 '타자'로 만들어 버리는 것이 아니라 여자 스스로가 타자가 되어 버리는 것이며 그런 타자성은 남자들에게 여자 속에서 뿌리 깊은 의존성을 발견하게 만들 뿐이다. 그러므로 여자는 구체적인 수단을 갖고 있지 않으므로 행동의 주체가 되기를 별로 원하지 않으며 남자와의 상호성을 인정하지 않고, 남자에 의존하는 필연적인 유대를 절감하기 때문에 때때로 여자는 그 타자의 역할을 기꺼이 감수한다[83]는 인상을 더해 주게 되는 것이다. 바람둥이 명훈이 수정에게 호감을 느끼는 부분도 바로 이런 점에 기인한다. 명훈은 수정의 자신감 결여에서 나오는 수줍음과 소심함을 처녀다운 순진함으로 느낀다.

그는 "일류라는 경기고등학교와 서울대학교 상과대학 출신이라는 점을 고려한다면" 그 기준에서 품을 법한 "남아다운 야심"이 없는 인물이다. 그저 "서울 사는 재미"를 즐기는 것으로 하루하루를 보내는 청년일 뿐이다. 그런 그가 6개월째 종숙과 점심시간에 만나 여관에 가는 이유는 "부담감"이 없기 때문이다. 이런 관계를 통해 그는 "자유연애의 실속은 차지"하고 결혼은 "운명"으로 정해진 맞선을 통해 조건을 맞추어 해야 한다고 생각한다. 그리고 그런 조건

---

83) 시몬느 드 보부아르, 앞의 책, p.21.

을 충족시켜 주는 수정은 적합한 상대인 셈이다. 이런 그의 이중적인 기준은 결혼과 연애를 양가적으로 구분하는 기준이자 출신에 대해서도 구분하게 한다. 그야말로 이기적인 가부장적 이데올로기를 체득하고 있는 인물인 것이다.

데모를 한다고 해도 서울내기들은 데모 자체와 그 속에 참가하고 있는 자기 개인과는 구별해서 의식하고 있기 때문에 오히려 데모의 마지막까지 참가할 수 있지만 시골출신들은 자기 자신이 데모라도 되는 듯 턱없이 날뛰다가 당하고 말거나 아니면 서울에선 등을 대어 믿을 만한 데가 없으니 미리부터 겁을 먹고 꽁무니를 빼어버리는, 비겁한 일을 하고 말거나 하는 것이다.[84]

그가 시골 출신에 대해 가지고 있는 상대적인 우월감은 극단적인 개인주의에서 비롯된다. 어떤 선택을 하든지 그 안에서 항상 자신의 이득을 계산해 두겠다는 명훈의 셈은 서울의 현실 원리를 그대로 수긍하고 있는 것이다. 치밀한 계산으로 "직장 같은 데서는 거의 나무랄 데 없는 청년"이면서도 사생활에서는 "도덕, 부도덕을 무시하는 이기주의자"인 그는 '책임'을 요구하는 '선택'은 당연히 하지 않는다. 그렇기에 종숙이 혼자서 몰래 임신 중절한 것을 고맙게 생각하기까지 하는 것이다. 이런 명훈에게 정숙한 처녀라고 생각하던 수정이 "집에 들어가지 않겠다"고 하는 말은 '책임'을 요구하는 저돌적인 저의로 보일 수밖에 없다. 그리고 갈등 끝에 그는 '책임'을 '선택'한다. 그리고 수정의 육체를 소유하기 전에 자신의

---

84) 「보통여자」, p.21.

과거를 용서받아야 하며 그런 후에 이루어진 관계만이 미래를 약속할 수 있다고 계산한다. 그는 이런 자신에 대해 '놀라움'을 느끼지만 그것 역시 서울내기다운 계산인 셈이다.

수정 역시 많은 혼란을 통해 '선택'할 수 있는 "사랑의 권리"에 대해 정리한다. 명훈과의 갈등이 시작되었을 때 그런 신랑감을 맺어 주려 하는 어머니를 원망하고 자신의 존재 가치를 무의미하게 여기던 타자적인 태도에서 나름의 주체적인 자각을 시작한 것이다. 어머니의 온실을 나와 자신의 시각으로 세상과 견주어 볼 각오를 선택한 것이다. 그러나 결국 그녀가 '선택'한 것은 사랑의 '불안'이다.

적어도 명훈의 심장이 자기와 이토록 가까이 있는 동안엔 현재와 그리고 가능하다면 미래만을 생각하고 싶었다. 앞으로 명훈이 자기만을 사랑해준다면 그 여자란 존재는 오직 자기의 질투 속에서만 살아 있을 것이다. 그 외의 어떤 곳에서도, 명훈으로부터도 그리고 자기로부터도 그 여자는 사라질 것이다. 그러므로 질투만 없앨 수 있다면 그 여자는 우리에게 아무것도 아닌 존재가 되어버릴 것이다. 질투를 없앨 수 없다면, 감춰버리기로 하자. 마음의 가장 깊은 창고 속에 가둬 버리고 문을 몇 겹이고 꼭꼭 잠가두기로 하자. 그런데 그럴 수 있을까?[85]

수정은 명훈에 대한 환멸을 느꼈음에도 불구하고 더 깊은 관계로 발전할 것을 '선택'했다. 그리고 그 전의 자신에게는 상상할 수조차 없었던 과감하고 단호한 방법으로 자기의 틀을 무너뜨릴 것을

---

85) 「보통여자」, p.189.

감행한 것이다. 이런 점에서 「보통여자」는 단순한 통속소설을 넘어서는 주제의식을 전달하고자 한다.

대중소설[86]이 단순히 단일한 지배 이데올로기를 재생산하거나 그것에 저항하는 것이 아니라, 다양한 방식으로 서로 긴밀하게 결합되어 있거나 모순되는 다른 이데올로기적 요소를 포함하고[87] 있기에 문화적 상황을 점검하는 데 적합한 텍스트가 되는 것처럼 이 소설은 전통적인 가치관의 이중적인 지배구조를 드러내는 데 일조하고 있다. 명훈은 그런 이중성을 상징하는 인물이며 수정이 그를 수락하며 자신의 가치마저도 변화시키려 노력하는 것을 현실 원리에 입사하는 과정으로 읽을 수 있다. 그리고 그런 변화를 '선택'하고 그에 따른 '책임'을 질 수밖에 없는 것이 70년대적이기에 그 상황을 수락한 수정은 이제 '보통여자'가 된 것이다.

대부분의 1970년대 대중소설 텍스트에서 모성성을 지닌 여성은 합리적인 교육을 행할 수 있는 존재로 표현되고 있다. 산업화로 인해 경제적으로 안정된 가정에서는 더 이상 여성이 생산 활동에 참가하지 않아도 되고, 육아에 전담하는 것이 윤택한 생활의 상징적 기호가 된다. 가사 일도 도시로 상경한 하층 계급 여성, 즉 가정부가 담당함에 따라, 소설 속에 나타난 여주인공들은 대부분 가사 일에서 해방된다. 대학교육까지 받았으나 남성보다 사회적으로 열등

---

86) '대중소설'은 본격소설과 저급한 소설을 구별하기 위해 만들어낸 용어이기도 하지만, 대중의 의미를 보편성이나 시대성, 사회성, 대표성의 개념으로 보아 그 소설이 생산된 당대와 당대의 인간을 더욱 잘 볼 수 있다는 점에서 긍정적인 용어로 변화시킬 필요가 있다는 입장을 내포하기도 한다. 이에 반해 '통속소설'은 대중소설의 부정적인 면모를 표현할 때 주로 사용한다. 통속성은 도식적, 인습적, 모방적, 감상적, 선정적, 그리고 반복적 특성을 갖기 때문에 문학의 궁극적 가치 인식에 이르지 못한 것으로 평가받는다. 곽승미, 앞의 글, p.162 참조.

87) 리타 펠스키, 김영찬·심진경 역, 『근대성과 페미니즘』, 거름, 1999, p.223.

하다는 의식을 내면화하고 있으며 가정 내에서 국한된 활동을 하지만 잡다한 가사 일은 가정부에게 맡기고, 매혹적이며 능력 있는 여주인과 의무에 충실하고 자상한 어머니 사이를 왔다갔다하는 중산층 전업주부[88]가 표본화된 이상 모델로 제시되고 있다.

「강변부인」의 민희 역시 중산층으로서 경제적 여유와 혜택을 누리고 있다. 그러나 그런 풍족한 생활 가운데 권태만 느낄 뿐이다. 이런 권태감으로 민희는 자녀들의 교육을 위해 학교를 방문할 때마다 "열등감"과 "무력감"에 휩싸인다. 아이를 위해 시작한 일이지만 적극적으로 교사와 친분을 쌓지도 못하고 그렇다고 교사 쪽에서 먼저 존경해 올 만한 사회적인 능력을 가지지도 못한 채 한달에 한번씩 정기적으로 돈 봉투를 가지고 찾아가는 자신을 "무능한 여자"라고 생각한다.

그렇다고 해서 이런 떳떳치 못한 기분을 구체적인 문제 의식을 가지고 개선하려는 욕구는 없다. 그저 그런 생각을 다른 엄마들을 욕하는 것으로 푸는 것 외에는 달리 방법을 찾지 않는다. 이런 민희에 대해 남편은 다른 곳에서 쓸데없는 일을 하는 것보다는 치맛바람이 훨씬 더 생산적이라며 핀잔을 주고 민희는 자신의 무력감을 풀어 버릴 수 있는 유일한 통로로 외도를 즐긴다.

그녀는 남편과의 관계 이외에서는 자신의 욕망에 솔직하지만 남편과의 관계에서는 성은 억제되어야 하는 것이며 가정을 유지하기 위해서는 은폐해야 할 욕망이라고 생각한다. 정숙하고 이상화된 가정을 위해서 그런 욕망은 "건강한 육체의 당연한 권리가 아니라 죄스러운 것"이라는 그녀의 인식은 이중생활을 부채질한다. 그런

---

88) 김현주, 앞의 글, p.143.

이중적인 기준으로 추구하는 성은 당연히 건강한 욕망이라기보다는 죄 의식을 일으킬 수밖에 없는 쾌락의 도구로 전락하고 만다. 그렇기에 이렇게 일시적인 해소를 위해 섹스를 찾는 욕망은 분명 맹목적이라고밖에 볼 수 없다.

그 여자 역시 섹스에 대한 근원적인 경멸감 내지 죄의식을 가지고 있었고, 가정이란, 그리고 남편이란 섹스의 대상 이상의 존엄한 그 무엇이었던 것이다.

섹스에 대하여 무지해 보이는 남편이 오히려 믿음직스러워 보였고, 순진한 남편을 통하여 자신의 몸 속에서 병균처럼 끓고 있는 자극에의 욕망이 건강한 육체의 당연한 권리가 아니라 죄스러운 것임을 깨닫곤 해왔던 것이다.

가정에서의 섹스란 엄하게 다스려 조그맣게 가둬두면 둘수록 가정의 다른 부분들, 즉 육아라든가, 문화적 취미생활이라든가, 친척들과의 보다 활발한 왕래라든가, 재산을 불려나간다든가 하는 일에 전념할 수 있다고 생각해왔다. 질펀하고 시뻘건 낯짝을 하고 있는 녀석과의 교섭이란, 내 가정이 제대로 잘 굴러나가고 있는 것을 확인한 다음에 때때로 영화구경을 가거나 보석 반지를 사듯, 자신에게 속해 있는 죄스러운 욕망을 달래주는 정도로 슬그머니 가져야 하는 것이었다. 민희가 남편 모르게 해온 행위 속에 제법 앞뒤를 갖추고 자신의 행위를 옹호해주는 관념이 있었다면 바로 그런 것이었다. 남편이나 다른 가족들에게 들키지만 않고 그때그때 미련없이 끝난다면 그 행위는 결코 죄가 될 수 없는 것이었다. 마치 길을 가다가 발길로 빈 깡통을 한번 찼다는 사실을 사소한 재미 이상으로 여기지 않고, 집에 돌아와서 식구들에게 '오다가 빈 깡통을 찼다'고 보고하지 않아도 좋듯이, 그 행위는 자신만 알고 있다가 금방 잊어버릴 단순한 것이었다. 그런데 오늘 민희는 자기 남편에게서 자기와 똑같은 사고방식에 의한 행위를 발견하고 충격을 받고 있는 것이다.[89]

　성은 무조건 은폐되어야 할 것, 점잖치 못한 것으로 자신을 억압하고 있는 데서 오는 죄 의식의 정체성을 미처 깨닫지 못하고 있는 채로 '빈 깡통'처럼 무의미한, 텅빈 공허로 자기 변명만을 만들어 오던 그녀가 여관을 나오던 중 남편이 술집 여자와 싸우고 있는 장면을 목격하게 된다. 그리고 남편 역시 같은 생각을 가지고 있음을 깨닫고 충격을 받는다. 민희가 받은 충격은 남편에게 자신이 "그냥 여편네이지 여성은 아니"라는 "배신감"과 맞닿는다. 자신의 성적 욕망을 남편에게 고백했을 때 "그건 돈 받고 몸파는 여자들이나 하는 짓이라며" 거부했던 남편의 "음탕한 취미"를 우연히 알게 되고 민희는 부부 관계에 회의를 가지기 시작한다.

　가부장적 이데올로기가 자본주의 체제와 결합되면서 여성/남성의 역할은 극단적으로 분리되었다. 특히 핵가족 제도하의 여성은 양육과 정서적 지원의 '표현적' 역할을 해야 했고 남성은 가족을 유지하기 위해 돈을 벌고 규율을 유지하는 '도구적' 역할을 해야만 했다. 결혼이 실질적으로 유지될 수 있었던 것은 임노동을 남편의 영역으로 배당하고 아내에게는 가정을 배당한 성별 분업 덕분이었다. 이런 관점에서 '점잖은' 여자라는 표시로서 여성이 섹슈얼리티를 결혼에 감금하는 것은 상당히 중요한 일이었다.[90]

　이렇듯 텍스트에서 자명한 것으로 형상화된 근대적인 가족제도

89) 「보통여자」, 전집 4, p.285.
90) 앤소니 기든스, 앞의 책, p.88.

는 부르조아 이데올로기를 지향하고 있다. 가정 내에서의 여성은
모성애와 순결성, 희생을 추구하는 존재로 남성은 경제적 능력과
권위의 존재로 분리되면서 여성/남성은 사적 영역/공적 영역으로
구분되는 것이다. 핵가족 제도는 혈연에 의해 의무처럼 부과되던
친족 관계가 점차 엷어지고 친밀성과 애정에 기초한 관계가 보다
중시되는 흐름을 주도한 제도 중의 하나이다. 이 핵가족 제도는 부
부 사이의 관계를 보다 친밀한 사적 영역으로 간주하게 해주었다.

　그러나 민희와 남편과의 관계는 이 '친밀성' 영역조차도 가부장
적 이데올로기에 지배받고 있는 것이다. 섹슈얼리티 역시 기본적
으로 나와 타자의 관계, 곧 인간 관계의 문제이다. 이 친밀성을 평
등한 두 사람간의 인격적인 관계에 대한 협상으로 본다면 전혀 다
른 각도에서 해석[91]할 수 있는 가능성이 충분히 있다. 성이 생산적
이고 건강할 수 있으려면 서로의 정체성을 긍정적으로 받아들이고
인정해 주는 관계가 선행되어야 한다. 그러나 민희는 그런 관계에
대한 고민은 생략한 채 욕구에만 몰두해 있으며 그 욕망에 대한 정
체성마저 이중적으로 분열되어 있다. 그녀의 남편에 대한 "배신감"
과 자신의 존재에 대한 "무력감"은 그녀를 혼란으로 몰고 간다. 민
희는 남편이 지은 국회의원의 집에 초대되었다가 우연히 그 부인

---

91) 앤소니 기든스는 "현대사회는 현대적 이성에 따라 조직됨으로써 감정의 문제를 사적영역
　　으로 추방하였다. 현대적인 정치제도와 권력, 행정 체계가 형성되는 과정에서 일어난 공/
　　사 영역의 분리가 이성/감정의 분리, 곧 남성/여성의 분리하는 사회적 현실을 낳았다. 나아
　　가 양 성의 심리적 지향이나 자기 정체성 또한 서로 다른 방향으로 전개되었다. 오늘날 개
　　인의 일상 생활 속에서 불거지고 있는 여러 가지 갈등들이 역사적 과정에 깊이 연관되어
　　있다"고 지적한다. 기든스는 나아가 '일상 생활의 민주화', 즉 사적 영역이자 친밀성의 영
　　역 속에서 확장되고 있는 이러한 민주주의의 싹을 체계 내로 얼마나 수용하고 포괄할 수
　　있는가에 따라 현대성의 앞날이 달라질 것이라고 예견하고 있다.
　　앤소니 기든스, 위의 책, pp.14~27.

남 여사의 외도를 목격하게 된다. 그 "입막음"으로 시작된 양일과
의 관계는 민희에게 오히려 첫사랑의 설레임을 기억하게 한다.

　그래, 볼 테면 보라지, 뭘. 서울에는 집과 아이들이 있고 부산에선 남
편이 기다리고 있다. 그 사이의 이 고속도로 위에서조차 자기는 그들을
의식해야만 한단 말인가. 어차피 고속도로가 끝나는 지점부터 자기는 싫
어도 그들과 얽혀야 하는데⋯⋯
　나 자신, 그렇다, 해질 녁의 고속도로란 잃어버렸던 나 자신을 얼마나
선명하게 떠올려주는 것이냐! 소녀시절에 항상 그랬듯 슬픔같은 습기가
가슴에 서리고 자신이 스스로 가련해 보이고, 그 때문에 자기와 동행해
주는 남자의 체온이 유난히 포근하게 느껴진다.
　고속도로가 끝나면 이 사람도 떠난다. 떠날 것이 확실하기 때문에 그
가 부담스럽지 않고 그에게서 지배를 받고 있다는 느낌이 조금도 들지
않는다. 사람끼리란 그래야 할 것이다. 이별이 없이 어떻게 사랑이 생길
것인가! 이별이 없다면 어떻게 이 구속을 달콤하다고 느낄 것인가! 양일
과의 이 짧은 동반에서 느끼는 이 깊은 사랑은 결국 민희 자신의 주체가
극대화함으로써 얻어진 한 톨의 수정같은 결정인 것이다.
　하기야 남편이나 아이들도 언젠가는 죽는다는 방식으로 헤어질 사람
들이다. 그러나 죽음이란 비록 잠시 후에 닥칠 수도 있는 사건이지만 어
쩐지 항상 멀리, 아득히 멀리 느껴지는 느낌이다. 죽음이 먼 훗날의 일로
느껴지는 만큼 이별의 슬픔, 이별 후의 고독도 아득히 희미하게 느껴진
다. 그리하여 죽을 때까지 함께 있어야 하는 모든 사람들이 밉지는 않지
만 그렇다고 사랑스러운 것도 아니다. 먹어도 먹어도 물리지 않는 밥처
럼 그것은 중성의 맛이고 때때로는 자신이 그것의 지배 밑에 구속되어
있다고 느끼는 것이다.[92]

이 인용문에서는 민희가 느끼고 있는 주체에 대한 인식이 비교적 자세히 드러나고 있다. 민희는 일상적인 삶의 지배와 구속을 떠나온 데서 일종의 해방감마저 느끼고 있다. 오히려 일상의 삶 속에서는 느낄 수 없었던 "자신의 주체가 극대화"되는 기분마저 느끼고 있는 것이다. 그러나 이 인식마저도 철저한 고민이라기보다는 "소녀시절"의 감상을 담은 "슬픔 같은 습기"이다.

이렇게 아련한 감상을 취하는 민희의 성 정체성이 가부장적 이데올로기에 반하는 행동에서만 자유로움을 느끼게 된 것은 유난히 엄격했던 부모의 감시를 일탈했던 날 겪었던 기일과의 관계에서 시작된다. 여행 같은 것은 상상도 할 수 없었던 민희는 우연히 마주친 기일이네 패거리에 휩쓸려 간 해수욕장에서 기일에게 처녀를 빼앗기고 그의 섹스 파트너가 된다. 그러나 그런 관계 속에서 민희는 육체의 열락에 눈뜨게 되었던 것이다.

기일과 헤어진 후 결혼한 남편은 "아무래도 신성한 의식에 함께 참여하고 있는 동반자"이며 영혼과 육체가 분리된 관계라면 "혼전의 첫 남자란 순수한 남자와 여자로서의 어울림"이 있는 "친밀한" 존재라고 생각한다. 그러나 그녀가 바라는 그런 관계는 이미 "사회의 감시"가 있는 한 "영혼의 훼손"을 각오하지 않으면 만남이란 불가능한 것이다. "다른 식구들에게 피해가 안 갈 정도"에서 "자신의 불길"을 달래는 것을 허용하는 그녀는 10년 만에 기일에게 전화를 걸고 "크나큰 슬픔"에 훌쩍인다.

이렇게 민희의 의식은 한편으로는 가부장적인 이데올로기를 의식하고 있으면서도 한편으로는 육체의 열망에 귀 기울이고 있다.

---

92) 「강변부인」, pp.287~288.

그렇기에 그녀의 주체는 분열되어 있을 수밖에 없고 혼재될 수밖에 없는 것이다. 이는 남 여사의 간통 목격을 이유로 양일과의 관계를 강요하는 그들을 "나쁜 사람들"이라고 느끼면서도 그 욕망의 실체에 대해서는 동조하는 모습을 나타난다. 이 동조는 국회의원이라는 자신보다 권력 기반이 높은 계층에 대한 굴복이라기보다 한 인간으로서 그 욕망의 실체에 대해 "우정"어린 공감을 느끼는 데서 비롯된 것이다. 그러나 민희는 남 여사의 공모 제안에 "강력한 설득력"을 느끼면서도 "적당한 핑계"로 도망 다닌다.

이런 갈등은 작품 안에서 이중적인 의식의 분열로 서술된다. 서술되는 의식 안에서는 가부장적인 이데올로기를 의식하며 비판의식과 반기를 들고 있음에도 정작 발언을 하는 대화에서는 그에 동조하고 있다. 이런 민희가 양일과의 관계에서 가부장적 이데올로기로 제어하고 있던 마음을 놓아 버리고 자신의 욕망의 "불길"을 완전히 수긍하고 있다. 그러나 그 결과는 결국 남편의 발각으로 인해 처참한 결말을 맺게 된다.

병신과 악당, 결국 남자란 그런 것인가! 어떻든 기둥처럼 믿고 의지하며 함께 살아가는 남편과 순간적이나마 첫사랑처럼 들끓는 감정을 내 가슴속에 불러일으켜주던 양일이가 병신과 악당처럼 보이는데, 다른 남자들은 말해서 무엇하랴!

이 숨막힐 듯한 처지에서 탈출해나갈 구멍이 없어 떨고만 있던 민희에게는 이 남자들을 병신과 악당이라고 규정하고 나자, 문득 솟아날 구멍을 찾은 듯 사지에 강한 힘이 샘솟았다.[93]

---

93) 「강변부인」, p.300.

　'도대체 나는 저 여자의 무엇인가?' 하는 의문과 절망이 남편으로 하여금 우는 소리로 아이들을 끌어다대게 한 것이라고 잠시 헤아려지는 민희였으나 자기가 저지른 순수한 개체의 현장이 사회 앞에 노출될 때, 그 개체의 뜨거운 아름다움이 추악한 죄악으로 변질해버리는 인간의 화학 작용에 차라리 깊은 분노를 느끼는 것이었다.[94]

　자신을 한 사람의 여성으로서 인정하고 사랑한다고 말하는 양일과의 관계에서 느낀 친밀감은 잠시나마 민희의 의식을 열어 놓는다. 그리고 늘 타자의 위치에서 억압되었던 의식은 나아가 자신이 처한 현실의 불합리함에 대해 나름의 주체적인 입장까지 세우게 한다. 그리고 오히려 이 한계 상황을 극복할 용기마저 느낀다. 그리고 그 상황을 타계할 수 있다는 가능성을 가늠해 보기까지 하는 것이다. 그렇지만 그 용기는 "사회의 감시"에서, 남편의 가부장적 폭력 앞에서 그저 일시적인 객기로 주저앉고 만다. 그리고 다시금 가부장적 폭력 앞에 심판받는 나약한 존재로 퇴행하고 만 것이다. 결국 민희의 실존은 갇혀 있는 채로 결혼 생활을 유지해 가야 한다.

　"너한테는 모성애도 없니? 우린 이제 우리 자신의 쾌락을 쫓아서 살 나이가 아냐. 아이들을 위해서 살아야 할 나이야. 이혼까지 작정하고 그런 짓을 하고 다녔다면 이런 소리 해봤댔자 귀에 들어가지 않겠지만."
　"난 당신을 못 믿고 살아왔어요. 내 자신도 못 믿겠구요. 그리구, 당신도 날 못 믿을 거예요. 아이들도 어떻게 키워야 훌륭하게 키우는 건지 모

---

94) 「강변부인」, p.301.

르겠어요. 학교 선생님들을 믿을 수밖에 없는데, 돈봉투를 갖다주다보니 선생님들도 못 믿게 되어버렸구…… 나같은 년 붙잡아둬서 뭘 해요."

"날 못믿고 살아왔다는 무슨 말이지?"

"밖에서……, 다른 여자들하구 그러구 다닌 거 나 알구 있었단 말예요."

"전혀 그런 일이 없었다구는 할 수 없지만…… 남자의 오입과 여자의 간통은 질적으로 다른 거야. 남자란……"[95]

성적인 자유는 권력에 뒤따르는 것이며 또한 권력의 표현이다. 여성이 자기의 독자적인 성적 쾌락을 추구하기 위해서는 재생산의 요구와 일상적 일로부터의 충분한 해방이 전제되어야 하는데, 이는 오직 특정 시대 특정 장소의 귀족 계층 여성들에게만 가능한 것이었다.[96] "남자의 오입과 여자의 간통은 질적으로 다르"다는 남편의 질책에 저항하지 못하고 남 여사와의 비밀을 털어놓는 것으로 문제를 해결하려는 민희의 모습에서 주체적인 의식의 통합을 기대하기란 힘든 일이다. 소설 말미에 "평생토록 이 남자 앞에서는 죄인으로서 얻어맞고 지내야 한다면……"이라고 생각하는 민희의 모습에서 자기 안의 한계를 넘어서지 못하게 하는 가부장적인 이데올로기의 그림자가 엿보인다. 그럼으로써 이 소설은 중산층 부인이 개념 없이 섹스에 탐닉하고 있는 이야기로 전락하고 만다.[97]

지금의 관점으로 보았을 때 이제 대다수의 사람들에게 집은 과거의 몇 세대의 기억에 의해 압도되는 공간이 아니며, 다가올 시대를 그곳에 가둬 두려고 하지 않는다. 그것은 하나의 거처에 불과하게

---

95) 「강변부인」, p.306.
96) 앤소니 기든스, 앞의 책, p.77.

되어 가고 있다. 그러나 여성은 아직도 가정 안에서 옛날에 집이 갖고 있던 의미나 가치를 부여하려고 노력하고 있으며[98] 그런 노력을 강요받고 있다. 이런 이중적인 가치 안에서 더군다나 주체적인 지향점이 없는 탐닉은 잉여의 쓰레기에 불과하다. 물론 이런 결과는 당대가 안고 있는 도덕과 윤리의 벽이라는 문제와도 충돌할 수밖에 없을 것이다.

그렇지만 작가는 분명 작품 안에서 그것을 뛰어넘을 수 있는 무언가를 제시해 볼 것을 시도하였다. 「강변부인」은 사적 영역에 갇혀 있는 한 여성이 자신의 삶을 성찰하고 의지와 자유를 표현하려는 소극적이나마 분명한 의지의 발현을 보여주었다는 점에서 의미를 가진다. 민희가 남편과의 관계에서 희구했던 것은 지배와 종속의 서열화가 아니라 서로간의 친밀성을 기반으로 한 합일의 감정이었다. 그것을 비록 에피소드적인 만남[99]에서밖에 성취되지 못했지만 분명 여성을 모성과 정숙한 아내라는 찬사로 사적 영역에 가둬 두려는 가부장적 이데올로기의 모순에 대한 재고를 요구하고 있다. 그러나 이 소설이 이런 방향으로 확장되기에 한계점이 되는 통속소설적인 요소들[100]이 서사의 주류를 차지하고 있다는 점은 한계로 남는다. 이는 작가의 현실을 바라보는 인식에서 기인한다고

---

97) 이는 남 여사의 말에서 확연히 나타난다. 자신의 정부와의 관계에 대해서 "무슨 사랑이야 하겠어? 가끔 만나서 몸 속의 불이나 *끄자는 거지*"라고 한다. 처음엔 반발심을 가지고 있던 민희는 "사실 말이지 먹고 살 걱정만 없으면 그 다음에 할 일은 사랑밖에 무슨 일이 있겠어? 여자가 사랑하고 사랑받고 싶은 욕망이 없다면 시체지 뭐겠어? 여자한테는 뭐니뭐니해도 사랑뿐이야. […중략…] 여자란 애당초 그렇게 돼먹었어. 애당초 하나님이 그렇게 만들어 주신 걸 억지로 뿌리치면 속으로 병이 들구, 그러다가 진짜 미친 여자가 되는 거야"란 말에 공감한다. 이 소설은 이런 민희의 분열적인 욕망을 극복하지 못함으로써 통속적인 소설로 주저앉게 된다. (「강변부인」, pp.268~269.)

98) 시몬느 드 보부아르, 「제2의 성 Ⅱ」, 앞의 책, p.119.

99) 에피소드적 만남은 혼외 정사로서 친밀성을 지속할 수 없는 일회적인 관계를 의미한다.

가정할 수 있는데 작가 스스로도 혼란을 겪고 있음을 고백한다.

불륜이 비어홀처럼 만연해지며 신종 오락처럼 그 유행을 시작한 70년대는 마치 낚시꾼이 찌를 노려보듯 사회 현상의 변화를 주목하고 있는 소설가에게는 소설 소재의 황금어장이었다. 전통 윤리 또는 절대가치가 붕괴되는 시대에는 모럴리스트들이 할말이 많아지는 법이다.

어떻든, 가정이 붕괴되는 시대의 치유하기 어려운 고통을 이처럼 즐기는 듯한 태도로 안이하게 접근하고 있었다는 점에서 「강변부인」의 작가로서 스스로 부끄럽게 생각해 왔지만, 보다 진지한 태도로 이 엄청난 붕괴를 소설로 짜낸다면 어떤 소설이 될지에 대해서는 솔직히 말해서는 구체적으로 떠오르는 것이 없었다. 비윤리란 궁극적으로는 희극적인 게 아닐까, 그런 깨달음만 얻었다. 결코 진지하게 표현되어질 수 없는, 쓴웃음 한번 웃고 외면할 수밖에 없는 코미디 그것이 모든 비윤리적인 사태의 형상인 것 같다는 게 「강변부인」을 쓰면서 새롭게 터득한 명제라고나 할까 〔…중략…〕 이건 좀 다른 얘기지만, 「강변부인」이라는 소설을 들여다보고 있으려니, 성을 사회 윤리적 차원에서 다룰 때 피상적일 수밖에 없고 거부감을 준다는 깨우침을 얻게 된다. 성 그 자체를 존재양식으로 시인하고 접근하여 정밀묘사를 시도할 때 소설은 오히려 증류수처럼 순수해질 수 있을 듯하다.[101]

분명 김승옥은 70년대적 현실에 대해 민감하게 반응하는 작가의

---

100) 텍스트의 상당 부분에서 상류사회의 화려함과 기호, 취향, 생활양식에 대한 세세한 묘사를 반복하고 있으며 이때 이런 것들에 매혹과 동경의 시선을 취하고 있다는 점, 그리고 아름다운 몸에 대해 관음증적으로 집착하며 성애 장면 등을 서사의 흐름과는 상관없이 많은 부분을 할애하고 있다는 점 등을 지적할 수 있다.
101) 김승옥, 「작가의 말」, 전집 1, pp.12~13.

식을 가지고 있었다. 그러나 그것이 도덕과 윤리와 대면한 가치였기에 그것을 뛰어넘는 일은 쉽지 않으리라고 생각했다. 그렇기에 모럴리스트로서의 결론을 지을 수밖에 없었던 한계점을 느낀 것이다. 그러나 그가 초기 등단작부터 일관해 왔던 성에 대한 의식은 작가 스스로의 말처럼 "성 그 자체를 존재 양식으로 시인"하고 접근했을 때 가장 생명력이 분출되었다. 김승옥의 작품 안에서 성은 시대의 폭력을 상징하는 기표로서, 사회의 지배 이데올로기와 대치되는 인간의 생명 의식으로, 자기 안의 자기를 뛰어 넘는 원동력으로, 사회가 가진 이중적인 이데올로기의 한계를 보여주는 것으로 표현된다.

이런 성이 노골적인 상품으로 전락하는 현실을 경계해 왔던 작가는 시대적 현실 안에서 어떤 위기의식을 감지했던 것으로 보인다. 그런 현실 속에서는 더 이상 정답을 찾아가기가 힘들다는 인식을 했을까. 그러므로 인해서 그는 가장 안온한 하나님의 품으로, 그 '손'[102]을 잡고 숨어 버렸던 것이 아닐까.

---

102) 김승옥은 '하느님'(김승옥은 자신의 임재 경험을 예로 들며 '하느님'으로 표기하는 것이 타당하다고 주장한다. 김승옥, 「내가 만난 하나님」, 앞의 책, pp.39~41.)의 존재를 회의하던 중 하얀 '손'을 만나고 믿음을 얻었다고 간증하고 있다. 앞서 살펴보았듯이 김승옥 소설에서 '손'은 소통이나 새로운 세계로 인도하는 기표로 등장한다. (이 글에서는 논외의 관점이므로 생략하지만) 이런 관점으로 그가 임재했다던 '손'의 의미를 풀어 본다면 또 다른 관점의 김승옥 연구가 전개될 수 있지 않을까 싶다.

김승옥 문학의 의의

제4장

김승옥 문학의 의의

우리 역사에 있어서 60년대는 자유를 성취하고 곧 그 자유를 빼앗기는 경험으로 출발한다. 4·19와 5·16을 양대 산맥으로 한 시대적 현실은 당대를 살아가는 사람들에게 의식적이건, 무의식적이건 큰 영향력을 미쳤을 것이란 추측은 어렵지 않다. 이런 정치적인 혼돈 아래 출발한 60년대의 근대화와 그 아래 억압되어 있는 자유를 어떻게 읽어야 할 것인가에 대한 고민은 가장 '60년대적 작가'라고 불리는 김승옥의 문학을 살피는 일에서도 중요한 과제이다. 더군다나 자기 주체성이 성장하기 시작하는 청년기에 대학 입학과 동시에 4·19를 경험하고 이듬해 5·16까지 겪어 버린 작가 김승옥에게 남겨진 것은 무엇이었을까.

4·19에 대한 오늘날의 평가야 어쨌든 그것의 주체 세대에 속해 있던 우리들에게는 아슬아슬하게 다행스러운 경험이 아닐 수 없다. 왜냐하면 우리들이 국민학교 때부터 받아온 교과서 교육이 4·19에 의하여 완성될

수 있었기 때문이다. 하마터면 그 완성을 보지 못하고 '교과서와 현실은
다르다'는 모순 속에서 자기들이 받아온 교육을 거추장스러운 쇠사슬로
여기며 살아갈 뻔하였다.[1]

'거추장스러운 쇠사슬'을 '완성'해냈다는 자부심으로 채워 주었
던 4·19의 기억은 이듬해 5·16으로 다른 국면을 맞이한다.

대학 1학년 때 4·19에 참가했던 나로서는 그 다음해 5.16쿠데타를 당
하면서 우리나라가 동남아시아나 남미 정도로 정치적 후진국에 불과했
던가 하는 허탈감을 가슴 아프게 느꼈었다. 경제적으로는 비록 가난하지
만 우리 국민의 정치의식만은 선진 민주주의의 국민과 다를 바 없다고
생각해 왔었는데 군대가 하루아침에 조용히 민주주의를 박살내버리는
것을 보고 깊은 열등감을 나는 느꼈었다.[2]

자부심을 '허탈감'과 '깊은 열등감'으로 바꾸어 버린 정치적 현
실은 단지 김승옥에게 국한된 것이 아니라 '60년대'가 공유하고 있
는 문제이기도 했다. 문학 텍스트 속에서 일어나는 것들은 사회적
사건과 상황을 암시해 주고 있으며, 또한 그 상황은 텍스트와 직접
적인 관계를 맺고 있다는 가정하에 보았을 때 이는 60년대를 살아
가는 작가 자신의 문제이면서 그의 문학의 문제로도 중첩된다.
시대적인 문제를 언급하는 방식에 있어서 김승옥은 사회와의 대
결을 택하기보다는 개인에게로 침잠되어 깊은 골을 이루고 있는
병폐를 진단한다. 정치적 억압과 함께 산업화의 급속한 변화에 대

---

1) 김승옥, 「산문시대 이야기」, 『내가 만난 하나님』, 작가, 2004, p.193.
2) 김승옥, 위의 책, p.26.

항하여 작가 김승옥에게 남겨진 문제는 바로 어떻게 살아가야 하는 가의 고민이었다. 그에게 포착된 현실 조응 방법은 자본주의 사회의 질서에 포섭됨으로써 권태와 안정을 동시에 가져다 주는 '일상'을 반성적 시각으로 바라보는 것이다. 이러한 인식은 분명 1950년대 전후문학에서 보여주는 것과는 확연히 달라진 시점이며 자본주의의 가속화에서 기인된 것으로 볼 수 있다.

김승옥에게 예민하게 포착된 것은 '생활'의 문제이며 그의 소설 속 등장인물들은 이 '생활'을 해나가기 위해 '자기 세계'를 구축하기에 이른다. 그 '자기 세계'란 타인을 파멸시키면서까지 만들어 갈 수밖에 없는, 생존의 문제가 파고드는 일상에 대한 위악적인 동조이다. 그러나 이 '자기 세계' 구축은 일상의 논리에 저항해 볼 도리가 없다는 죄의식을 가지게 한다. 그러면서도 그 생활이 주는 안락함에 안주해 가는 인물들의 모습에 작가는 비판적인 시각을 가한다.

그의 소설에 나타나는 일상은 자본주의 논리가 인간을 물화시키고 상품화하며 소외시키기까지 한다. 자본주의는 상품의 논리하에 모든 사물과 인간을 무차별적으로 포섭해내면서 인간의 삶을 물화시키고 개인을 타락시킨다. 이런 사회적 현실 안에서는 윤리적 가치와 질서가 존재하지 않을 뿐더러 사회 전반을 건전하게 통제할 힘이 부재하기 마련이다. 극단화된 자본주의적 질서가 현실 속에서 더욱 공고히 자리잡으면서 「60년대식」에서 보듯 가치 판단의 기준 자체가 와해되고 선과 악의 구분이 모호해진다.

그간 많은 연구자들이 함구했던 그의 70년대 작품에 드러나는 통속성 역시 생활과 싸우며 겪어야 했던 우리 사회 전체의 병리 현상과 매우 밀접하다고 볼 수 있다. 그러므로 김승옥에게 현실 인식은 닫혀 있기보다는 오히려 활짝 열려 있는 세계이기에 더욱 괴로 웠던 작가 본인의 실존적 문제라 볼 수 있다. 김승옥 소설의 인물들을 지배하는 현실은 '선택'의 고뇌를 안기는 것 같으면서도 결국은 보이지 않는 힘으로 생존의 논리를 압박하고 있는 것이다. 이는 1979년 작 「우리들의 낮은 울타리」나 1980년 작 「먼지의 방」에서 '진정한 삶'과 '생활'의 고민으로 나타난다.

「우리들의 낮은 울타리」에서는 소설을 쓰는 가난한 소설가의 생활의 고민을 다루면서 "결국 소설을 쓴다는 것도 먹고 살기 위한 한 방편이었던가?"라는 상당히 자전적인 질문을 던지고 있다. 이는 "그가 애써 왔던 진정한 삶이란 그 자신도 살아보지 못한 삶이며 아무도 그렇게 살아보려고 하지 않는 그야말로 꿈일 뿐. 결국 자기는 조판공이 활자를 만지고 아내가 밥이나 빨래하듯 사람들의 꿈을 글로 써 팔아야 아내와 도란거리는 진정한 삶을 구매해 온 것에 지나지 않는 것인가?"[3]라는 자조적인 질문으로 표출된다. '진정한 삶'이란 고정관념을 유일한 능력으로 하여 결국 먹고 살기 위해 소설을 써온 것이 아닌가 하는 소설가 정한의 고민은 그간 김승옥 소설의 인물들을 팽팽하게 긴장시켜 왔던 고뇌의 실체를 명확히 드러낸다. 또한 이 작품에서 작가는 국가와 사회 구조의 모순이 개인의 삶에 미치는 영향 관계를 풀어 나가려는 단초를 보이지만 그에 대한 선명한 해답을 찾지는 못한다. 이런 문제 의식은 1980년 작 「먼지의 방」으로 이어진다.

인간끼리는 너도 욕망 덩어리고 나도 욕망 덩어리란 걸 일단 서로 인

---

3) 「우리들의 낮은 울타리」, 전집 1, p.326.

정해야 돼. 인정하고 나서 다툼이 일어나지 않도록 서로 타협을 해야지. 욕망이란 없앨 수는 없지만 참을 수는 있는 거야. 무조건 참으라면 참을 수도 없는 것이지만 네가 참는다면 나도 참을 수 있기도 하고 넌 이것을 가지고 그 대신 난 이것을 갖는다고 서로 욕심을 바꿔 참을 수도 있는게 야. 그런 협상이랄까, 타협도 그리 쉬운 일은 아니지. 쉽지 않으니까 정 치가 어렵다는 거야. 〔…중략…〕 역사라는 이름 밑에 인간의 욕망을 조절 하려 하지 않고 없애려 들거나 자기는 완전하다고 확신하는 사상을 나는 인류를 멸종시키려는 적이라고 보는 걸세.[4]

1970년대 정치적 상황을 그리는 「먼지의 방」은 허구와 기만으로 점철된 일상 속에 내재된 사회 문제를 그리면서 이전의 작품 세계 와는 사뭇 다르게 소암 선생이라는 인물을 내세워 직설적인 어조 로 논증하고 있다. 그렇지만 사랑을 대안으로 제시하던 소암 선생 의 죽음을 통해 영기는 결국 일상의 삶 속에서 정치적 진실과 이데 올로기보다도 인간을 더욱 압박하는 것은 사랑마저 할 수 없게 만 드는 가난이라고 귀결짓는다. 이 작품은 《동아일보》에 연재되다가 1980년 광주항쟁이 주는 분노와 충격으로 집필을 중단한 후 미완 성작으로 남아 있지만 김승옥의 절필 사유를 이해하는 데는 상당 한 근거를 제공해 주는 작품이다.

김승옥 소설의 진가를 보여준다고 평가받는 전, 중기 작품들에서 반성적 효과를 가능하게 했던 현실과 자아의 긴장감이 사라진 채 세계 인식이 단순한 이분법적 구도로 귀결되고 있는 양상은 「보통 여자」나 「강변부인」 등의 후기 소설 전반이 공유하고 있는 한계점

---

4) 「먼지의 방」, 전집 2, pp.298~299.

이기도 하다. 이것은 자본주의가 지배하는 일상 속에서 작가 김승
옥이 안고 있었던 생활인으로서의 고뇌와도 관계된 문제로 볼 수
있을 것이다. 60년대 소설에 자주 등장하는 아버지 없는 아들의 서
울 상경기는 그대로 김승옥의 전기적 사실에 일치하는 부분이었고
「먼지의 방」이 안고 있는 이분법적인 고뇌의 대립은 작가로서의 책
임과 생활인으로서의 고뇌를 함께 안고 있었던 작가 자신의 문제
라고도 볼 수 있다. 또한 이는 박정희 정권에 대한 갈등을 고백하
는 글에서도 나타나듯이[5] 김승옥에게는 현실이 하나로 화합되지
않는 이중고를 가져다 주었던 것이다.

　김승옥은 1962년 한국일보 신춘문예에 단편소설 「생명연습」으
로 등단하여 1980년 동아일보에 연재하던 장편 「먼지의 방」을 15
회 만에 자진 중단할 때까지 20여 년 가까이 문단활동을 하였다.
그런데도 그가 '60년대' 작가로 호칭되는 데에는 몇 가지 이유가
있겠지만 그 중 하나는 1966년 「무진기행」이 「안개」로 영화화되며
맺게 된 영화와의 인연이 그후 그의 소설 창작을 양적으로도 부진
하게 하였기 때문이기도 하다. 그 스스로도 고백했듯이 생활인으
로서의 문제는 그의 작가적 역량마저도 소진하게 하였다.[6] 그러던
김승옥은 광주항쟁의 여파로 펜을 놓고 절망의 나날을 보내다가
극적인 종교 체험을 계기로 기독교에 귀의한다. 그는 "하나님의 위

---

5) 김승옥은 70년대를, 즉 자신의 30대, 10년을 고스란히 유신을 풍자한 시인 김지하 구명운동
　에 바쳤으면서도 박정희에 대한 자신의 이중적인 인식은 늘 부담꺼리였다고 회고한다.
　"1970년대 유신시절에도 나는 박대통령에 대한 이중적 평가가 나의 가장 큰 고민이었다. 한
　강에 다리가 계속 새로 놓이고 고속도로가 생기고 아파트 단지가 우렁차게 번져나가는 등
　눈에 띄는 경제 건설을 보면서 박대통령의 추진력을 존경하면서도, 한편으로 야당을 탄압하
　고 문화활동을 제약하고 지역감정을 조장하고 독재를 강화해 나가는 면에 대해서는 정치인
　이 아니라 마피아 두목같은 혐오감을 버릴 수 없었다."
　김승옥, 「내가 만난 하나님」, 앞의 책, p.26.

로가 없는 한 지금도 그리고 앞으로도 우리들의 상황은 항상 60년 대인 것이다"라며 종교적 귀의에서 대안을 찾고자 하였다. 그의 종 교적 귀의는 더 나아갈 곳을 찾을 수 없었던, 그리고 비판적으로 바라보던 현실에 대한 절망에서 비롯된 것으로 보인다.

따라서 그의 작품을 평가할 때 늘 절필 이유로 거론되고 있는 현 실 인식 부족이라는 관점에 대해서는 조심스럽게 숙고해 보아야 할 것이다. 솔직히 김승옥이 부조리한 사회 현실에 대해 뚜렷한 대 안이나 계급적 인식을 가지고 있지 않았다는 점은 부인할 수가 없 다. 그러나 그는 섣불리 자신의 지향점을 상정하지 않고 다만 현실 에 대해 부정의 의지를 가지고 소시민적 의식의 허구성을 문제삼 는 자성적 질문을 끊임없이 던지고 있다.

이른바 전망의 문제와 관련하여 혹 비난받을 수 있다 하더라도 현실 안에서 대안을 찾아내는 것만이 모든 작가가 지향해야 할 책 무는 아니라고 생각한다. 뿐만 아니라 작가가 나름의 정직성을 가

---

6) 김승옥은 시나리오 작가로서, 감독으로서 영화계에 가담하기도 하였다. 처음 시작은 「무진 기행」이 1967년 김수용 감독, 신성일, 윤정희 주연의 「안개」로 영화화되면서 시나리오 각색 작업에 참여하면서였다. 이를 계기로 60년대 후반까지 「감자」를 각색, 감독하였고 「장군의 수염」 각색으로 대종상 각본상을 수상하기도 하였다. 이후 70년대에는 국내 영화를 대표하 는 「겨울여자」, 「영자의 전성시대」를 각색하는 등 소설 집필보다 영화 시나리오와 관련하여 더 활발한 활동을 펼쳤다. (김승옥이 각색자로 참여한 영화는 총 16편이다.)

이처럼 영화 일에 전념하게 된 데에 대해서 김승옥은 "영화가 매력적이었으니까요. 그리고 나 같은 사람이 꼭 필요했어요. 특히 문학작품을 영화로 만들 때 제대로 해석해 줄 사람이 필요했으니까"라고 술회한다. 또 "먹고 살아야 했으니까"라고 솔직한 심정을 덧붙이기도 한 다. 당시 김승옥은 백혜욱과 결혼하여 두 아들을 두는 등 가장으로서 져야 할 책임을 절감하 고 있었다고 한다. 이와 관련된 자료로는 다음을 참고할 만하다.

김승옥, 「원작을 가위질하는 뜻」, 『뜬 세상 살기에』, 앞의 책.

______, 「영화 '왕십리' 주변」, 『바람이 분다, 살아봐야겠다』, 김승옥 외, 문장사, 1977.

______, 「내가 만난 하나님」, 앞의 책.

주인석, 「김승옥과의 만남 그를 만나게 되다니」, 전집 4, 앞의 책.

김명석, 「김승옥 소설 「무진기행」과 영화 「안개」 비교 연구」, 『현대소설 연구』 제23호, 2004. 9.

지고 현실을 통찰한 결과 분명한 전망을 제시하는 것이 불가능하다는 결론 역시도 인정되어야 할 사회 현상이라고 할 수 있겠다. 그럴 경우에는 전망의 제시가 어렵다는 것을 인정하고, 왜 그것이 어려운지를 담담하게 진술하는 편이 오히려 참다운 진실 규명에 기여하는 바람직한 태도가 아닌가. 물론 어떤 작가도 시대적 담론과 완전히 고립된 무균실과 같은 공간에서 살고 있는 것은 아니다. 그렇기에 모든 언어는 시대적, 사회적 이데올로기의 함의를 운반할 수밖에 없다. 또한 글쓰는 주체는 항상 시대적 담론의 강한 지배를 받고 있으며 자기 시대, 자기 공간의 상징 질서 안에 살아갈 수밖에 없다. 그렇기 때문에 정직한 시선을 가지고 자기 시대를 대면하는 것 역시 작가의 윤리적 의무일 수 있다고 생각한다.

우리는 김승옥 문학의 미학적 역동성이 현실과의 팽팽한 긴장을 늦추지 않는 데서 발휘된다는 것을 후기 소설들의 무력함에서 확인한 바 있다. 그것은 하나로 귀결된 어떠한 대안 제시를 희구하면 할수록 도리어 이분법적 구도에 갇혀 전기소설에서 보여주었던 긴장감과 반성적 의식을 퇴행하게 하였다. 그러므로 김승옥 식의 현실 극복은 오히려 「서울 1964년 겨울」에서 보여주었던 바와 같이 인간과 인간 사이의 진정한 유대에 대한 탐구에서 한껏 힘을 발휘한다. 김승옥이 희구한 희망이란 가난하였지만 아내와의 행복한 기억을 가지고 있는 아저씨처럼, 현실의 비극을 뛰어넘을 수 있는 방법은 타인과의 진정한 소통에서만 가능하다고 보았던 것이 아닐까 한다. 또한 이 소설의 결말을 극단적인 자살로 치달음으로써 김이나 안처럼 무감각하게 현실에 안주하고 있는 현대인에 강력한 경고적 메세지를 남김으로써 예민한 문제의식을 발휘하고 있는 것이다.

  김승옥의 소설을 통해 보여주는 '진정한 삶'에 대한 갈망이 여전히 현재적 의미를 지니는 이유는 1960년대에 시작된 산업화의 위력에서 파생된 문제들이 현재까지도 지속되고 있기 때문이다. 김승옥 문학에 나타나는 개인은 현실과 구체적인 연관성을 가지면서 하나의 주체를 정립하는 길을 질문하고 모색하고 있다. 일상 생활에의 거부와 편입 사이에서 갈등하면서 현실 사회체제의 운영 원리에 대해 고뇌하고 산업화시대의 인간 소외와 윤리의 문제 등에 대해 예민한 시각을 확립하고 있다는 점은 김승옥 문학이 가진 예언자적 안목이다. 이런 부분들을 그의 중요한 업적으로 평가해야 함은 그와 같은 주제들이 김승옥 이후의 문학에서 더욱 문제적으로 제기되고 있기 때문이다. 그리고 이는 자본주의가 존속하는 한 영원히 현재 진행형의 문제일 수밖에 없다는 점에서 김승옥 문학의 의미는 60년대를 넘어서 현재를 사는 우리 안에 존속하는 현재적 화두로 볼 수 있다. 따라서 김승옥 문학을 되돌아보는 작업은 한 작가에 대한 연구를 넘어서서 1960, 70년대 문단을 전체적으로 조감하고, 그의 자장으로부터 자유롭지 못한 이후 세대들의 문학사적 평가를 위한 발판이 될 수 있으리라 생각한다.

  그런 의미에서 본고는 김승옥이라는 작가가 짊어낸 근대적 개인이 자기를 찾아가는 여정을 살펴보았다. 6·25 전쟁이후 한국사회에서 개인의 성장이 어떤 일반적인 조건 아래 있었던가를 추론하는 데 유용한 기준이 되는 '아버지의 부재'라는 공식은 김승옥의 작품에서 서사 추동의 주요 원인이 되고 있다. 편모슬하, 결손된 가족 관계는 성장 체험을 다룬 일련의 현대 한국 소설들에서 반복해서 탐구되는 모티프였다. 김승옥 소설에서는 이 '아버지 부재' 모티프를 등장시켜 '성장'이 그것 자체로 문제가 되어 버린 상황을 설정한다. 이는 그의 작품에 자주 등장하는 20대 초반의 가난한 유학생의 도시 상경, 그리고 도시 적응에 실패한 후 귀향이라는 설정으로 시대적인 특수성과 그로 인해 야기되는 개인의 문제를 함께 엿볼 수 있게 하는 서사구도이다.

이런 '아버지의 부재'는 그의 등단작 「생명연습」에서부터 계속되는 '자기 세계'의 추구라는 주제와 연결되는 부분이기도 하다. 김승옥 문학에 첨예하게 드러나는 자본주의의 물신화가 던져 주는 욕망의 문제는 그의 작품 전체를 지배하는 또 하나의 문제 의식이다. 이는 욕망이 남겨 놓은 소외와 고독 등에 대한 문제로 등장하는데 김승옥은 산업화 초기 당시에 산업화가 가져다 주는 폐해를 이미 전망하고 있었다는 점에서 더욱 의미가 있다고 볼 수 있겠다.

또한 그의 작품에 성(性) 모티프가 다양하게 등장한다는 점은 아주 흥미로운 부분이다. 이는 작품 안에서 남성 인물과 여성 인물의 관계 설정에 주로 등장하는 모티프로서 그의 작품을 총괄해서 볼 수 있게 하는 하나의 틀이 되고 있다. 그의 작품에서 지속적으로 나타나는 '아버지 부재'와 여성 인물에 대한 작가의 시선은 독특한 구조를 띠고 있다. 특히 등단작 「생명연습」에 제시된 '내 어머니의 욕망'에 대한 언급은 일찍이 우리 문학사에서 찾아 보기 힘들었던 솔직한 접근이라 할 수 있을 것이다. 이런 성 모티프를 통해 볼 수 있는 그의 작품에 나타나는 자기 성찰과 현실 인식 태도는 전기, 중기, 후기로 고찰했을 때 더욱 뚜렷한 양상으로 고찰된다.

전기 작품들에서 여성 인물의 성은 남성 인물에 의해 유린되어 희생적 도구가 되는 경향을 보인다. '누이의 세계'로 표상되는 생명 의식을 지향하던 남성 인물은 현실 원리에 순응하기 위해 넘어서야할 통과의례로 여성 인물을 희생시킨다. 또 여기서 억압된 여성의 정체성은 근대화의 과정에서 폭력적인 현실에 상처입은 희생양으로 나타남으로써 이 '자기 세계'의 위악성을 상징한다. 결국 '누이의 세계'를 '배반'하는 것으로써 '성장'을 '선택'하는 등장인물들은 죄의식을 '극기'하는 것으로 그 '자기 세계'를 지켜 나가는 양상을 보인다.

이런 성 모티프는 중기 작품에서는 상품화되거나 자기 기반을 넘어서는 발판으로 작용한다. 성을 상품화하는 과정에서 주목할 부분은 등장인물들의 현실 인식 태도이다. 「싸게 사들이기」, 「60년대식」 등의 작품은 물화된 가치를 따르는 것이 위선적으로 순수의 세계를 지향하는 것보다 차라리 정직하지 않느냐는 등장인물들의 위악적인 가치관을 통해 선악이 전도된 세태를 반영한다. 이는 돈의 가치가 윤리의 가치마저도 잠식해 가는 비극적 상황에 대한 비판적인 작가의 시각을 첨예화한 부분이라 할 수 있겠다. 한편으로 중기 작품들에는 전기 작품들에서 삭제되었던 여성 인물들의 목소리가 등장하기 시작한다. 「무진기행」의 하인숙처럼 자신의 욕망에 대해 솔직하게 대면하는 여성 인물들은 남성 인물들의 통과의례를 이끄는 이니세이터가 되기도 한다. 나아가 1969년의 「야행」에서는 성이 여성 인물의 능동적인 자아탐색을 위한 조건으로 등장한다.

그러다 후기 작품인 70년대 신문연재소설들에서는 성이 현실의 이중적 가치에서 환멸을 느끼는 여성 인물들의 일탈을 위한 수단으로 그려진다. 이 작품들은 순결 콤플렉스나 가부장적인 이데올로기 가운데 여성 인물의 주체적인 자아 찾기라는 문제를 다루고 있다는 점에서는 고무적인 풍자적 성격을 취하고 있다. 그러나 이를 단순한 이분법적 구도의 대립에서 벗어나지 못한 채 현실의 원리에 수긍하는 것으로 결말짓고 있어 그 이전의 작품에서 보여줬던 김승옥 특유의 미학이 상실되었다는 아쉬움을 남긴다.

앞서 살펴 본 것과 같이 김승옥 소설은 총체적으로 분열된 욕망과 현실 원리의 대립 구조로 읽을 수 있다. 이미 생활을 위한 일상을 벗어난 자아를 생각할 수 없는 현실에 살고 있는 등장인물들은 자아찾기를 포기하면 일상에 그대로 함몰되어 존재의 의미조차 상실하게 된다. 그렇기에 김승옥의 작품에 등장하는 인물들은 이 두 가지 욕망 사이에서 갈등하고 방황한다. 일상적 자아는 자신이 욕망이 무엇인지도 모르는 채로 주어진 욕망을 쫓아가기에 급급하기 때문이다. 자본주의적 구조는 자체의 존속을 위해 끊임없이 새로운 욕망을 산출해내기에 이러한 욕망 추구는 결코 충족될 수 없다. 김승옥이 바라보는 삶이란 타자와의 관계 속에서 그 의미를 찾을 수 있는 것임에도 자본주의적 현실은 자아의 본질 역시 자아 내부에 실재하는 것이 아니라 일상의 관계망에 위치하는 기표 속으로 함몰시켜 버렸다. 그리고 자본주의적 일상은 인간들의 관계를 단절, 파괴하여 자아정체성의 상실이라는 비극적 정황을 낳게 된다.

김승옥 소설의 주 공간적 배경이 되고 있는 곳은 1960, 70년대 서울이다. 이 서울에서 펼쳐지는 위선적인 도회의 어법과 등장인물간의 관계는 공동체적 유대와 소통이 불가능해진 시대를 상징한다. 작가는 이 속물화된 현실에서 자아와 타자의 단절된 관계를 매개해 주는 돈의 논리, 자본의 힘을 비판적 시각으로 직시하고 있다. 그러나 이런 모순적인 구조에서 벗어날 수 없는 것이 또한 자본주의적 교환 논리가 가져온 한계라는 것을 예리하게 지적한다. 그리고 이런 악순환이 가져올 결과는 인간의 소외와 전망 부재임을 소설의 주제로 삼는다. 또 이를 모순된 현실 원리에의 적응을 감행하는 등장인물들의 통과의례로 그려냄으로써 김승옥 문학이 가진 비극적 인식의 성격을 보여주고 있다. 김승옥 작품의 배경이 되고 있는 1960, 70년대는 국가적 빈곤을 퇴치한다는 미명하에 경제적 급성장이 이루어졌던 시기였다. 이로 인해 갑자기 변화된 생활환경은 가치관 전도의 문제를 야기했다. 날로 팽창해 가는 산업화와 물질의 성세에 휩쓸려 점차 소비적으로 변해 가는 사회의 모순은 개인의 삶의 깊숙한 곳까지 심각한 문제를 야기시킨다. 김승옥의 작품은 이런 사회적 현실 속에 던져진 한 개인이 어떻게 살아가야 하는가에 대한 문제 의식을 제기하면서 자본주의 사회가 끊임없이 생산해내는 대상들이 '매혹'적이지만 실상은 '환상'일 뿐임을 시사하고 있다.

김승옥은 '생활'이 넘쳐나는 일상 속에서 '자기'의 문제를 타인과의 관계 속에서 짚어내고자 한다. 일상 속에서 고독할 수밖에 없는 개인의 모습을 보다 분명하게 드러냄으로써 폭넓은 시각으로 아울러 당대의 문제성을 지적해내고 있는 것이다. 그리고 그 밑바탕에는 타인과의 소통의지, 그를 통한 새로운 공동체의 관계 모색에 대한 강렬한 열망이 흐르고 있다. 그렇기에 그의 소설이 겪고 있는 고민은 현재를 살고 있는 우리의 문제와 연결된다. 개인과 사회에 대한 그의 문제제기가 이제는 우리에게 급박한 문제로 인식되는 현실 앞에 서 있기 때문이다. 자유로운 개인들의 상호 동등한 차원에서의 소통의 장이 확보되고 거기서 공동의 삶을 모색하고자 하는 김승옥의 지향은 당대에 있어서는 너무나 앞선 고독한 절규였다. 또한 바로 이런 점이 김승옥 문학이 그가 우리 문학사에서 갖는 독특한 위치이다. 이렇게 김승옥 문학은 우리 한국문학의 근대성을 좀더 다층적으로 살펴 볼 수 있는 가능성을 열어 주었다는 의의와 함께 이후 작가들에게 반복 재생산되는 미의식의 근원지가 되었다는 점에서 그 독보적인 위치를 점하고 있다고 볼 수 있다.

1. 자료

1) 소설집

김승옥, 『서울 1964년 겨울』, 창문사, 1966.

______, 『김승옥 소설집』, 샘터사, 1975.

______, 『육십년대식』, 서음출판사, 1976.

______, 『다산성』, 한겨레, 1987.

______, 『김승옥 소설전집』 1 - 5, 문학동네, 1995.

______, 『무진기행』, 나남출판, 2001.

2) 수필, 꽁트

김승옥, 『뜬 세상에 살기에』, 서울:지식산업사, 1977.

______, 『위험한 얼굴』, 지식 산업사, 1977.

______, 『싫을 때는 싫다고 하라』, 자유문학사, 1986.

______, 『내가 만난 하나님』, 작가, 2004.

김승옥 외, 『바람이 분다, 살아봐야겠다』, 문장사, 1977.

3) 시나리오

「안개」, 김승옥 원작, 김승옥 각본, 김수용 감독, 태창흥업주식회사, 1967.

「영자의 전성시대」, 조선작 원작, 김승옥 각본, 김호선 감독, 태창흥업주식회
　　　사, 1975.
「겨울女子」, 조해일 원작, 김승옥 각본, 김호선 감독, 주식회사 화천공사,
　　　1977.
「안개」, 김승옥 원작, 김승옥 각본, 김수용 감독, 태창흥업주식회사, 1977.
「갑자기 불꽃처럼」, 오태석 원작, 김승옥 각본, 홍파 감독, 주식회사 현진,
　　　1979.

2. 논문 및 평론

강운석, 「김승옥 소설에 내재된 현대성의 세 가지 층위」, 배달말 30, 2002. 6.
공종구, 「김승옥 소설의 근대성」, 『현대소설연구』 제9호, 1998. 12.
곽승미, 「「순애보」에 나타난 관계의 미학으로서의 통속성」, 한국현대소설학
　　　회, 『현대소설연구』 제22호, 2004. 6.
구모룡, 「근대적 삶에 대한 환멸의 서시」, 『문학동네』 283호, 1996. 5.
권대근, 「김승옥 소설의 자의식 연 구 「무진기행」과 「서울 1964년 겨울」을 중
　　　심으로」, 『국어국문학』 19, 2000. 12.
권성우, 「60년대 비평 문학의 세대론적 전략과 새로운 목소리」, 『1960년대 문
　　　학연구』, 예하, 1993.
권택영, 「역사의식을 응집하는 미학적 전략」, 『김승옥 문학상 수상 작품집』,
　　　훈민정음, 1995.

김경수, 「가부장제와 여성의 섹슈얼리티」, 『현대소설연구』 제22호, 2004. 6.

김동식, 「낭만적 사랑의 의미론」, 『문학과사회』 제1호, 2001. 봄.

김동춘, 「1950년대 한국 농촌에서의 가족과 국가」, 역사문제연구소 편, 『1950년대 남북한의 선택과 굴절』, 역사비평사, 1998.

김명석, 「김승옥 소설 연구」, 연세대학교 대학원 박사학위논문, 2000.

______, 「김승옥 소설 「무진기행」과 영화 「안개」 비교 연구」, 『현대소설연구』, 제23호, 2004. 9.

김미현, 「연애부터 연애까지」, 『문학과사회』 제1호, 2001. 봄.

김민정, 「김승옥론」, 『외국문학』 48호, 1996. 가을.

김병로, 「김승옥 「환상수첩」의 서사담론 분석」, 『한국문학이론과 비평』 제5호, 1998. 8.

김병익, 「시대와 삶」, 『상황과 상상력』, 문학과지성사, 1979.

______, 「70년대 소설을 어떻게 볼 것인가」, 위의 책.

김영찬, 「1960년대 한국 모더니즘 소설 연구 ─최인훈과 이청준의 소설을 중심으로」, 성균관대학교 대학원 박사학위논문, 2002.

김영택, 「김승옥의 「무진기행」연구」, 『인문과학』 9, 2000. 6.

김우창, 「산업시대의 욕망과 미학과 인간」, 『지상의 척도』, 민음사, 1981.

______, 「산업시대의 문학」, 위의 책.

김윤식, 「부성원리의 형식」, 『김윤식 선집』 2, 솔, 1996.

______, 「60년대 문학의 특질」, 『김윤식 선집』 4, 솔, 1996.

김은하, 「탈식민화의 신성한 사명과 '양공주'의 섹슈얼리티」, 『여성문학연구』 제10호, 2003. 12.

김정란, 「霧津 또는 하얀 바탕에 흰 글씨쓰기」, 『무진기행』, 2001.

김정자, 「현대사회에서 작가는 무엇인가」, 『현대소설연구』 제9호, 1998. 12.

김치수, 「反俗主義文學과 그 傳統 -60년대 문학의 성격, 역사적 위치 규명」, 『한국소설의 공간』, 열화당, 1979.

______, 「김승옥의 소설」, 『다산성』, 한겨레, 1987.

김현주, 「1970년대 대중소설 연구」, 연세대학교 대학원 박사학위논문, 2003.

김형중, 「정신분석학적 서사론 연구 -한국 전후소설을 중심으로」, 전남대학교 대학원 박사학위논문, 2003.

나병철, 「여성 성장소설과 아버지의 부재」, 『여성문학연구』 제10호, 2003. 12.

남금희, 「김승옥 단편소설의 한 고찰」, 대구효성가톨릭대학교 한국전통문화연구소, 『한국전통문화연구』 12 ,1997. 12.

류보선, 「김승옥론, 개인과 사회의 대립적 인식과 그 의미」, 『문학사상』, 1990. 5.

류양선, 「김승옥의 소설세계 또는 「서울, 1964년 겨울」에 유폐된 영혼」, 『작가연구』 제6호, 1998.

박영준, 「「무정」의 강간 모티프 연구」, 『현대소설연구』 제22호, 2004. 6.

박은태, 「1960년대 소설 연구 -시민사회의 전개와 소설 구조의 조응 양상」, 부산대학교 대학원 박사학위논문, 2002.

______, 「자기 세계의 구조와 성장의 의미 -김승옥론」, 『문창어문논집』 제38집, 2001. 12.

박훈하, 「몸의 언어, 그 자율성의 가능성과 한계 -김승옥론」, 『오늘의 문예비

평』 37호, 2000 여름.

백낙청, 「시민문학론」, 『창작과비평』, 1969 여름.

성민엽, 「4 · 19의 문학적 의미 논의 시각의 정립을 위하여」, 『문학의 빈곤』, 문학과지성사, 1988.

성수미, 「김승옥 소설 연구 -라깡의 욕망이론으로 본 소설의 서술적 특징과 욕망의 양상을 중심으로」, 서울시립대학교 대학원 석사학위논문, 1999.

송　영, 「소설 김승옥」, 『다산성』, 한겨레, 1987.

송태욱, 「김승옥과 '고백'의 문학」, 연세대학교 대학원 박사학위논문, 2002.

심영덕, 「70년대 소설에 나타난 현실인식과 소외」, 경산대학교 국어국문학과, 『경산어문학』 1, 1995.

안혜련, 「김승옥 소설의 문화기호학적 연구」, 전남대학교 대학원 박사학위논문, 1999.

우찬제, 「길트기의 나날 한국 소설의 「길」」, 『한국문학이란 무엇인가』, 민음사, 1995.

원을미, 「김승옥 소설에 드러나는 소외의 양상」, 『목포어문학』 창간호, 1998. 7.

유인숙, 「'무진기행'과 '병신과 머저리'의 대비적 분석」, 『성균어문연구』 32, 1997. 12.

유종호, 「감수성의 혁명」, 『다산성』, 한겨레, 1987.

윤병로, 「새세대의 충격과 60년대 소설」, 김우종 외, 『한국현대문학사』, 현대문학, 1992.

윤상현, 「작품의 배경의 현실과 비현실 세계에 나타난 이중적 구도 「신기루」

와 「무진기행」의 배경 비교 고찰」, 『일본근대문학산책』 제5호, 1999.

이광호, 「깊고 어두운 자기 세계」, 『김승옥 문학상 수상 작품집』, 훈민정음, 1995.

이남호, 「삶의 위기와 내면으로의 여행 -김승옥의 무진기행」, 『문학의 위축』, 민음사, 1990.

이동재, 「김승옥 소설의 시간구조 연구」, 고려대학교 대학원 석사학위논문, 1990.

이동하, 「성인의 환멸」, 『김승옥 문학상 수상 작품집』, 훈민정음, 1995.

이봉일, 「강박신경증과 욕망의 서사 -김승옥의 「무진기행」론」, 『한국문화연구』 4집, 2001. 1.

이명희, 「'떠남'과 '여성' 그리고 '돌아옴'의 문학적 문제 -「무진기행」과 「하나코는 없다」를 중심으로」, 『어문논집』 제7집, 1997. 12.

이상우, 「입체적 인물과 욕망의 간접화: 김승옥의 「무진기행」을 중심으로」, 명지대 예체능연구소, 『예체능논집』 2, 1992. 12.

이선미, 「한국전쟁과 여성가장 -'가족'과 '개인' 사이의 긴장과 균열」, 『여성문학연구』 제10호, 2003. 12.

이승희, 「김승옥 소설 연구 -아버지 개념의 이동 및 확대 양상을 중심으로」, 연세대학교 대학원 석사학위논문, 2001.

이어령, 「죽은 욕망 일으켜 세우는 逆유토피아」, 『다산성』, 한겨레, 1987.

이정란, 「김승옥 소설의 서술구조 연구」, 이화여자대학교 대학원 석사학위논문, 1987.

이정석, 「김승옥 소설에 나타난 '性'의 의미 연구」, 『숭실어문』 18집, 2002.

이태동, 「자아의 시선과 迷忘의 旅路」, 『김승옥 문학상 수상 작품집』, 훈민정
        음, 1995.

이혜원, 「경계인들의 초상 : 김승옥 문학의 영향과 계보」, 『작가연구』 제6호,
        1998.

이호규, 「소통 회복 지향의 일상적 주체: 고독하지 않게, 부끄럽지 않게, 당당
        하게」, 『작가연구』 제6호, 1998.

장병호, 「파편화된 도시인의 삶 -김승옥의 「서울, 1964년 겨울」에 나타난 소
        외」, 『한국어문교육』 7, 1998. 5.

장영우, 「4 · 19세대의 문체의식: 김승옥의 「무진기행」을 중심으로」, 『작가연
        구』 제6호, 1998.

전혜자, 「‘내재적 장르’로서의 「霧津紀行」」, 『인문논총』 창간호, 경원대 인문
        과학연구소, 1992. 12.

정과리, 「유혹 그리고 공포, 문학, 존재의 변증법」, 문학과지성사, 1985.

정규웅, 「문단, 1960년대」, 『문예중앙』, 1982 가을호.

정상균, 「김승옥 문학 연구」, 서울시립대학교 국어국문학과, 『전농어문연구』
        제7집, 1995. 2.

정영훈, 「김승옥 소설에 나타난 욕망의 발현양상 연구」, 서울대학교 대학원
        석사학위논문, 1998.

정장진, 「창녀와 역사(力士), 김승옥론을 위하여」, 『문학동네』 12호, 1997년
        가을.

정현기, 「1960년대적 삶」, 『한국문학의 사회사적 의미』, 문예출판사, 1986.

정혜경, 「1960년대 소설의 서술 구조 연구」, 고려대학교 대학원 박사학위논

문, 2001.

정희모, 「1960년대 소설의 서사적 새로움과 두 경향」, 민족문학사연구소,
　　　『1960년대 문학연구』, 깊은샘, 1998.

조건상, 「분단인식의 형상화 양상 연구」, 『현대소설연구』 제9호, 1998 12.

조남현, 「미적 세계관에의 입사식」, 『누이를 이해하기 위하여』, 청아, 1992.

＿＿＿, 「반복모티브의 기능과 의미」, 『한국문학이란 무엇인가』, 민음사,
　　　1995.

조명기, 「한국 현대 대중소설 연구」, 부산대학교 대학원 박사학위논문, 2002.

조진기, 「불안한 감수성과 퇴폐적 일상 -김승옥 장편소설의 통속성을 중심으
　　　로」, 『작가연구』 제6호, 1998.

진정석, 「글쓰기의 영도」, 『문학동네』 7호, 1996 여름호.

차미령, 「김승옥 소설의 탈식민주의적 연구」, 서울대학교 대학원 석사학위논
　　　문, 2002.

차혜영, 「자율적 주체의 개인주의와 모더니즘적 글쓰기」, 민족문학사연구소,
　　　『1960 년대 문학연구』 깊은샘, 1998.

채호석, 「「무진기행」과 소설의 가능성」, 『작가연구』 제6호, 1998.

천이두, 「존재로서의 고독」, 『김승옥 문학상 수상 작품집』, 훈민정음, 1995.

최성실, 「전쟁소설에 나타난 식민주체의 이중성 -박완서의 「나목」을 중심으
　　　로」, 『여성문학연구』 제10호, 2003. 12.

최미진, 「1960년대 대중소설의 서사전략 연구」, 부산대학교 대학원 박사학위
　　　논문, 2003.

최장수, 「최인훈 소설 연구 -욕망의 흐름에 의한 사유운동 양상」, 중앙대학교

대학원 박사학위논문, 2002.

하정일, 「주체성의 복원과 성찰의 서사」, 민족문학사연구소, 『1960년대 문학
　　　연구』, 깊은샘, 1998.

한강희, 「4·19의 문학사적 맥락과 파장에 관하여」, 『작가연구』 제6호, 1998
　　　하반기.

현길언, 「한국 소설의 플롯 연구」, 『현대소설연구』 제9호, 1998. 12.

홍정선, 「작가와 언어의식」, 『해방 40년 : 민족 지성의 회고와 전망』, 문학과
　　　지성사, 1985.

황국명, 「여로형소설의 지형학적 논리 연구-무진기행을 중심으로」, 『문창어
　　　문논집』 제37집, 2000.

황도경, 「김승옥 소설에 나타난 남(男)－성(性)의 부재」, 『이화어문논총』 17,
　　　1990. 10.

황종연, 「성장소설의 한 맥락-편모슬하, 혹은 성장의 고행」, 『문학과사회』
　　　34, 1996년 여름.

황호재, 「김승옥의 소설 「무진기행」 연구」, 부산대학교 국어국문학과, 『국어
　　　국문학』 제26집, 1989.4.

3. 단행본

1) 국내 논저

강만길, 『고쳐 쓴 한국현대사』, 창작과비평사, 1995.

권영민, 『한국현대문학사』, 민음사, 1993.

권택영, 『잉여 쾌락의 시대』, 문예출판사, 2003.

김승희, 『이상 시 연구』, 보고사, 1998.

김열규 외, 『페미니즘과 문학』, 문예출판사, 1993.

김용권, 김우창, 유종호, 이상옥 외 공역, 『현대문학비평론』, 한신문화사, 1995.

김윤식, 김현, 『한국문학사』, 민음사, 1997.

김윤식, 정호웅, 『한국소설사』, 예하, 1993.

김우창, 『지상의 척도』, 민음사, 1981.

김욱동, 『대화적 상상력』, 문학과지성사, 1999.

김정남, 『4 · 19혁명』, 민주화운동기념사업회, 2003.

김 현, 『현대 한국 문학의 이론/사회와 윤리』, 김현 문학전집 2, 문학과지성사, 1991.

______, 『문학과 유토피아: 공감의 비평』, 김현 문학전집 4, 문학과지성사, 1992.

______, 『분석과 해석/보이는 심연과 안 보이는 역사 전망』, 김현 문학전집 7, 문학과지성사, 1992.

______,『현대 비평의 양상』, 김현 문학전집 11, 문학과지성사, 1991.

______,『우리 시대의 문학/두꺼운 삶과 얇은 삶』, 김현 문학전집 14, 문학과
      지성사, 1993.

동아일보사,『특집 해방 30년』, 동아연감, 1975.

민족문학사 연구소 현대문학분과,『1960년대 문학연구』, 깊은샘, 1998.

백낙청,『민족문학과 세계문학Ⅰ』, 창작과비평사, 1992.

방민호,『채만식과 조선적 근대문학의 구상』, 소명출판, 2001.

사에구사 도시카쓰,『한국 근대문학과 일본』, 소명출판, 2003.

서울특별시사편찬위원회 간,『서울略史』, 평화당 인쇄주식회사, 1963.

성기조,『문학이란 무엇인가』, 한국문화사, 1997.

신경득,『한국전후소설연구』, 일지사, 1983.

오양호,『한국 현대소설의 서사담론』, 문예출판사, 2002.

이문열, 권영민, 이남호 엮음,『한국문학이란 무엇인가』, 민음사, 1995.

이상우,『현대소설론』, 양문각, 1993.

이선영 편,『문학비평의 방법과 실제』, 삼지원, 1993.

이종수, 오명근 엮음,『사회학』, 한국사회학연구소, 1992.

정문길,『소외론 연구』, 문학과지성사, 1994.

정정호 편,『포스트모더니즘과 한국문학』, 도서출판 글, 1991.

조가경,『실존철학』, 박영사, 1993.

주종연,『한독민담비교연구』, 집문당, 1999.

최혜실,『한국현대소설의 이론』, 국학자료원, 1994.

한국역사연구회 편,『한국사 강의』, 한울아카데미,

한국정신문화연구원 편, 『박정희시대 연구』, 백산서당, 2002.

___________________, 『1960년대 사회변화 연구 : 1963~1970』, 백산서당,
    1999.

___________________, 『한국 전쟁과 사회구조의 변화』, 백산서당, 1999.

홍정선, 정호웅, 김재용 편, 『해방 50년 한국의 소설 1, 2, 3』, 한겨레신문사,
    1995.

2) 국외 논저

루카치, 반성완 역, 『소설의 이론』, 심설당, 1993.

리타 펠스키, 『근대성과 페미니즘』, 김영찬, 심진경 역, 거름, 1999.

르네 지라르, 『낭만적 거짓과 소설적 진실』, 김치수, 송의경 역, 한길사, 2002.

맬컴 보위, 『라캉』, 이종인 역, 시공사, 2003.

미르치아 엘리아데, 『이미지와 상징』, 이재실 역, 까치, 2002.

발터 벤야민, 『발터 벤야민의 문예이론』, 반성완 편역, 민음사, 1999.

브루스 핑크, 『라캉과 정신의학』, 민음사, 2003.

블노브, 『실존철학이란 무엇인가』, 최동희 역, 서문당, 1996.

슬라보예 지젝, 『삐딱하게 보기』, 김소연, 유재희 역, 시각과 언어, 1995.

___________, 『당신의 징후를 즐겨라! 할리우드 정신분석』, 주은우 역, 한나
    래, 1997.

___________, 『이데올로기라는 숭고한 대상』, 이수련 역, 인간사랑, 2002.

시몬느 드 보바르, 『제2의 性』, 강명희 역, 하서, 2004.

시몬느 비에른느, 『통과제의와 문학』, 이재실 역, 문학동네, 1996.

아놀드 하우저, 『문학과 예술의 사회사』, 백낙청, 염무웅 공역, 창작과비평사,
	1997.

아니카 르메르, 『자크 라캉』, 이미선 역, 문예출판사, 1998.

알프레드 알바레즈, 『자살의 연구』, 최승자 역, 청하, 1997.

앤소니 기든스, 『현대사회의 성, 사랑, 에로티시즘』, 배은경, 황정미 역, 새물
	결, 2003.

야코비, 『C. G. 융 심리학』, 권오석 역, 홍신문화사, 1995.

에리히 프롬, 『건전한 사회』, 김병익 역, 범우사, 1991.

_________, 『사랑의 기술』, 정정호 역, 범우사, 1999.

에밀 뒤르켐, 『자살론』, 청아출판사, 1994.

웨인 C 부스, 『소설의 수사학』, 최상규 역, 예림기획, 1999.

자크 라캉, 『욕망이론』, 민승기, 이미선, 권택영 역, 문예출판사, 2000.

장 보드리야르, 『소비의 사회』, 이상률 역, 문예출판사, 2002.

__________, 『유혹에 대하여』, 배영달 역, 백의, 2003.

장 폴 샤르트르, 『實存主義는 휴머니즘이다』, 방곤 역, 문예출판사, 1996.

제레미 리프킨, 『노동의 종말』, 민음사, 1996.

J.피츠제럴드, R. 메레디트, 『소설작법』, 청하, 1980.

조르쥬 비가렐로, 『강간의 역사』, 이상해 역, 당대, 2002.

조셉 브리스토우, 『섹슈얼리티』, 이연정, 공선희 역, 한나래, 2000.

조셉 캠벨, 『천의 얼굴을 가진 영웅』, 이윤기 역, 민음사, 2001.

존 스토리, 『문화연구와 문화이론』, 박모 역, 현실문화연구, 1999.

캐럴 페이트만, 『남과 여, 은폐된 성적 계약』, 이충훈, 유영근 역, 이후, 2001.
프레드릭 제임슨, 『포스트모더니즘·후기자본주의 문화논리』, 정정호, 강내
　　　희 편, 도서출판 터, 1989.
프로이드, 『꿈의 해석』, 김인순 역, 열린책들, 2003.
　　　　, 『문명 속의 불만』, 김석희 역, 열린책들, 2003.
　　　　, 『새로운 정신분석 강의』, 열린책들, 2003.
　　　　, 『성욕에 관한 세 편의 에세이』, 김정일 역, 열린책들, 2003.
　　　　, 『정신분석 강의』, 임홍빈·홍혜경 역, 열린책들, 2003.
　　　　, 『정신분석학의 근본 개념』, 윤희기·박찬부 역, 열린책들, 2003.
　　　　, 『종교의 기원』, 이윤기 역, 열린책들, 2003.
헬레나 미키, 『페미니스트 시학』, 김경수 역, 고려원, 1992.

Alex Callinicos, *Against Postmodernism*, London: Polity Press, 1989.
Lucien Goldmann, *Towards a Sociology of the Novel*, trans. Alan
　　　Sheridan, Tavistock Rublication, 1975.

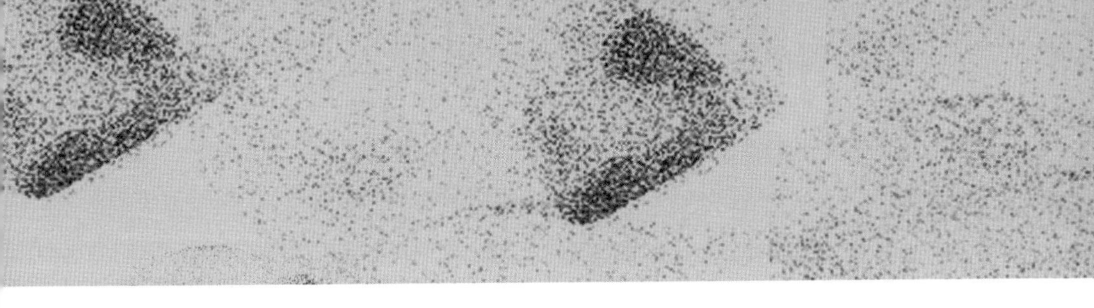